Mehr Meer
statt Paartherapie

Melanie Amélie Opalka

Mehr Meer

statt Paartherapie

Melanie Amélie Opalka

mao
AUTORIN

Impressum

Dieses Buch ist auch als eBook erschienen.

Cover: Sabine Albrecht – Benisa Werbung
Lektorat: Maike Mergler

Herausgeberin im Selfpublishing
Melanie Amélie Opalka
c/o Fakriro GbR
Bodenfeldstr. 9, 91438 Bad Windsheim

mao@melanieamelieopalka.de

Herstellung: booksfactory.de ein Service der Print Group Sp. z o.o. (Polen)
Bestellung und Vertrieb: Nova MD GmbH, Vachendorf

Bibliografische Information der Deutschen Nationalbibliothek:
Die Deutsche Nationalbibliothek verzeichnet diese Publikation in der Deutschen Nationalbibliografie; detaillierte bibliografische Daten sind im Internet über http://dnb.dnb.de abrufbar.

ISBN: 978-3-98595-801-6

„Liebe ist die Antwort – immer“

(Marie)

ANREISE MIT HINDERNISSEN

Das rote Licht der aufgehenden Sonne, schien von links in das Fenster der Fahrertür und ließ die sonst eher weniger ansehnlichen Häuserfassaden links von der Pariser Stadtautobahn in diversen, sanften Nuancen erstrahlen. Emilie streifte die Stiefel ab und zog ihre Füße auf den Sitz. Vorsichtig rollte sie den Kopf von links nach rechts. Die Erinnerung an das Bett im Hotel letzte Nacht, verblasste nur langsam. Um sich von ihrem schmerzenden Genick abzulenken, konzentrierte sie sich lieber auf das zauberhafte Farbspiel und die Aussicht auf einen Kaffee an der nächsten Tankstelle. Der Himmel versprach einen wundervollen Tag.

»Die verdammte Sonne blendet«, fluchte Daniel neben ihr am Steuer und hantierte so sehr mit der Sonnenblende herum, dass er fast aus der Spur geriet.

Um 8.44 Uhr am Neujahrsmorgen prinzipiell kein Problem, doch seine Frau rief trotzdem »Vorsicht!« und hielt sich am Armaturenbrett fest. Daniel warf ihr einen kurzen Seitenblick zu.

»Schon gut.« Mit verkniffenem Gesicht und nur einer Hand, zwang er die Blende wieder in ihre Halterung. Mit einem lauten Klatschen federte sie ans Dach der Fahrerkabine zurück.

Emilie sah ihren Mann von der Seite an, verkniff sich aber jeden weiteren Kommentar. Sie wusste, dass auch er schlecht geschlafen hatte, sonst hätte er beim Frühstück kaum zwei Tassen von der dünnen Plörre durch den Hals bekommen, die das Hotel als Kaffee angepriesen hatte. Sie sah aus dem Fenster und atmete langsam aus. Die Pariser

Vororte zogen an ihnen vorbei und die Landschaft wurde zunehmend ländlicher.

»Wann sind wir da?«, erklang Pauls verschlafene Stimme von der Rückbank. Emilie drehte sich auf dem Beifahrersitz nach hinten um und lächelte ihren Großen an.

»Tigerchen, wir sind doch gerade erst losgefahren.« Er schob die Unterlippe vor und wiederholte:

»Und wann sind wir endlich da?« Ein Blick auf das Navi verriet ihr, dass sie noch 4:47 Std. für 507 km brauchten, bis sie in der neuen Wohnung in Saint-Georges-de-Didonne ankommen würden. Sie seufzte und wandte sich wieder ihrem frischgebackenen Sechsjährigen zu. Anstelle einer Antwort bot sie ihm an:

»Vielleicht mache ich dir eine Folge von den *Drei-???-Kids* an?«

Ihr Sohn durchschaute sie und sein Blick verfinsterte sich. Stumm schüttelte er den Kopf und machte trotzdem Anstalten, seine Kopfhörer aufzusetzen.

»Grundschul-Superhelden also?«, fragte sie rasch und er nickte kaum merklich mit noch immer zusammengepressten Lippen. Wie ähnlich er seinem Vater sah, wenn er so grantig guckte. Liebevoll lächelte sie ihn an.

»Was macht Elise?« Sie selbst konnte die Vierjährige hinter sich nicht sehen und wollte sich ungern zusätzlich das Kreuz verrenken – vor allem bei Daniels heutigem Fahrstil.

Paul warf einen Blick auf seine Schwester und zuckte dann mit den Schultern.

»Schläft.«

»Okay«, erwiderte Emilie und setzte sich wieder richtig in ihren Sitz. Sie griff nach dem Smartphone, das via

Bluetooth ohnehin noch mit dem Player ihres Sohnes verbunden war und scrollte durch die gespeicherte Liste der Hörspiele. Schon nach den ersten Sekunden der ausgewählten Folge kam ein »Kenn ich schon« von hinten.

Nach hinten gewandt antwortete sie betont ruhig:

»Du kennst sie alle schon, Liebling, welche möchtest du denn hören?«

»Was?«

»Wie bitte«, korrigierte sie ihn automatisch.

»Häh?« Erst jetzt lüftete er die Kopfhörer. Sie nahm aus dem Augenwinkel wahr, dass ihr Mann das Lenkrad knetete und seine Fingerknöchel vor Anspannung weiß hervortraten.

»Welche Folge?« wiederholte sie daher knapp.

»Kann ich mal die Bilder dazu sehen?« Jetzt riss Daniels Geduldsfaden.

»Wenn er sie ohnehin alle kennt, ist das doch völlig egal, spiel einfach irgendeine«. Sein Tonfall war schneidend und nun war es an Emilie, die Unterlippe vorzuschieben. Um jedoch keinen weiteren Streit am frühen Morgen zu provozieren, sparte sie sich eine Antwort und sah wieder fragend zu ihrem Sohn. Der zuckte nun auch nur noch mit den Schultern und setzte die Kopfhörer wieder auf. Sie seufzte innerlich, wählte die erste und damit älteste Folge aus und drückte auf *Play*.

Auch eine Stunde später hatten sie noch keine Tankstelle gefunden, ganz zu schweigen davon, dass einer der passierten Rastplätze ein Café gehabt hätte.

Elise war mittlerweile wach geworden und eine Weile kabbelten sich die Geschwister um … ja, um was eigentlich genau, fragte sich Emilie und schlichtete, indem sie für jedes der Kinder eine kleine Lego-Überraschung aus ihrem Rucksack zauberte.

Hinten wurde es kurz still, also versuchte sie, an ihre gedankliche To-Do-Liste anzuknüpfen. Als erstes würde sie ihre Website fertig machen müssen, damit sie, sobald die Akquise potenzieller Firmenkunden für ihre Anti-Stress-Trainings begann, eine vorzeigbare elektronische Visitenkarte hatte. Andererseits brannte es ihr unter den Nägeln, den Ort zu erkunden, aus dem ihre Familie mütterlicherseits stammte.

Ihre Mutter war in Saint-Georges aufgewachsen und hatte später in Bordeaux gelebt, wo sie ihrem Vater begegnete, mit dem sie schließlich nach Deutschland gezogen war. Jocelin, ihre Großmutter, hatte ihr ganzes Leben dort verbracht und müsste irgendwo dort auch begraben sein.

Wie immer, bei dem Gedanken an ihre Großmutter, schämte sie sich etwas dafür, dass sie, als diese starb, wieder einmal nicht mit ihrer Mutter gesprochen hatte und es daher abgelehnt hatte, mit zur Beerdigung zu fahren. Sie stand damals kurz vor dem Abi und hatte sie seit zwei Sommern nicht mehr besucht.

Seit damals hatte sie sich oft heimlich gewünscht, mehr über ihre Familie zu erfahren, denn mittlerweile bedauerte sie es sehr, dass ihre unreife Sturheit ihr den Weg verbaut hatte, das noch zu Lebzeiten ihrer Angehörigen zu tun.

Ein länger zurückliegendes Gespräch mit ihrer Mutter kam ihr in den Sinn. Geheimnisvoll und vage hatte sie damals geklungen – und je länger Emilie darüber nachgedacht hatte, umso mehr hatte sie das Gefühl beschlichen, dass es irgendwo einen dunklen Schatten in der Vergangenheit der Familie gab. Nur damals war sie zu jung gewesen, um nachzufragen und später zu dumm und bockig. Dann starb erst ihre Großmutter, kurz darauf ihre Mutter und schließlich auch ihr Vater … damit war die letzte Chance vertan, dieses unvollendete Gespräch noch zu Ende führen zu können.

Sie kaute an ihrer Unterlippe und drehte gedankenverloren eine Locke um die Fingerspitze, während sie die vorbeifliegende Landschaft beobachtete. Wenn sie ehrlich war, ging es bei dem Wunsch mehr über die Familie ihrer Mutter zu erfahren gar nicht so sehr um ihre Verwandten, sondern um sie selbst. Sie hatte schließlich seit Jahren das Gefühl sich unvollständig zu fühlen – und es war doch nicht unlogisch, dass das etwas mit einem Teil ihrer Wurzeln zu tun haben musste.

Auch ihr Mann war zurück in sein grüblerisches Schweigen verfallen, aber zumindest hatte sich sein Gesichtsausdruck wieder etwas entspannt.

»Ich muss Pipi.« Emilie warf einen raschen Blick zu Daniel, ehe sie ihrem Sohn antwortete:

»Hier ist gerade kein Parkplatz, Tigerchen, kannst du noch ein bisschen durchhalten bitte?« Paul verzog gequält das Gesicht.

»Wir müssen eh gleich tanken, Großer, schaffst du noch fünf Minuten?«, sprang Daniel ihr unverhofft zur Seite und beobachtete im Rückspiegel, wie sein Spross heftig mit dem Kopf schüttelte.

»Nein, es ist ganz dringend.«

Die Eltern warfen sich alarmierte Blicke zu. Eigentlich war Paul bereits seit einem Jahr unfallfrei, doch gerade in letzter Zeit war öfter mal ein Tropfen danebengegangen. Körperliche Ursachen gab es dafür keine, deshalb hatten sie es auf den Stress und die bevorstehende Veränderung geschoben. Also Daniel hatte das. Aber auch Emilie musste zugeben, dass sie für diesen Rückfall keine bessere Erklärung hatte. In jedem Fall hieß es jetzt, schnell zu handeln.

Daniel warf einen weiteren Blick in den Rück- und anschließend in den Außenspiegel und stellte fest, dass sie immer noch eins von nur drei Autos auf der A10 Richtung Süden waren. Kurz entschlossen drückte er die Taste für den Warnblinker und ließ den Wagen von der rechten Spur rüber auf dem Standstreifen ausrollen. Als das Auto stand, überprüfte er noch einmal die Verkehrslage und sprang dann mit den Worten »Abschnallen, jetzt!« aus dem Wagen.

Emilie konnte gar nicht so schnell gucken, wie er die hintere Tür aufgerissen hatte. Er wollte Paul vor sich her an die Leitplanke scheuchen, doch der bückte sich stattdessen in den Fußraum und sammelte ein kleines graues Legoteil auf. Dann sah er seinen Vater an und sagte sichtlich zufrieden: »Ich muss eigentlich gar nicht.«

Emilie schloss die Augen. Spontan bildeten sich Tränen hinter ihren Lidern, so heftig biss sie sich auf die Lippe. Wäre das Manöver, das Daniel gerade gefahren hatte, nicht so gefährlich gewesen, dann hätte sie sich sicherlich gestattet, laut loszulachen. So ahnte sie, auch ohne das Gesicht ihres Mannes sehen zu können, dass er kurz vor dem Platzen stand. Also kam sie ihm zuvor, riss sich zusammen und winkte Paul.

»Dann steig ganz schnell wieder ein. Hier darf man nur im Notfall halten – da zählt kein runtergefallenes Lego.«

Paul strahlte sie an und sprang fröhlich wieder auf seinen Sitz. Daniel gab der Tür einen kräftigeren Stoß, als sie benötigt hätte und stieg ein. Seine Kiefermuskeln mahlten. Er schnallte sich an, checkte alle Spiegel und fuhr dann mit quietschenden Reifen zurück auf die Fahrbahn. Erst als er die Reisegeschwindigkeit von 120 km/h erreicht und den Warnblinker längst ausgestellt hatte, explodierte er.

»Herrgott Paul, was sollte der Scheiß?«

»Papa!«, riefen beide Kinder, vom Fluch ihres Vaters schockiert. Der sonst so beherrschte Daniel polterte weiter:

»Es gibt Gründe, weshalb es verboten ist, mitten auf der Autobahn zu halten. Das ist nämlich mega gefährlich.«

»Aber wir haben doch an der Seite angehalten ...«, erwiderte sein Sohn leise und zog den Kopf ein, denn er ahnte bereits, dass das noch nicht das Ende der Ansprache gewesen war.

»GEFÄHRLICH! Verstehst du das? Ich hätte dich wirklich für klüger gehalten. So ein Manöver für ein Stück Lego ...«

Paul erfasste den Inhalt der Ermahnung noch immer nicht.

»Aber wenn ich Pipi gemusst hätte, wäre es okay gewesen?«

Jetzt brüllte Daniel und nicht nur die Kinder, sondern auch Emilie starrten ihn mit offenen Mündern an.

»Nein, wäre es nicht, aber immer noch besser, als wenn du uns hier im Auto in die Hose pinkelst!«

»Aber …«, ehe er weitersprechen konnte, drehte sich seine Mutter blitzschnell zu ihm um und sah ihn eindringlich an. Paul verstummte. Einen Moment lang hielten alle den Atem an. Dann atmete Daniel hörbar aus, schüttelte den Kopf und konzentrierte sich wieder auf die Straße vor ihm.

Lautlos ließ auch Emilie die Luft entweichen. Hoffentlich würden sie bald eine Pause machen können und vernünftigen Kaffee finden, ehe es hier noch Mord und Totschlag gab.

Ihr Flehen wurde bald erhört … zumindest teilweise. Denn sie hielten an einem Rasthof und bekamen Kaffee – allerdings nur simplen Filterkaffee. Keinen Espresso, geschweige denn Cappuccino. Das Getränk war immerhin warm und enthielt lebensrettendes Koffein.

Beim Streifen durch die Regale des kleinen Supermarktes auf demselben Rastplatz, wurden unerwartete, längst verdrängte Kindheitserinnerungen wach. Petit Lu – die Kekse hatte sie als Kind geliebt und sie waren so viel besser als die Butterkekse in Deutschland. Sie seufzte. Jedes Mal, wenn sie mit ihren Eltern nach Saint-Georges zur Großmutter gefahren waren, hatte ihr Vater direkt nach der Grenze welche gekauft. Sie wählte eine Familienpackung und warf einen letzten, wehmütigen Blick auf die Regale: Nun hatte der Krebs ihn nicht mehr erleben lassen, wie sie das Gleiche für ihre Kinder tat. Er war vor weit über zehn Jahren, wenige Tage vor ihrer Prüfung zur Bankkauffrau, verstorben. Ihr lief ein Schauer über den Rücken. Immerhin hatte er nicht lange gelitten. Wie Mama, dachte sie unwillkürlich. Ihre Mutter war gerade dabei gewesen, das Abendessen zuzubereiten als sie in der Küche zusammengebrochen war.

Damals hatte Emilie erst seit kurzem nicht mehr zu Hause gewohnt. Wäre sie noch dort gewesen, hätte sie sie vielleicht finden können, bevor der Hirnschlag tödliche endete … Wie immer bei diesem Gedanken, erschauerte sie innerlich. Sie schüttelte ihn mit Nachdruck ab und umfasste die Kekse fester. Das alles war schon so lange her. Sie straffte die Schultern und ging hinüber zur Kasse, wo Daniel vergeblich versuchte, auf Englisch ein Sandwich ohne Butter zu bestellen.

»No butter, please«, sagte er in dieser Sekunde so laut und überdeutlich, dass man hätte meinen können, er spräche über einen unglaublichen Lärmpegel hinweg. Emilie biss sich unauffällig auf die Zunge und trat schnell zu ihm.

»Sans beurre, s'il vous plaît« und schon nickte die Mitarbeiterin hinter dem Tresen ihr freundlich zu. Für Daniel hatte sie nur eine im Vorbeigehen hochgezogene Augenbraue übrig.

»Franzosen« grummelte er, »keine Ahnung von Kaffee und Englisch können sie auch nach 50 Jahren Europa noch nicht.«

Emilie legte ihm die Hand auf den Arm.

»Na ja, vielleicht meinen sie, nach dem Brexit wäre das Thema erledigt.« Er hob die Augenbrauen und sie schob ihm die Packung Petit Lu zu.

»Kannst du die gleich mitbezahlen, bitte?«

Er sah sie an und zum ersten Mal an diesem Tag lag ein kleines Lächeln auf seinen Lippen. Davon ermutigt, stellte sich Emilie auf die Zehenspitzen und küsste ihren Mann auf die Wange. Dabei verrutschte ihre Brille leicht und das Ding holte sich, wie immer, einen kleinen Fettfleck, aber das war ihr der Moment wert.

Sie nahm das Retromodell ab, das ein bisschen an die Hornbrille ihrer Großmutter erinnerte und trotzdem viel moderner war, und putzte unauffällig hinter Daniels Rücken das Glas mit einem Zipfel ihres T-Shirts.

»Du sollst doch ein Brillenputztuch nehmen, sonst zerkratzt du dir nur wieder die Gläser«, mahnte Daniel, ohne sich umzudrehen. Erst als Emilie errötend die Brille hastig wieder aufsetzte, wandte er sich um und zwinkerte ihr zu. Sie lächelte ihn schräg an – ertappt. Er kannte sie einfach zu gut. Kein Wunder nach fast neun Jahren, die sie diesen Sommer verheiratet wären. Sie schmunzelte. Insgeheim hoffte sie, dass eine entspanntere Grundhaltung dazu führen würde, dass er doch noch auf den Geschmack käme mit ihrem frisch begonnenen Abenteuer.

Sie zahlten und gingen dann Hand in Hand gemeinsam die Kinder suchen, die vor dem Regal mit Comics und Büchern andächtig Bilder anschauten – wie durch ein Wunder, ohne sich zu streiten.

Doch bereits auf dem Parkplatz war der harmonische Augenblick vorbei, als Emilie sich von Daniels Hand löste und die Fahrerseite ansteuerte.

»Wo willst du denn hin?«, fragte er und sie glaubte Anspannung in seiner Stimme zu hören. Sie drehte sich um, öffnete die hintere Tür, um Paul auf seinen Sitz rutschen zu lassen und antwortete ruhig: »Ich wollte dich ablösen, du musst doch nicht die ganzen 1.600 km allein fahren.« Statt ihn weiter anzusehen, kontrollierte sie sorgfältig, ob ihr Sohn richtig angeschnallt war. Vor ihrem inneren Auge trommelte eine gorillaartige Comicversion ihres Mannes sich auf die Brust. Obwohl sie ihm immer wieder sagte, wie sehr sie seine Art, für die Familie zu sorgen schätzte, war sein Ego in diesem Punkt irgendwie ein Dauerpflegefall.

Als sie die Tür schloss, war ihr Mann schon wortlos an ihr vorbei gegangen und stieg selbst auf der Fahrerseite ein.

»Ich sag dir schon, wenn ich eine Pause brauche«, brummelte er und warf die Tür hinter sich zu. Sie schüttelte den Kopf, nahm ihren Kaffeebecher und ging um den Wagen herum, um auch ihrer Tochter beim Einsteigen zu helfen. Nachdem beide Kinder wieder in ihren Sitzen saßen, setzte sie sich auf den Beifahrersitz und nahm Daniel die wortlos dargebotene Kekspackung ab.

»Ich will einen Keks«, quiekte Elise fröhlich und strahlte von einem ihrer runden Bäckchen zum anderen. Emilie schmunzelte und gab beiden Kindern je einen Keks.

»Können wir zwei?«, bettelte Paul sofort.

»Wie heißt das?«

»Schnell«, brüllten beide Kinder wie aus einem Mund und es entging ihr nicht, dass dieses erst während der letzten Reise entstandene Ritual auch auf Daniels Gesicht ein Lächeln zauberte. Sie warf ihren Kindern einen gespielt genervten Blick zu und spendierte eine zweite Runde Kekse.

»Hast du auch einen für mich?«, fragte ihr Mann, ohne sie anzusehen, und sie gab ihm einen – die unausgesprochene Entschuldigung für seinen vorangegangenen Affentanz akzeptierend.

Dann ließ sie sich zurück in ihren Sitz fallen und schnallte sich an.

»Bereit zum Abflug?« Die Kinder nickten eifrig, die Münder voller Kekskrümel. »Dann los.« Daniel startete den Wagen.

Später überließ er ihr tatsächlich doch das Steuer, allerdings nicht ohne zu betonen, dass er keiner Ablösung bedürfe. Wenn sie ehrlich war, gefiel es ihr auch besser, wenn er fuhr.

Nicht, dass sie nicht gern selbst fuhr, aber sie war 20 cm kleiner als ihr Mann und musste sich jedes Mal den Sitz und alle Spiegel komplett neu einstellen, wenn er sie ausnahmsweise fahren ließ. Und dann konnte er nie still sein. Ständig ermahnte er sie oder zuckte an den dümmsten Stellen, wenn sie sich auf den Verkehr konzentrieren musste. Ja, er war ein guter Fahrer und sicher fuhr er im Alltag mehr als sie. Nichtsdestotrotz brauchte sie diese Art von Beifahrer so dringend wie ein Loch im Kopf.

Das Resultat war dann auch vorprogrammiert. Weil er gerade wieder an ihrem Abstand zum Vordermann herumnörgelte und sie abgelenkt war, fuhr sie in die nächste Mautstation mit zu hoher Geschwindigkeit und wurde prompt geblitzt.

Daniel schnaubte, plötzlich wieder richtig sauer.

»Verdammt, musste das sein?«

»Ja, klar, als ob ich das mit Absicht gemacht hätte.«

»Na, immerhin sitzt du doch am Steuer.«

»Und du meckerst in einer Tour und machst mich nervös.«

»Ach, jetzt ist es meine Schuld, dass du die 60 auf dem großen roten Schild nicht erkennen konntest?«

»Nein, aber ich war mit dir beschäftigt …«

»Also ist es doch meine Schuld …« Emilie biss die Zähne zusammen. Sie hasste es, wenn sie sich vor den Kindern stritten. Zum Glück kam das äußerst selten vor, denn Daniel war eigentlich einer der friedfertigsten Menschen, den sie kannte. Wenn sie ehrlich war, stritten sie eigentlich erst, seit sie angefangen hatten, sich ernsthaft auf die sechs Monate in Frankreich vorzubereiten.

Doch sie hatte keine Zeit, den Gedanken zu vertiefen, weil in diesem Augenblick der silberne Peugeot vor ihr abrupt abbremste, um sich in letzter Sekunde in eine andere Spur einzuordnen, wo er nicht mit Karte, sondern per Télépéage zahlen konnte. Emilie bremste ebenfalls, zwar völlig rechtzeitig, trotzdem gab Daniel einen Laut von sich, der irgendwo zwischen Aufstöhnen und Knurren lag. Emilie ignorierte ihn und fuhr bis zur Schranke vor.

Sie musste sich ziemlich weit aus dem Fenster lehnen, um das Ticket ziehen zu können und spürte, dass ihm schon wieder etwas auf der Zunge brannte. Doch dieses Mal kam sie ihm zuvor und sah ihm fest in die Augen, während sie das Ticket in das Fach in der Mittelkonsole fallen ließ. Schluss mit dem Affentheater. Und tatsächlich schluckte er seinen Kommentar herunter.

Kaum, dass sie wieder angefahren war, kam von hinten ein »Ich muss Pipi«. Jetzt war es an ihr kurz mit den Augen zu rollen.

»Mama hält gleich an, Häschen«, antwortete Daniel seiner Tochter und deutete heftig gestikulierend nach vorn auf das gut sichtbare blaue Schild, an dem sie in wenigen Metern vorüberfahren würden. »Da kommt schon ein Parkplatz.«

Emilie konnte es sich nicht verkneifen, eine kleine Grimasse zu schneiden. Natürlich würde er ab da weiterfahren. Sie gab auf. Dann sollte er doch, ihr war es egal.

ANKUNFT AUF FRANZÖSISCH

Trotz einer ausgedehnten Mittagspause und der einen oder andern Pipi-Pause mehr als geplant, erreichten die vier Abenteurer ihr Ziel einen Hauch vor 16 Uhr. Je näher sie der 4, avenue des Arènes kamen, desto unruhiger begann Emilie auf ihrem Sitz herumzurutschen. Für die Kinder zählte sie die letzte Viertelstunde jede Minute auf dem Navi herunter.

»Wir sind da!«, rief sie aufgeregt, als Daniel zwischen den schönen hohen Pinien in eine gepflegte Straße mit einzelnen Häusern einbog. Sie verlief parallel zum Strand, auf den sie vor der letzten Kurve direkt zugefahren waren. Wie auf der Mietplattform angepriesen, trennte sie nur ein kurzer Fußweg von der Promenade. Emilie gestattete sich für einen Moment zu bedauern, dass sie es sich nicht geleistet hatten, ein Haus direkt an der Strandpromenade zu mieten, aber dann besann sie sich auf die Schönheit um sie herum und genoss diesen fremden und doch so seltsam vertrauten Anblick. Sie konnte sich gar nicht sattsehen. Auch wenn die meisten Häuser eher nach typisch französischen Bauten aussahen, mit beigen Wänden und roten Dächern, waren auch einige wahre Schönheiten dazwischen, die an die Glanzzeiten der Strandbäder erinnerten. Die Kinder klebten an den Fensterscheiben und drückten sich die kleinen Nasen platt.

Daniel hielt schon kurze Zeit später vor einem eher unauffälligen Gebäude, das über zwei Stockwerke reichte und zur Abwechslung ein dunkles Dach hatte. Es wirkte auf den ersten Blick gepflegt und einladend, mit hohen Pinien, die die Terrasse im Erdgeschoss beschatteten. Daniel parkte vor dem Grundstück und schnallte sich ab.

»Da wären wir«, stellte er fest und streckte sich im Sitz. Er warf einen Blick auf die Uhr. »Wir sind nur ein wenig zu früh.« Emilie biss sich auf die Unterlippe.

Die Korrespondenz mit der Vermieterin war im Vorfeld nicht ganz reibungslos verlaufen und sie hatte mitgeteilt, nicht vor 17 Uhr zu Hause zu sein.

»Na ja, aber aussteigen können wir ja trotzdem und vielleicht gehen wir einfach einen Moment an den Strand?« Ausnahmsweise nickte er zu ihrem Vorschlag.

»Hurra!« wurde die Idee auch von hinten begrüßt und schon schnappten alle Sitzgurte auf.

»Aber Jacken an und Mützen auf«, ermahnte sie ihren Nachwuchs, »es ist hier zwar viel wärmer als in Hamburg, aber wir haben trotzdem Januar und so viel Kraft hat die Sonne noch nicht.«

»Okay«, brummelte Paul, während Elise schon fleißig dabei war, ihre weiße Bommelmütze mit dem Regenbogen über ihre Locken zu ziehen.

Als wolle die Sonne ihre Worte Lügen strafen, schien sie von einem strahlend blauen Himmel auf sie herab.

Als alle in ihren Winterjacken steckten, stiegen die Eltern zuerst aus, um dann die Kinder aus dem Wagen zu lassen.

Genüsslich reckte Emilie die Nase in die Luft und atmete tief ein.

»Riecht ihr das?«, fragte sie und fuhr, ohne eine Antwort abzuwarten fort: »Pinien. Und das Meer. Ist das herrlich!« Ihr Herz jubelte und vor übermütiger Freude drehte sie sich um sich selbst. Die Kinder schlossen sich ihr sofort mit lautem Gekreische an und so wirbelten sie alle drei zusammen und tanzten im Kreis.

Daniel war am Rande der Fahrbahn stehen geblieben und seine Mundwinkel zuckten nach oben. Dann fixierte er einen Punkt hinter seiner Familie. Auch Emilie versuchte im Kreiseln einen Blick über ihre Schulter zu werfen und nahm aus dem Augenwinkel eine kleine rundliche Frau mit tiefschwarz gefärbtem Haar wahr. Sie versuchte, die ausgelassene Bande zum Stehen zu bringen, wurde jedoch erst noch einmal im Kreis gewirbelt, ehe alle zur Ruhe kamen.

»Stopp, anhalten, Brrrr.« Die Kinder lachten und die ältere Dame warf ihnen einen strengen Blick zu.

»Vous êtes les allemands?«, fragte sie, ohne eine Miene zu verziehen und Emilie beeilte sich, ein breites Lächeln aufzusetzen und auf Französisch zu bestätigen: »Ja, wir sind die Deutschen, Familie Saager. Madame Brevot, nehme ich an?«

Die Dame nickte nur kurz, drehte sich dann um und ging zügig in Richtung des Nebeneingangs. Als sie die Pforte erreichte, winkte sie ungeduldig, dass man ihr folgen möge.

Die Familie erwachte aus ihrer Starre und die Kinder stürmten als Erste der Vermieterin hinterher. Emilie bekam sie im Vorbeirennen zu fassen und schickte sie zu Daniel zurück.

»Vielleicht sollte ich das erstmal allein machen, Madame wirkt etwas … streng.« Ihr Mann kniff die Lippen zusammen und nickte dann doch. Sie beeilte sich, der Frau zu folgen, die tatsächlich noch ein Stück kleiner war als sie selbst. Und dabei fand Emilie ihre 1,62 m schon eher unterdurchschnittlich. Zumindest in Deutschland, korrigierte sie sich in Gedanken und musste schmunzeln. Hier in Frankreich würde sie absolutes Gardemaß haben und eher als groß gelten.

Madame Brevot hatte die Tür aufgeschlossen und ließ ihr den Vortritt. Ganz selbstverständlich setzte sie die Konversation auf Französisch fort und Emilie spitzte die Ohren, damit ihr nichts entging. Sie war zwar eigentlich zweisprachig aufgewachsen, hatte aber als Teenager ihrer Mutter die Gefolgschaft verweigert und fortan nur noch Deutsch gesprochen. Seither war ihr Vokabular etwas eingerostet und die französischen Begriffe hingen eher unsortiert, wie bunte Socken, auf einer langen Wäscheleine in ihrem Kopf herum.

»Und damit Sie es nur wissen, ich habe eine Anschlussvermietung, also müssen Sie auf jeden Fall um Punkt 10 Uhr abgereist sein. Denn ich muss dann noch das ganze Haus saubermachen.« Madame Brevot seufzte tief. Emilie verarbeitete die Information noch und krauste dann die Stirn. Sie wandte sich um, schob reflexartig ihre Brille hoch und sah die Französin an.

»Sprechen Sie von unserer Abreise in sechs Monaten?«

»Natürlich«, antwortete Madame Brevot und machte sich etwas größer.

»Okay«, entgegnete Emilie verdutzt.

»Und es muss alles wieder exakt an seinem Platz stehen, denn ich habe keine Zeit zum Möbelrücken. Und wenn Sie etwas kaputt machen, dann sagen Sie mir das spätestens vierzehn Tage vor Ihrer Abreise, damit ich für Ersatz sorgen kann. Einmal, waren hier Leute mit kleinen Kindern, die haben mir einen Drehsessel zerbrochen und dann behauptet, das wäre schon vorher so gewesen …« Emilie biss sich fest auf die Zunge, um bei dem empörten Ton nicht laut loszulachen. Stattdessen zückte sie ihr Smartphone und begann akribisch, jedes Detail des Rundgangs zu fotografieren. Sie schwor sich, jede Vase und sonstigen Firlefanz exakt an seinen Ursprungsort zurückzuversetzen.

Ihre Gastgeberin setzte die Führung mit weiteren Gruselgeschichten fort und sie wunderte sich ehrlich, dass die Frau überhaupt noch vermietete, wenn ihr das offensichtlich alles viel zu viel war.

Wie um ihre unausgesprochene Frage zu beantworten, erzählte sie von ihrem Sohn, der ja noch bei ihr wohnen würde und wie schwer es heutzutage sei, einen Job zu finden.

Sie versuchte weiter ein möglichst anteilnehmendes Gesicht zu machen und freundlich zu nicken, während sie darüber nachdachte, wie alt dieses »Kind«, das es so schwer hatte auf eigenen Füßen zu stehen, wohl sein mochte.

»Bon, je suppose que c'est tout, si non, vous me trouveriez en haut.«

Emilie nickte zustimmend. Sie hatte mehr gehört, als sie hatte wissen wollen. Und sie betete, dass sie auf das Angebot, sich oben bei der Vermieterin melden zu können, wenn etwas sei, nie zurückkommen musste.

Ohne einen weiteren Gruß, oder ihnen gar einen schönen Aufenthalt zu wünschen, verschwand die Schwarzseherin mit einem kurzen Winken.

Emilie blieb ein bisschen verdattert noch einen Moment stehen. Dann schaltete sich ihr Mama-Kopf ein. In Windeseile entfernte sie alles von Tischen und Regalen, was ihre Kinder im Vorbeirennen erwischen und runterwerfen konnten. Sie stellte den überflüssigen Tüddelkram rasch in den hintersten Schrank und auf die Oberschränke der Küche. Zufrieden mit dem Kindersicherheitsniveau des Appartements, ging sie raus an die Hausecke und rief nach ihrer Familie.

»Ihr könnt reinkommen!« Die Kinder stürzten durchs Gartentor und rannten ungebremst ins Haus. Sie fegten wie ein Tornado durch die 80 Quadratmeter, ehe Daniel sich auch nur die Schuhe vor der Tür abtreten konnte.

»Und?«, fragte er zurückhaltend.

»Schau selbst«, entgegnete sie und drehte sich einmal mit ausgebreiteten Armen.

Das tat er. Sah aber nicht einmal halb so begeistert aus wie sie. Überall wo sie in Entzückung geriet, wie zum Beispiel über die Landhausküche, sah er nur abgestoßene Ecken und Macken im Laminat. Als sie erwähnte, dass man das Sofa im Wohnzimmer sogar ausziehen könne, falls sein Bruder zu Besuch kommen wollte, schnaubte Daniel nur und bemerkte nach nur einem Blick, dass das Ding wohl nicht nur zum Schlafen, sondern auch zum Sitzen zu unbequem wäre. Die Kinder hatten sich bereits eines der beiden kleinen Schlafzimmer ausgesucht, die je aus einem Einbauschrank, einem Doppelbett und einer Kommode, respektive einem kleinen Sekretär bestanden.

Als Emilie ihrem Mann dann auch noch von dem seltsamen Willkommensmonolog von Madame Brevot berichtete, zückte auch er sofort sein Handy und begann jede noch so kleine Schramme und Kerbe in der Wohnung zu dokumentieren.

»Fehlt mir noch, dass die uns am Ende unsere Kaution nicht wiedergibt.»

»Wollen wir jetzt vielleicht trotzdem als erstes an den Strand ...«

»Nein.«

Verletzt sah sie zu ihm auf. Er bemerkte, dass sein Ton wohl etwas unfreundlich gewesen war. Gemäßigter fuhr er fort:

»Lass uns doch erstmal das Auto leer machen.«

»Okay«, stimmte sie widerstrebend zu und rief die Kinder zusammen, damit sie ihre spielzeugbeladenen Rucksäcke reinholen konnten. Die beiden waren völlig außer Rand und Band. Trotzdem bremste Elise vor ihrer Mutter, legte den Kopf schief und wischte sich eine wildfliegende Locke aus dem Gesicht. Ihre Mütze hatte sie mal wieder irgendwo verloren.

»Mami, wieso ist im Bad keine Toilette?«

Emilie hockte sich vor ihren Dreikäsehoch und strich eine weitere Ringellocke nach hinten, die umgehend zurückfederte.

»Häschen, die Toilette ist gleich die Tür daneben.« Elise zog ihre kleine Nase kraus und schloss kurz die Augen, um diese Information zu verarbeiten. Dann brach ein breites Grinsen auf ihrem Gesicht aus und sie riss die großen braunen Augen auf, in denen der Schalk blitzte.

»Damit es im Bad nicht so stinkt, wenn Papa Kaka macht?«

Da Daniel mit Paul schon zum Auto vorausgegangen war, gestattete sie sich ebenfalls ein Lächeln und zwinkerte ihrer Tochter zu.

»Genau, Sternchen, aber sag es nicht …«

»Papaaaa!!!«, schrie ihre Tochter und stürzte mit wehender Lockenpracht hinaus auf die Straße. Emilie schüttelte noch immer hockend den Kopf und richtete sich dann wieder auf.

Noch einmal sah sie sich in dem Wohn-/Koch-/ Essbereich um. Ja, alles war eher für Feriengäste eingerichtet und auf den zweiten Blick wirkten die meisten Dinge auch durchaus benutzt, um es höflich zu formulieren. Aber sie war wild entschlossen, dass sie es sich hier für die kommenden Monate so gemütlich machen würden wie nur möglich. Sie atmete tief durch und folgte ihrer Familie nach draußen.

Die meisten Sachen hatten die lange Reise gut überstanden. Zum Glück hatten sie letztes Jahr entschieden, ihren VW Sharan noch eine Weile zu behalten. Ohne den geräumigen Wagen mit der zusätzlichen Dachbox, hätten sie vielleicht einen Transporter mieten müssen. Auch wenn sie in ein möbliertes und voll ausgestattetes Ferienappartement zogen, hatte sich für das geplante halbe Jahr ganz schön viel Zeug angesammelt, das es zu transportieren galt.

Emilie schleppte die Kühlbox in die Küche. Hier standen bereits überall Tüten, Beutel und Klappkisten herum. Kurzentschlossen hievte sie das Ungetüm auf die Küchenablage. Daniel kam hinter ihr in den Küchenbereich in beiden Händen große Packtaschen mit den Klamotten der Kinder für drei Saisons und in zwei Größen – der aktuellen und der, die sie vermutlich im Sommer haben würden.

»Lass mich doch die schweren Sachen machen«, knirschte er und sie drehte sich zu ihm um.

»Schon okay«, lächelte sie, ohne dass er es erwiderte. Ächzend hob er die Taschen ein wenig an.

»Wohin?«

»Die da gleich hier rechts ins Kinderzimmer, die andere in unser Schlafzimmer.«

Er schleppte sich und seine Last an ihr vorbei. Sie runzelte die Stirn. Nun waren sie doch angekommen, warum wirkte er immer noch so angespannt? Dann zuckte sie mit den Achseln und ging zurück zum Auto.

Auf dem Weg fand sie die Kinder, die bereits auf der Terrasse angefangen hatten, ihre Rucksäcke auszupacken und scheuchte sie mit ihrem ganzen Kram in den Wohnzimmerbereich. Dort würden sie nicht im Weg sitzen, während die Erwachsenen den Wagen zu Ende ausluden.

Es waren nur noch verstreute Kleinigkeiten übrig. Ein einzelner Schuh, der aus einem Beutel gepurzelt sein musste, ihre Thermobecher, die Mülltüte, ein paar Zopfgummis, versprengte Legosteine und benutzte Taschentücher.

Emilie machte mit wenigen Handgriffen klar Schiff und verschloss dann das Auto. Zufrieden drehte sie sich um und warf sehnsüchtig einen Blick in die Richtung, wo hinter den Gärten das Meer lag.

Die Sonne verschwand bereits hinter den Bäumen. Wenn sie heute noch an den Strand wollten, mussten sie sich beeilen.

Sie kehrte in die Küche zurück und fand ihren Mann dabei, wie er bereits die Schränke einräumte und ihre mitgebrachten Vorräte verstaute.

»Lass doch, ich kümmere mich schon darum.«

Als habe er sie nicht gehört, öffnete er den Deckel der Kühlbox und verzog das Gesicht.

»Scheiße, was ist denn hier passiert?«

Rasch trat sie zu ihm und blickte, auf Zehenspitzen stehend, in den Behälter. Es sah aus, als hätte jemand einen Joghurt hineingeschüttet. Emilie wollte vorsichtig ein Teil herausnehmen, doch Daniel kam ihr zuvor und schob sie sogar noch ein Stück zur Seite.

»Ich mach das schon.«

So langsam begann seine schlechte Laune und sein schroffer Ton auch an ihren Nerven zu zerren. Auch sie war seit 36 Stunden unterwegs und hatte die Nacht im Hotel nur mäßig geschlafen. Auch sie hatte zwei Tage mit den nicht immer mega gut gelaunten Kindern im Auto zugebracht und auch sie hatte mit ein- und ausgepackt. Es gab absolut keinen Grund, warum er meinte, sie anraunzen zu müssen. Deshalb fiel ihre Antwort nun ebenfalls etwas ruppig aus.

»'tschuldigung, ich wollte ja bloß helfen.«

Sie trat demonstrativ einen Schritt zurück und verschränkte die Arme vor der Brust.

Wieder nahm er keine Notiz von ihr, sondern trug nur einzelne Verpackungen, Flaschen und Gläser zur Spüle, um sie dort feucht abzuwischen.

Schließlich hob er eine kleine Flasche mit Vanillesauce hoch und holte mit der anderen Hand einen Becher Quark hervor. Der Aludeckel war durchstoßen.

»Hab ich dich.«

»Super«, sagte Emilie und machte wieder einen Schritt auf ihn zu, »dann kann ich ja jetzt wenigstens die Kühlbox ausw…«

»Nein«, fuhr er sie an. Jetzt platzte auch ihr der Kragen.

»Sag mal geht's noch? Was ist eigentlich los mit dir? Hab ich dir was getan oder lässt du nur zum Spaß deine schlechte Laune an mir aus?«

Die zwei kleinen Falten zwischen seinen Augenbrauen vertieften sich und mit finsterem Blick zischte er zurück:

»An wem sollte ich sie denn sonst auslassen, wer hat uns denn dieses ganze Chaos eingebrockt?«

Sie verstand gar nichts mehr.

»Was kann ich denn bitte dafür, dass die Vanillesauce den Quark beglücken will?«, fuhr sie ihn leise an. Er schnaubte verächtlich.

»Es geht wohl kaum um diese Sauerei.« Emilies Nackenhaare stellten sich auf.

»Ach nein, worum denn dann bitte?« Daniel sah sie an. Seine Faust war um die Flasche Vanillesauce geballt, die Lippen ein schmaler Strich. Seine Frau hatte ihre Hände in die Hüften gestemmt und starrte ohne zu Blinzeln zurück.

Als würde er mit aller Macht an sich halten, presste er fast lautlos hervor:

»Na, diesen ganzen Wahnsinn mit dem Remote Arbeiten auf Zeit aus Frankreich. Das war doch schließlich deine Schnapsidee.«

Jetzt wurde auch sie richtig böse und hob die Stimme:

»Aber das hab ich doch nicht allein entschieden, du hast doch schließlich ja gesagt, oder nicht? Und wann hätten wir das denn wohl sonst machen sollen? Schließlich kommt Paul im Sommer in die Schule …«

»Keine Ahnung, aber jetzt mit der Beförderung, die noch im Raum steht und dem neuen Projekt … und dann sieh dich hier doch mal bitte um …« Er breitete die Arme aus und zeigte abschließend mit dem quarkbeschmierten Zeigefinger direkt auf ihre Brust: »Du hast uns doch alle hierher geschleppt aus was weiß ich welchen Gründen der Selbstfindung. Ich hätte mich da nie drauf einlassen dürfen. Und schon gar nicht jetzt.«

»Weil es immer nur um dich geht, nicht wahr? Um dich und um deine Bequemlichkeit. Hauptsache es ist immer hübsch alles *wie immer*«, höhnte sie zurück. Er wollte antworten, doch sie fuhr ihm noch eine Nuance lauter über den Mund.

»Du bist es doch, der Tag und Nacht nur noch am Schreibtisch sitzt. Erinnerst du dich noch an unser letztes gemeinsames Abenteuer? Ich jedenfalls nicht. Seit die Kinder da sind, arbeitest du ununterbrochen …«

»Weil ich für uns sorgen muss, das Haus bezahlt sich schließlich nicht von allein und jetzt, wo du dich auch noch selbstständig gemacht hast …«

»Das war ja wohl auch *unsere* Entscheidung! Und was hätte ich denn sonst machen sollen nach den Rationalisierungen im Bankenwesen? Ich kann doch froh sein, dass mich die Hanseatische Sparkasse mit dem Sabbatical und der bezahlten Fortbildung so unterstützt hat!«

»Du hättest dir auch einfach wieder einen Job suchen können, das wäre sicherer …«

»Oh, und da haben wir es ja, dein absolutes Lieblingswort: SICHER.« Jede ihrer Silben troff jetzt vor Verachtung. »Du wirst vor lauter Sicherheit unsere Ehe noch komplett zu Tode langweilen! Du bist ein verdammter Bedenkenträger. Immer nur das Schlimmste sehen.«

»Und du bist einfach nur leichtsinnig. Ich habe keinen Bock mehr, dein Chaos aufräumen zu müssen. Aber du rennst mal wieder einfach los und ich kann dann zusehen, wie ich deinen Luftschlössern Fundament gebe!«

Mit verschränkten Armen, verzerrten Gesichtern und zusammengebissenen Zähnen, starrten sie einander wütend an.

»Mami?«. Ein dünnes Stimmchen zerriss das eisige Schweigen.

Schreck trat in das Gesicht beider Elternteile.

Paul und Elise standen nebeneinander, keine drei Meter von ihnen entfernt neben dem Küchentresen und sahen sie aus großen Augen und mit offenen Mündern an.

»Haut ihr euch jetzt gleich?«, fragte ihre Tochter und neigte den Kopf zur Seite.

Schamesröte überzog Emilies Wangen. Noch nie hatten sie sich so angeschrien – und schon gar nicht vor den Kindern. Rasch durchquerte sie die Küche und hockte sich vor ihrem Nachwuchs hin. Sie ergriff eine Hand jeden Kindes.

»Aber nein, Häschen, Mami und Papi mussten nur mal was besprechen.«

»Das war aber ganz schön laut«, bemerkte die Kleine und formte einen Schmollmund. Ehe sie etwas entgegnen konnte, fragte Paul, der sich nicht so leicht ablenken ließ:

»Worüber habt ihr euch denn gestritten?« Sie widerstand dem Impuls, sich zu Daniel umzuwenden, um ihn hilfesuchend anzublicken. Trotzdem antwortete er über ihre Schulter hinweg:

»Nur Erwachsenenkram, mach dir keine Gedanken, das hat gar nichts mit euch zu tun.« Er war dicht hinter sie getreten und fasste von dort seinem Sohn auf die Schultern. Der sah wenig überzeugt aus. Während Elise sich umdrehte und anfing nach ihrer Lieblingspuppe zu suchen, sah Paul erst seiner Mutter und dann seinem Vater fragend ins Gesicht.

»Und vertragt ihr euch jetzt auch wieder?«

Das war einer der seltenen Momente, in denen Emilie es verfluchte, ein so kluges und sensibles Kind zu haben. Sie erhob sich und blickte Daniel an. Sie waren beide noch aufgewühlt, und sie sah auch ihm deutlich die Zerrissenheit an. Also gab sie sich einen Ruck, lächelte ihrem Großen zu und sagte:

»Natürlich, Tigerchen, so macht man das doch, nicht wahr?«

Nun war auch Paul zufrieden, nickte, grinste sie an und wandte sich dann wieder seinem Lego-Raumgleiter zu.

Emilie drehte sich zurück zu ihrem Mann, doch anstatt etwas zu sagen, wandte der sich nur wortlos ab.

Sie schafften es tatsächlich noch kurz an den Strand, denn vor dem Abendbrot kribbelte es den Kindern dann doch in den Füßen. Das mühsame sich nochmal komplett Anziehen wurde belohnt, denn die Luft und das Meer waren herrlich. Auch wenn Daniel und sie immer noch kein Wort miteinander wechselten und es tunlichst vermieden, sich gegenseitig in die Quere zu kommen, genossen sie alle den Ausblick. Die sanft gebogene Bucht war links begrenzt durch hohe Felsen und zog sich nach rechts über drei Kilometer lang hin bis zum Yachthafen von Royan. Vor den Felsen ragten langgezogene Austernbänke in die Bucht und auch ein für die Region typisches Stelzenhaus eines Austernfischers stand dort. Die Sonne war zwar schon fast untergegangen, aber der Anblick des Atlantiks, des noch völlig naturbelassenen Strandes und die blaue Weite des Himmels, entschädigten Emilie bereits ein wenig. Es war ein Bild wie von einer Postkarte: Rau, wild und wunderschön. Die Kinder rannten ausgelassen hin und her, schleppten Äste und ganze Baumstämme über den Strand, spielten Fangen und jagten vereinzelte Möwen.

Nur wenige Spaziergänger, die meisten mit Hunden, waren zu sehen. Emilie atmete tief durch.

Auch Daniels Züge und Haltung entspannten sich. Er hatte sich ein paar Schritte von seiner Familie entfernt und war mit dem Blick auf den Horizont gerichtet an der Kante des noch ablaufenden Wassers stehengeblieben. Die Hände tief in die Taschen seines schwarzen Parkas vergraben, war er ganz in sich versunken. Sie beobachtete ihn verstohlen und wünschte, sie könnte seine Gedanken lesen. Doch sein Hinterkopf verriet ihr ebenso wenig über seine Sorgen und Nöte, wie die vorangegangenen Gesprächsversuche der letzten Wochen. Es war, als wäre seit das Thema Frankreich auf der Agenda erschienen war, irgendwas an ihrer Verständigung kaputt gegangen. Manchmal hatte Emilie das Gefühl, mit einem Wildfremden zu sprechen … oder mit einer hängengebliebenen Schallplatte … mein Job, meine Beförderung, das Projekt … wichtig, wichtig, wichtig … und um was er sich alles Sorgen machte in Bezug auf die Kinder und die Schule …

»Lasst uns nach Hause gehen, es ist kalt.« Auch wenn er mit an Sicherheit grenzender Wahrscheinlichkeit nicht Gedanken lesen konnte, war seine Laune immer noch unterirdisch und sein Ton duldete keinen Widerspruch. Trotzdem quengelten die Kinder natürlich los, dass sie lieber noch bleiben würden.

»Kommt, heute gibt es euer Lieblingsessen«, lockte Emilie und beide brüllten zur Antwort »Spaghettiiiiiii!« in den Wind. Sie lachte und nahm Paul an die rechte Hand, Elise an die linke und hüpfte mit ihnen den Strand entlang zurück zu der Treppe, die den Aufgang zu ihrer Straßenecke darstellte.

Emilie hatte befürchtet, dass die zwei nach den aufregenden Tagen und all den Veränderungen am ersten Abend schlechter zur Ruhe kommen würden und war erleichtert festzustellen, dass genau das Gegenteil der Fall war: Binnen fünf Minuten waren die Kinder eingeschlafen. Sie räumte zusammen mit ihrem Mann noch die letzten ausgepackten Kisten und Taschen an ihre neuen Lagerplätze und war gerade zum Zähneputzen ins Bad verschwunden, als es im Kinderzimmer laut rumpelte und kurz darauf ohrenbetäubendes Geschrei erklang.

Sie war die erste an der Tür und riss sie auf.

Elise saß auf dem Boden und weinte herzzerreißend. Obwohl sie ihr die Bettdecke in typisch französischer

Manier ganz fest unter die Matratze gesteckt hatte, hatte sich die Kleine im Schlaf freigestrampelt und war daraufhin aus dem Doppelbett gefallen, in dem die Kinder zusammen schliefen. Emilie nahm sie hoch, überprüfte schnell, dass sie keine ernsthaften Verletzungen hatte und wiegte sie dann in ihren Armen, bis sie sich beruhigt hatte. Anschließend legte sie sie wieder hin, steckte die Decke erneut fest und rückte einen Stuhl zwischen Bett und Nachtschrank. Elise war bereits tief und fest eingeschlafen.

»Das wird nicht halten«, bemerkte Daniel flüsternd aus dem Türrahmen und verschwand. Nach wenigen Augenblicken erschien er mit einem Spanngurt, den er zwischen den Füßen des Bettes so befestigte, dass er die hinteren beiden Stuhlbeine damit am Bett fixieren konnte. Er schob den Stuhl so, dass er auf Bauchhöhe von Elise stand und ihr damit hoffentlich ein Rausfallen unmöglich machen würde. Er richtete sich auf und nickte Emilie zu, die ihm ein dankbares kleines Lächeln schenkte.

Als sie im Bad fertig war und sich gerade hingelegt hatte, um wenigstens noch zwei Seiten in ihrem Krimi zu lesen, heulte plötzlich Paul los.

Dieses Mal war sie nur zweite. Daniel kniete bereits neben dem Bett und hielt seinen jaulenden Sohn im Arm.

»… sie tritt mich immer«, klagte der. Daniel strich seinem Großem über den Rücken und betrachtete seine mittlerweile quer im Bett ausgestreckt schlafende Tochter.

Dieses Mal hatte Emilie die rettende Idee. Während der Vater noch seinen schniefenden Jungen tröstete, legte sie ihre Kleine wieder ordentlich auf ihre Seite. Dann rollte sie die Tagesdecke zusammen und stopfte die Rolle in der Mitte unter das Laken. Sie zog alles wieder glatt und frischte auch Kopfkissen und Decke auf Pauls Seite auf.

»So, Tigerchen, nun kannst du ganz entspannt schlafen.« Daniel legte ihn wieder ins Bett und strich ihm über das Haar.

»Schlaf gut, mein Großer.« Gehorsam rollte der sich zusammen und schloss die Augen. Die Eltern verließen zum dritten Mal auf Zehenspitzen das Zimmer.

Eine halbe Stunde später lag auch ihr Mann endlich im Bett. Seine Laune war immer noch düster. Sie hatte ihn nicht mehr darauf angesprochen. Stattdessen hatte sie einen Moment gelesen, bis er sie schließlich bat, das Licht auszumachen, was sie tat. Es war so untypisch für sie beide, dass der Tag so doof endete.

»Schlaf gut«, flüsterte sie in die Dunkelheit. Einen Atemzug später hörte sie ein neutrales »du auch«. Okay, besser als nichts. Sie schloss die Augen – aber der Schlaf wollte sich nicht einstellen.

Zunächst dachte sie, dass es vielleicht an der neuen Umgebung oder der Anspannung des Tages lag, doch nach einer Weile wurde ihr bewusst, dass das sonore Störgeräusch keiner Einbildung entsprang.

Daniel neben ihr drehte sich um.

»Hörst du das auch?«, fragte sie leise.

»Ja, und es nervt. Wo schlafen wir? Auf einem alten Dieselmotor?«

Emilie lauschte.

»Nein, das ist kein Motor, das ist höher und leiser.«

»Mechanisch«, fügte er hinzu und beide lagen einen Moment mit angehaltenem Atem da und lauschten in die Dunkelheit, bis Daniel genervt aufsprang und sein Ohr zunächst ans Fenster hielt.

Da das Geräusch nicht von außen kam, begann er, auf die Suche nach der Quelle für das unangenehme Brummen zu gehen. Er brauchte nicht lange. Schon nach zwei Schritten auf dem Flur, identifizierte er die Toilette, die direkt gegenüber ihrer Schlafzimmertür lag, als Ursprungsort des Lärms. Die Lüftung des mikroskopisch kleinen Raums dröhnte beim Näherkommen wie ein ganzer Bienenschwarm, und was ihnen am Tag bei all den Nebengeräuschen nicht aufgefallen war, raubte ihnen jetzt in der Stille der Dunkelheit die Nachtruhe.

»Kann man das abschalten?« Sie stand mit zusammengekniffenen Augen hinter ihm, um zu sehen, was er gefunden hatte. Ihre Brille lag noch auf dem Nachtschrank. Er legte den Kopf schief, was wohl bedeutete *dann hätte ich das wohl schon getan.* Er entfernte eine Abdeckung am Bewegungsmelder.

»Hm«, machte er, »keine Batterie.« Emilie stöhnte innerlich auf, doch dann hatte auch sie eine Idee.

»Ich hab unsere von zu Hause mitgenommen … und ich hab sie irgendwo hin geräumt …«

Sie legte den Finger an die Lippen und dachte nach. Dann schnipste sie, holte rasch ihre Brille vom Nachtschrank, flitzte hinüber ins Wohnzimmer und zauberte eine kleine bunte Dose, die Paul mal im Kindergarten beklebt hatte, hervor, die bis zum Rand mit Batterien in unterschiedlichen Größen gefüllt war.

Nun entspannte sich Daniel und wählte eine Blockbatterie aus. Sie passte und er setzte alles wieder an seinem Platz ein.

»Nun sollte die Lüftung eigentlich ausgehen, wenn sich nichts mehr bewegt.« Sie sahen sich achselzuckend an, zogen die Tür ran und gingen zurück ins Schlafzimmer.

Sie hatten sich zwar wieder hingelegt, aber seine Nachttischlampe brannte noch. Sie warteten. Es brummte. Sie warteten. Das Licht ging aus. Es brummte weiter.

»Och, Menno, das kann doch wohl nicht wahr sein«, entfuhr es ihr. Frustriert schlug sie die ausgestreckten Arme lang auf die Bettdecke.

Er stand wortlos auf und ging hinüber ins Wohnzimmer. Sie hörte, wie er im Dunkeln rumorte, sich an etwas stieß, fluchte – und dann plötzlich nichts mehr.

Auf leisen Sohlen kam er zurück ins Schlafzimmer. Sie stützte sich auf die Ellbogen und blickte ihn an:

»Was hast du gemacht?«

»Die Sicherung rausgedreht.«

»Können wir das einfach tun?«

Er legte sich wieder hin.

»Siehst du doch. Oder hast du eine bessere Idee?«

»Nein«, entgegnete sie gereizt, »aber das ist doch kein Zustand.«

»Willst du das vielleicht mit deiner Madame Brevot klären?«

Emilie schwieg, ließ sich wieder auf ihr Kissen fallen und kaute an ihrer Unterlippe.

»Na, also«, sagte er. Sie grummelte nur still in sich hinein. Einen Moment blieb es still, dann fügte er noch hinzu:

»Du hast es doch so gewollt.« Ohne ein weiteres Wort, ein Gute Nacht oder gar einen Kuss, drehte er sich auf die Seite, knipste die Lampe aus und zog sich die Decke bis über die Ohren.

Sie starrte im Dunkeln erst seinen Rücken an und dann nach oben.

Zischend ließ sie ihren angehaltenen Atem entweichen.

Das konnte er doch so nicht sagen. Natürlich hatte sie das gewollt, aber doch nicht so.

Sie kehrte ihm ebenfalls den Rücken zu und wollte die Decke auch bis über die Schultern ziehen. Da sie hier eine gemeinsame teilten, zog sie ihm automatisch seinen Teil weg und nun war es wiederum an ihm zurückzuziehen.

Da keiner derjenige sein wollte, der auf den anderen zu rückte, ging das Gezerre noch eine Weile stumm weiter, bis beide endgültig grantig einschliefen. Es wurde eine unruhige Nacht – auch wenn es still blieb.

Bei Licht besehen – nicht besser

»Ich will aber Pfannkuchen.« Elise stand in ihrem bunt geringelten Schlafanzug da, stampfte mit ihrem kleinen Fuß auf und machte das böseste Gesicht, das sie hinbekam. »Sonst werde ich bocksauer auf dich.«

Emilie schmunzelte bei dem kindlichen Versprecher. Es war kurz nach 8 Uhr und sie hatte gerade ihre Laufschuhe angezogen, um eine kleine Runde zu drehen und dabei zu sehen, ob sie nicht einen Bäcker finden konnte, der außerhalb der Saison am Sonntag geöffnet hatte.

Dass sie auf jeden Fall einen Discounter und einen großen Supermarkt im Industrie- und Einkaufspark an der Straße von Royan Richtung Saujon hatten, war ihr schon gestern im Vorbeifahren aufgefallen und sie hatte gleich die Öffnungszeiten gegoogelt. Verhungern würden sie am ersten Tag also nicht gleich.

Trotzdem bot die Suche nach einem Bäcker eine willkommene Ausrede, um der noch immer andauernden Stille zwischen Daniel und ihr zu entgehen.

Sie warf einen Blick auf ihre Tochter, deren Locken wild in alle Himmelsrichtungen von ihrem Kopf abstanden und einen dunklen Heiligenschein um ihren kleinen Teufel bildeten. Wenn sie ihr nur nicht so aus dem Gesicht geschnitten wäre – und noch dazu ihren Dickschädel geerbt hätte. Emilie lächelte und hockte sich vor ihr Mini-Me.

»Soso, du wirst also stocksauer auf mich.« Sie schmunzelte. »Sternchen, ich verspreche, wenn wir nachher Eier gekauft haben, mache ich dir heute Nachmittag Pfannkuchen zum *petit-quatre-heure.*

Überrascht stellte sie fest, dass kaum in Frankreich angekommen, längst vergessene Begriffe begannen, sich wieder in ihren Kopf zu spülen. Ganz so, als hätten sie all die Jahre irgendwo gelauert und nur auf ihren Auftritt gewartet.

Elise legte den Kopf schief und schmollte.

»Das dauert ja noch eeeewig.« Emilies Lächeln wurde weicher. Sie stupste die Nasenspitze ihrer Tochter mit dem Zeigefinger an und entgegnete: »Nein, Sternchen, das heißt einfach nur, dass wir sie heute Nachmittag essen.«

Elise rollt eindrucksvoll mit ihren dunklen Augen.

»EEEEWIIIIG!«

Ihre Mutter stand auf und wuschelte durch ihre Locken.

»Geh und hilf Papi, den Tisch zu decken, und ich beeil mich, uns Baguette und Croissants zu besorgen, okay?«

»Aber ich will ein Croissant für mich allein.« Mit dieser letzten Bedingung presste sie ihr plüschiges Einhorn an sich und hüpfte hinüber zu ihrem Vater, der die Küchenschränke nach Tellern und Zubehör durchstöberte.

Emilie zog ihre Handschuhe an und steckte sich die Airpods in die Ohren.

La Boulangerie du Phare – die Bäckerei am Leuchtturm – hatte tatsächlich ganzjährig auch sonntags geöffnet und lag nur einen Katzensprung von ihrem Haus entfernt. Gierig sog sie den Geruch von frisch gebackenem Baguette ein und stellte sich geduldig in der Schlange an, die sich vor dem Laden auf dem Bürgersteig gebildet hatte. Als sie den Verkaufsraum betrat, in dem maximal drei Menschen stehen konnten, verstand sie das Phänomen der Wartenden auf der Straße.

Sie bestellte zwei Baguettes und vier Croissants, zahlte und machte sich auf den Rückweg. Sie war zwar nicht sehr weit gelaufen, hatte aber bereits das Meer gesehen, das heute früh fast spiegelglatt wirkte und war zutiefst zufrieden.

Die Handschuhe hatte sie auf halber Strecke ausgezogen, denn mit 12 Grad war es dafür einfach zu warm. Winter im Süden, sie schmunzelte. Das Baguette roch so verführerisch, dass sie sich gestattete, einen Knust abzubrechen und genüsslich hineinzubeißen.

Eine Woge von Glücksgefühlen breitete sich von ihrer Zungenspitze im ganzen Körper aus und wieder wurde eine Welle von Erinnerungen freigesetzt, als wäre ein Damm in ihrem Gehirn gebrochen. Sie glaubte, die selbstgekochte Erdbeermarmelade zu riechen, die ihre Großmutter immer eingemacht hatte, wenn sie im Sommer bei ihr zu Besuch gewesen waren. Sie erinnerte sich an Sommeräpfel und selbst gebackene Madeleines zum Frühstück. Plötzlich wurde ihr bewusst, dass ihr Tränen über die Wangen liefen. Sie war so von ihren Erinnerungen übermannt worden, dass sie erst jetzt bemerkte, dass sie in die völlig falsche Richtung losgelaufen war. Sie schüttelte sich, wischte sich mit dem Handrücken die Nässe von den Wangen und steckte das letzte Stück Baguette in den Mund.

»Besonders viel los ist hier ja nicht«, bemerkte Daniel und bog aus dem kleinen Kreisverkehr in eine Straße ein, auf der immerhin wieder 50 km/h erlaubt waren. An den meisten Häusern in ihrem Viertel waren die Fensterläden geschlossen und die Gärten sahen so aus, als könnten sie einen

Rasenmäher vertragen. Insgesamt hatten sie nur an drei Stellen Licht brennen sehen.

»Die Leute sind sicher zur Arbeit«, gab Emilie einen Tipp ab.

»Am Sonntag?« Ihr Mann zog die Augenbrauen hoch. Sie schlug sich innerlich vor die Stirn. Mit den Feiertagen, dem Wochenende und ihrem Umzug war sie irgendwie aus dem Takt geraten. Er hatte recht, es war immer noch Sonntagvormittag und nur weil sie in einem Badeort einen offenen Supermarkt vorfanden, bedeutete das nicht, dass die Franzosen grundsätzlich etwas an ihrer Einstellung zur Arbeit verändert hatten.

Sie betrachtete die eingeschossigen Bungalows und in verschiedenen Pastelltönen gehaltenen Häuser, die die Straße nach Royan säumten und zuckte mit den Schultern.

»Ist halt ein echter Urlaubsort.«

»Ich habe gelesen, dass Royan nur etwa 20.000 Einwohner hat, sich die Zahl im Sommer aber mehr als verzehnfacht. Das will auch echt keiner erleben – aber so ein Totentanz hier … gruselig.«

Emilie kuschelte sich tiefer in ihren Sitz. Heute ließ sie sich nicht aus der Reserve locken.

»Ich find's zauberhaft und ist doch schön, dass wir den Strand quasi für uns haben. Wir brauchen uns keine Sorgen zu machen, wenn die Kinder auf der Straße Roller fahren und stören tun wir auch keinen, wenn wir mal laut sein wollen.«

»Bis auf Madame Brevot.« Der Gedanke an die Vermieterin dämpfte auch ihre Euphorie.

»Bis auf Madame Brevot«, räumte sie ein.

Sie bogen nach rechts auf die Avenue du Dr. Joliot-Curie ab, die nach dem nächsten Kreisverkehr zur N150 wurde und passierten ein großes Gymnasium.

»Freut ihr euch denn schon auf die neue Schule morgen, Kinder?«, fragte Emilie nach hinten, um das Thema zu wechseln.

»Jaaaa!«, quietschte Elise.

»Vorschule«, knurrte ihr Sohn.

»Vorschule«, wiederholte seine Mutter.

»Nein«, murrte er nun.

»Ich auch nicht«, echote seine Schwester, um auch nur ja alles so zu machen wie ihr Bruder.

»Warum denn nicht, Tigerchen, das wird bestimmt super und du kannst lauter neue Kinder kennenlernen.«

»Die ich alle nicht verstehe.«

Kurz fragte sie sich, wie er auf diese Idee gekommen war, obwohl er noch keinem einzigen Kind begegnet war, aber mit einem Seitenblick auf Daniel ahnte sie, dass vermutlich sein Vater ihn darauf *vorbereitet* hatte. Natürlich meinte der es nur gut, aber sie wünschte sich, er wäre nicht solch ein Bedenkenträger – und vor allem, dass er damit nicht auch noch die Kinder belasten würde. Sie seufzte und machte sich an die Schadensbegrenzung.

»Ach, mach dir keinen Kopf, das lernst du schnell. Guck mal, ich muss doch auch so viele Worte wieder neu lernen. Erinnerst du dich noch, wie man *Hallo* sagt?«

»Salut«, brummte er und starrte sie finster an.

»Salut«, flötete auch Elise fröhlich.

Sie verkniff sich ein Lächeln. »Und wie sagst du *Ich heiße Paul*?«, fragte sie ernst.

»Je m'attelle Paul.«

»Je m'appelle Paul«, korrigierte Emilie ihn sanft.

»Siehst du«, fuhr er sie an, »ich kann das nicht. Das wird total doof in der Schule.« Seine Mutter streckte ihre Hand aus und nachdem er sie zuerst abgeschüttelt hatte, ließ er im zweiten Anlauf doch zu, dass sie seine Finger nahm und streichelte.

»Nein, mein Schatz, das wird ganz prima, du wirst schon sehen. Vielleicht lernen die anderen ja auch ein bisschen Deutsch von dir.«

»Je m'appelle Paul«, krähte Elise.

Paul warf ihr einen finsteren Seitenblick zu. Emilie verschraubte sich andersherum, um auch ihre Tochter ansehen zu können.

»Du heißt auch Paul?« Elise kicherte und schüttelte ihren Lockenkopf.

»Nein.«

»Je m'appelle Elise«, sagte ihre Mutter ihr den korrekten Satz vor und die Kleine wiederholte ihn bereitwillig ein halbes Dutzend Mal in verschiedenen Tonlagen. Ihr Bruder starrte aus dem Fenster.

»Discounter oder Supermarkt?«, fragte Daniel unvermittelt und sie wandte sich rasch wieder nach vorne. Gerade waren sie an einem Aldi vorbeigefahren und auf der linken Seite kam bereits ein Lidl in Sicht. Ein Schild an der Straße wies auf den E.Leclerc 200m weiter hin.

»Den französischen«, antwortete sie reflexartig.

Unkommentiert fuhr ihr Mann bis zur Ampel und ordnete sich in die Abbiegespur ein. Der Parkplatz war für einen Sonntagmorgen bereits gut gefüllt.

Sie fanden dennoch eine Lücke und holten sich einen großen Einkaufswagen.

Der Laden bot im Eingangsbereich Platz für verschiedene kleine Boutiquen, die heute allerdings geschlossen hatten. Darunter befanden sich auch ein Schokoladenfeinkost- und ein Parfümgeschäft. Wenn man mit der Rolltreppe ins Untergeschoss fuhr, waren dort ein Café, ein Bistro, eine Apotheke und noch eine Handvoll andere Geschäfte.

Heute jedoch hatte nur die Hauptfläche geöffnet. Wie man es auch aus amerikanischen Serien kannte, bekam man in diesem Laden, neben Lebensmitteln, alles von Schreibwaren, über Gartengeräte und Drogerieartikel, bis hin zu Kleidung, Spielzeug und was der Haushalt an Deko und Geschirr brauchte. Emilie nickte zufrieden. Zumindest würde ihnen in der Nahversorgung an nichts mangeln und die lokalen Geschäfte und Märkte konnten sie dann in Ruhe nach und nach erkunden.

»Wie soll man sich denn hier orientieren?«, murmelte Daniel. Sie entschied sich, ihn zu ignorieren und ging forschen Schrittes voran.

Sie fanden alles, was sie brauchten mit ein wenig Suchen und ein paarmal Vor- und Zurücklaufen.

Kurz vor den Kassen kamen sie an den Tiefkühlschränken mit Pizza vorbei.

»Sollen wir gleich welche mitnehmen?«, fragte sie.

»Lass uns doch lieber heute Abend irgendwo essen gehen«, antwortete er und da dies das erste Versöhnliche war, was er heute von sich gegeben hatte, rang auch sie sich zu einem Lächeln in seine Richtung durch.

»Gern«, antwortete sie und ließ den Türgriff des Gefrierschrankes wieder los.

Kaum in der Wohnung angekommen, hatten die Kinder den Wohnzimmerbereich komplett als Spielecke gekapert. Emilie hatte das dort stehende Regal in die Ecke hinter das Sofa geschoben, sodass sie auf dem Teppich zwischen Fernseher und Sofa mehr Platz hatten und die zwei nutzten diesen Umstand voll aus.

»Keine Fußbodenheizung«, stellte Daniel fest und schlüpfte in seine Badelatschen.

»Die brauchen sie wohl in dieser Region eher selten«, antwortete Emilie und hielt die Hand vor eine der Elektroheizungen, die in allen Ecken des Raumes angebracht waren.

»Aber die Heizungen arbeiten wenigstens.«

Ihr Mann, der in der Küche dabei war, die Einkäufe zu verstauen, verzog die Mundwinkel nach unten.

»Auch keine dolle Wärme, viel kälter darf es jedenfalls nicht werden.«

Sie wollte nicht schon wieder streiten, also verzichtete sie darauf, ihn daran zu erinnern, dass er derjenige gewesen war, der die Klimatabelle vor ihrer Abreise studiert und dabei festgestellt hatte, dass mit Frost in dieser Region absolut nicht zu rechnen sei.

Sie blickte aus dem Fenster auf den heute eher trüben, grauen Himmel, dann wandte sie sich den Kindern zu, aber die spielten wunderbar für sich. Also nahm sie sich ihren Laptop und öffnete das Content Management System für ihre neue Website. Sie war jetzt offiziell seit einem halben Jahr selbstständig als Businesstrainerin im Bereich Stressmanagement und Burnout Prävention, aber ihre

Homepage war immer noch nicht optimal. Kurz vor Weihnachten hatte sie sich noch die Expertise einer Markenberaterin gegönnt und nun hieß es, all die Hinweise, die sie erhalten hatte, auch umzusetzen.

Sie scrollte ein bisschen auf der Seite und im Verzeichnis der Unterseiten herum, fand aber keinen Ansatzpunkt. Es half nichts, sie musste erst ihre Gesprächsnotizen suchen. Zu Daniels größter Belustigung hatte sie die alle in einem Notizbuch gemacht, das sie nun erstmal finden musste.

»Weißt du zufällig, wo wir gestern meine Bürokiste hingeschoben haben?«, fragte sie ihn und er überlegte kurz.

»Kinderzimmer Wandschrank rechts unten … würde ich sagen«, lautete die vorsichtige Antwort.

Sie wurde dort tatsächlich fündig und kehrte ins Wohnzimmer zurück, als auch er sich mit seinem Laptop an den Esstisch setze. Normalerweise wäre es ihr ein Dorn im Auge gewesen, wenn er schon wieder am Sonntag arbeitete, aber heute war sie einfach nur froh, dass auch er es unkommentiert ließ, dass sie ein wenig an ihrem Außenauftritt basteln wollte.

Paul hatte sich mit seinen Kopfhörern auf die Couch zurückgezogen und spielte mit Lego. Nur Elise war nirgends zu sehen. Emilie lauschte.

»Ist Elise auf die Toilette gegangen?«

»Nein«, antwortete er, »sie ist hier …«

Er blickte sich verwundert um, als er nur Frau und Sohn sah.

»Komisch, sie war gerade noch da.«

Er stand auf und konnte so über den Tisch blicken. Plötzlich grinste er.

»Ich glaube, das Häschen hat sich eine Höhle gebaut«, meinte er und deutete mit dem Kinn auf ein Tuch, das in der Sitzfläche eines Cocktailsessels festgesteckt war.

Emilie trat um den Sessel herum und lüftete eine Ecke des Tuches. Tatsächlich lag die Kleine darunter auf ihre Schmusedecke gekuschelt, das Einhorn fest im Arm. Sie war halb unter den Sessel gekrabbelt, der vorne einen offenen Fußraum hatte und schlief darin. Sie ließ Daniel schauen und senkte dann vorsichtig das Tuch so ab, dass ein Spalt blieb und setzte sich mit ihrem Notizbuch wieder an den Tisch.

»Völlig fertig, die Süße«, stellte sie fest.

»Wer nicht«, entgegnete er. Ausnahmsweise klang er dabei einfach nur müde. Einem spontanen Impuls folgend, legte Emilie ihre Hand auf seine und drückte sie. Er strich mit einem gedankenverlorenen Blick über ihre Fingerspitzen und sah sie an. Einen Moment wirkte es, als würde er sich rüber beugen, um sie zu küssen, dann erwiderte er aber doch nur kurz den Druck, ließ los und widmete sich seinem Computer.

Enttäuscht schlug sie ihr Notizbuch auf.

Punkt 18.30 Uhr machten sie sich auf den Weg Richtung Strandpromenade in der sicheren Annahme, dass wenn sie irgendwo fündig würden, dann wohl hier, wo die Dichte an Restaurants am höchsten sein sollte.

Dort angekommen, sahen sie sich um. Linker Hand lag eine Baracke, von der schon von Weitem zu erkennen war, dass dort nichts los war. Rechter Hand befand sich ein weiterer Flachdachbau, der aber ebenfalls unbeleuchtet war.

Da die Bucht nach links nichts mehr zu bieten hatte, gingen sie weiter nach rechts den Boulevard Frédéric Garnier entlang Richtung Royan und sahen – nichts.

Hier reihten sich zwar wunderschöne Anwesen aneinander, teils moderne neue Gebäude, teils aus einer anderen Zeit stammende Herrenhäuser, aber es war auf weiter Flur nicht ein Schild zu sehen. Daniel runzelte die Stirn und blickte sich noch einmal in beide Richtungen um.

»Also ich glaub, das war ein Satz mit X.« Emilie musste ihm zustimmen.

»Vielleicht sollten wir lieber das Auto holen.« Er nickte.

»Kinder, Kehrtwende, wir gehen zum Auto.« Die Kids waren nicht begeistert, aber das Gemurre hielt sich in Grenzen, da es ja wirklich nicht weit war und die Aussicht auf Pizza sie friedlich stimmte. Sie fuhren los. Emilie tippte eifrig auf ihrem Smartphone und suchte über die Kartenfunktion alle italienischen Restaurants und Pizzerien in der Umgebung. Das Ergebnis war erstaunlich übersichtlich. Noch schlimmer war eigentlich nur der Umstand, dass die meisten Restaurants frühestens im März oder gar erst im April wieder aufmachen würden. Selbst Pizzalieferdienste waren keine verzeichnet. Schließlich wurde sie doch fündig.

»Hier«, sie hielt das Smartphone triumphierend in die Höhe, »da ist eine Pizzeria in der Nähe der Bäckerei, wo ich heute früh Brot geholt habe. Fahr hier links.«

Er folgte ihren Anweisungen und binnen fünf Minuten standen sie auf dem Parkplatz der mittlerweile geschlossenen Bäckerei.

»Da«, Emilie deutete auf das schwarzweiße Schild, auf dem in geschwungenen Lettern »La Spiaggia« stand.

Wieder kein Licht. Sie schluckte und öffnete die Beifahrertür.

»Ich schau mal eben …«

An der Tür hing ein kleines Schild mit den Öffnungszeiten: Donnerstag bis Sonntag, ab 19 Uhr.

Sie warf einen Blick auf das Display ihres Smartphones. Mittlerweile war es 19.35 Uhr, also hätte die Pizzeria längst auf sein sollen. Sie legte eine Hand an das Fenster und lugte hinein. Ein Tresen grenzte den Verkaufsraum ab, der gerade so tief war, dass die Tür nach innen aufschwingen konnte. Dahinter befand sich die Küche, in die zu Hause ihr Badezimmer gepasst hätte. Nichts rührte sich. Sie ließ die Hand sinken und trat einen Schritt zurück.

Erst jetzt fiel ihr der handgeschriebene Zettel auf, der auf Bauchhöhe an der Tür klebte: *Fermeture exceptionnelle le 2 janvier* – ausnahmsweise am 2. Januar geschlossen.

Sie seufzte.

Da ging sie hin, ihre letzte Hoffnung auf Pizza heute Abend. Sie ließ die Schultern hängen und trottete zurück zum Auto, um ihrer hungrigen Familie die traurige Nachricht zu überbringen.

»Müssen wir jetzt verhungern?«, wollte Elise wissen, die Stimme so gequält, als litte sie schon seit Tagen Hunger.

»Nein, Sternchen«, beruhigte sie ihre Mutter, »wir haben doch ganz viel leckeres Essen zu Hause.«

»Zu Hause?« Die latente Panik in ihrer Stimme brachte Emilie zum Schmunzeln.

»Ja, in der Wohnung, wo wir jetzt wohnen.«

»Ach so.« Die Kleine ließ sich in ihren Sitz zurücksinken. »Und was gibt es jetzt zu essen?«

»Wie wäre es mit …«, um ein Haar hätte sie Pizza gesagt, doch im letzten Augenblick fiel ihr ein, dass sie keine gekauft hatten. Sie schaltete blitzschnell: » … Pasta?«

Jubelgeschrei brach auf der Rückbank aus.

Emilie sah zu Daniel und zog entschuldigend die Schultern hoch.

Sein Gesichtsausdruck war undurchdringlich. Dann wandte er sich ab und startete den Wagen, um die paar Meter zurück zu ihrer Wohnung zu fahren.

Auf die Plätze, fertig, Schule

Emilie zupfte die Schleifen an den beiden kleinen Schultüten zurecht, die sie als Überraschung für die Kinder noch in Hamburg vorbereitet hatte und die auf der Reise etwas in Mitleidenschaft gezogen worden waren.

»Eigentlich gehen sie ja noch gar nicht in die Schule.«

Sie blickte auf. Daniel stellte gerade Müslischüsseln auf den Esstisch und legte Löffel dazu.

»Naja, Paul kommt hier schon in die Vorschule und es ist schließlich ein großer und mutiger Schritt für beide.«

»Den sie sich ja weiß Gott nicht ausgesucht haben.«

Sie biss sich auf die Lippe und konzentrierte sich auf ihre Schleifen.

Die Laune ihres Mannes war nach wie vor schlecht und das kleine Pizzafiasko gestern Abend hatte wahrlich nichts besser gemacht. Sie hoffte inständig, dass er etwas weniger angespannt wäre, wenn sie mit der Eingewöhnung durch waren und er nächste Woche endlich wieder arbeiten konnte … wobei der Gedanke ihr schon in der Sekunde absurd vorkam, als er in ihr Bewusstsein drang.

Zwischen der *möglicherweise im Raum stehenden* Beförderung, wie Emilies Teufelchen sie insgeheim nannte, und der Projektplanung, rieb er sich seit Wochen auf, da war absolut keine Besserung in Sicht. Wobei sie nach wie vor nicht verstand, warum er nach mehr als 15 Jahren bei demselben Unternehmen immer noch meinte, sich wie ein Frischling beweisen zu müssen.

Sie seufzte, legte die Schultüten an die Plätze der Kinder und begann die Müslipackungen auf den Tisch zu stellen.

Nach der Aufregung der letzten Tage mussten sie die Kinder schließlich wecken und sowohl beim Frühstück als auch dem anschließenden Anziehen ziemlich antreiben, damit sie um Punkt 8.20 Uhr die Schule erreichten.

Elise klammerte sich mit einer Hand an ihrem Einhorn und der anderen an ihrer Mutter fest, als hinge ihr kleines Leben davon ab. Auch Paul drückte sich schüchtern hinter den Beinen seines Vaters herum.

Sie fanden das Büro der Schulleiterin, das eigentlich mehr einer Abstellkammer glich, auf Anhieb und wurden freundlich begrüßt.

Madame Janvier begleitete die Familie zunächst in die CP, die classe prépartoire, welche von der Altersstruktur der Vorschule in Deutschland entsprach und übergab Paul an Madame Malavalle. Die war eine streng wirkende Mittfünfzigerin, deren Lächeln vielleicht noch zu Hause auf dem Nachttisch lag. Sie wies Daniel, nachdem sie mit wenig Begeisterung zur Kenntnis genommen hatte, dass er nicht gehen wollte, an, neben Paul in einer Ecke Platz zu nehmen. Danach wandte sie sich ohne weiteres Aufheben wieder dem beginnenden Unterricht und den übrigen 21 Schülerinnen und Schülern zu.

Emilie schluckte hart, setzte ein umso breiteres Lächeln auf und küsste ihren Großen rasch zum Abschied.

»Viel Spaß mein Schatz, wir sehen uns nachher.« Er winkte ihr zu, die Lippen entschlossen aufeinandergepresst.

Dann begleitete sie ihre Tochter den Flur entlang in den Kindergartenbereich. Die Maternelle bestand aus drei Gruppen und der verantwortliche Erzieher Monsieur Flaveau sah freundlich aus.

Elise krabbelte trotzdem fast Emilies Bein hoch.

»Du sollst mit reinkommen«, flüsterte sie, während ihre Mutter verzweifelt versuchte, sie aus ihrer Jacke zu schälen.

»Okay«, flüsterte sie zurück. Mit einem entschuldigenden Blick betrat sie den Raum und suchte sich einen Platz in der hintersten Ecke. Die ebenfalls über 20 Kinder starke Gruppe wurde von einer weiteren Betreuerin namens Nicole, begleitet, die jünger war als Monsieur Flaveau und offensichtlich von den Kindern geliebt wurde. Schnell erfasste Emilie, dass die Gruppe noch einmal in vier Farben unterteilt war und jede dieser Untergruppen tunlichst unter sich im zugeteilten Spielbereich blieb. Sie schluckte. Das war alles noch viel rigoroser, als sie es sich vorgestellt hatte. Aber nun gab es kein Zurück mehr. Also verbrachte sie den Vormittag damit, ihre Tochter immer wieder zu ermutigen, sich den anderen anzuschließen.

Mittags fuhren sie zu viert sehr schweigsam nach Hause. Daniel wartete freundlicherweise, bis sie am Strand waren und die Kinder losgerannt waren, um mehr Treibholz zu sammeln, ehe er sich an seine Frau wandte.

»Das ist ja schlimmer als auf einer Militärakademie. Wusstest du, dass die Kinder in Pauls Gruppe alle bereits schreiben können? Die lernen Schreibschrift und rechnen bis 50. In der Vorschule!«

»Kein Wunder«, fügte Emilie hinzu, »bei Elise in der Gruppe zählen sie bis 10 und fangen mit Schwungübungen an.«

»Also von einer Eingewöhnung nach dem Berliner Modell haben die hier jedenfalls noch nichts gehört. Das sind ja Zustände wie in den tiefsten Sechzigern. Furchtbar.

Paul musste fragen und warten, bis er zur Toilette durfte und so wie die Lehrerin aussah, hat sie das nur erlaubt, weil ich daneben saß. Das ist einfach der Wahnsinn, was du den Kindern da zumutest.«

Sie entschied sich bewusst, den Vorwurf nicht aufzugreifen – und schon gar nicht darauf einzugehen, dass er schon wieder so tat, als wäre das allein ihre Entscheidung gewesen.

»Sie schaffen das schon«, gab sie sich hoffnungsvoller, als sie sich aktuell fühlte. Wie gern hätte sie ihm ehrlich gesagt, dass auch sie sich Sorgen machte. Aber aus Angst, dass er das für einen weiteren Angriff gegen sie verwenden würde, schwieg sie lieber. Auch er starrte nun, die Hände tief in die Taschen geschoben, stumm hinaus auf das Wasser.

Diese komische, wortlose Distanz zwischen ihnen schien sich jeden Tag etwas weiter auszudehnen. Emilie beobachtete die Wellen und hatte das Gefühl, dass sie wie zwei Stücke Treibholz irgendwie nur noch grob in die gleiche Richtung trieben, weil sie der gleichen Strömung unterworfen waren. Aber wie lange würde das noch der Fall sein?

»Mama, ich muss Pipi.« Sie ließ den Gedanken ziehen und begrüßte die Störung. Es war doch leichter, sich den sehr realen Problemen zu widmen.

Am Dienstag durften sie beide nochmal mit in den jeweiligen Klassenraum der Kinder. Allerdings war der freundliche Hinweis von Madame Janvier, sie hätten nicht das erste Mal fremdsprachige Schüler zu integrieren, schon sehr deutlich.

Immerhin trauten sich beide Kinder zu Mittag mit hinüber in die Kantine. Auch wenn Paul anschließend sehr stolz berichtete, er habe nichts gegessen, außer einem Stück Brot, war es doch ein Fortschritt, dass die Eltern sie dorthin nicht begleitet hatten.

Am Mittwoch war keine Schule, sondern Spieltag. Da sie hier in einer gemeinsamen Gruppe betreut wurden, gelang die Abgabe erstaunlich problemlos und die beiden spielten bis 14 Uhr. Nachmittags kamen sie fröhlich nach Hause.

»Heute hab ich auch Nachtisch gegessen«, krähte Paul vergnügt und Elise stimmte ihm zu.

»Ich auch. Ich mag Schokopudding.« Wovon ihr Kleid offensichtlich ein Lied singen konnte.

»Ihr seid super, ihr beiden«, lobte Emilie und drückte sie fest an sich. »Ihr macht das ganz, ganz toll, und ich bin so stolz auf euch.« Daniel sagte nichts.

Am Donnerstag wies Madame Malavalle Daniel dann die Tür. Er möge lieber auf dem Flur warten. Auch Monsieur Flaveau schickte Emilie aus dem Gruppenraum. Nach kurzer Rücksprache fuhr ihr Mann zurück ins Apartment, während sie allein auf dem kalten, zugigen Flur ausharrte, bis die Kinder um 16 Uhr Schulschluss hatten. Elise war dank der Mittagsruhe, die ihre Gruppe jeden Tag nach dem Essen hielt, total überdreht. Paul hingegen hatte dunkle Schatten unter den Augen und war zutiefst erschöpft.

Zu Hause berichtete Emilie, während sie alle zusammen um den Block bummelten: »Madame Janvier sagte eben nochmal, dass wir die Kinder morgen am Tor abgeben sollen …«

»Hm«, machte Daniel.

Sie kämpfte gegen die aufkommenden Tränen. Natürlich würden die Kinder das schaffen. Sie waren super und hatten die erste Woche so gut gemeistert. Sie nahm die Brille ab, drehte ihr Gesicht zur untergehenden Sonne und fuhr sich dabei, wie um eine Strähne aus dem Gesicht zu wischen, über die Augen. Und sie würde sich auch hier keine Blöße geben.

Tatsächlich gelang der Freitag überraschend gut. Mit stoischer Gelassenheit ließ sich Paul vorn am Tor abgeben und marschierte dann wie ein Großer ganz allein über den Hof zu einer kleinen Gruppe, die bereits um Madame Malavalle herum spielte.

Emilie durfte ihre Tochter wenigstens bis zum Gruppenraum begleiten. Die schniefte und drückte ihr Einhorn ganz fest an sich.

Sie nahm die Kleine inklusive Stofftier in den Arm und flüsterte ihr ins Ohr: »Und heute Nachmittag machen wir ein Picknick am Strand und ich backe dir Schokokekse, okay?«

Elise strahlte sie an. Dann warf sie einen Blick zum Klassenzimmer und ein energischer, entschlossener Ausdruck trat in ihr kleines Gesicht.

»Aber gleich nach der Schule, okay?«

»Gleich nach dem Abholen«, bestätigte sie. Ihre Tochter atmete noch einmal tief durch und rannte dann mit Anlauf in den Raum.

Emilie konnte nicht umhin und seufzte laut vor Rührung, was hatte sie bloß für großartige kleine Menschen geschenkt bekommen.

»Wann willst du einkaufen?«, fragte Daniel, als sie nach Hause kam. Sie überlegte kurz.

»Morgen ist Markt, da würde ich gern mal schauen und dann können wir anschließend in den Supermarkt fahren.«

»Nicht heute?«, hakte er nach und sie hatte das Gefühl, dass er schon wieder eine unausgesprochene Agenda hatte und sie nicht die richtige Option gewählt hatte. Genervt entgegnete sie:

»Nein, oder wolltest du heute einkaufen? Ich hab den Kindern versprochen, dass ich Kekse backe und wir nach der Schule ein Picknick am Strand machen.«

»Hm …« Schon wieder dieser unbestimmte Laut, der neuerdings so ein wichtiger Bestandteil ihrer Konversationen war.

Sie wartete, aber es kam nichts mehr. Sie rollte mit den Augen und ging hinter den Tresen, um die Zutaten für die Kekse zusammenzusammeln.

Das Backen gestaltete sich schwieriger als erwartet. Statt eines Einbauofens gab es in der Küche nur ein Gerät, das auf den ersten Blick wie ein uralter Grill aussah. Emilie untersuchte es eingehend, bis sie feststellte, dass das Ding wohl auch als Backofen fungierte. Natürlich war es obendrein viel kleiner als ein normaler Ofen, aber nach einigen Testläufen, bei denen sie die Temperatur nachregulieren musste, hatte sie am Ende doch eine schöne

Portion Chocolate Chip Cookies fabriziert. Zufrieden drückte sie den Rücken durch. Das Aroma von frisch gebackenen Keksen erfüllte das Haus und ihre Laune war deutlich gestiegen.

»Möchtest du auch einen Kaffee?«, machte sie auch ihrem Mann ein Friedensangebot, der, obwohl er heute offiziell noch Urlaub hatte, schon wieder am Rechner saß und E-Mails las.

»Ja, gern«, murmelte er. Sie setzte den Perkolator auf und begann für den Cappuccino Milch aufzuschäumen.

»Das riecht gut«, bemerkte er, als sie ihm eine Tasse mit einem Keks dazu reichte. Sie lächelten sich an. Ein wenig verhalten vielleicht, aber immerhin ein Lächeln. Sie atmete erleichtert aus.

Ehe sie sich ihre eigene Tasse holte, griff sie einmal in die Wäsche, die sie aus Platzmangel vor der Esszimmerheizung direkt neben dem Tisch stehen hatten.

»Verflixt, nun hängt das schon zwei Tage und wird und wird einfach nicht trocken.«

Daniel runzelte die Stirn. Einen Moment lang wirkte es, als wollte er etwas Bissiges entgegnen, doch dann gewannen wohl die Düfte von Kaffee und Keksen die Überhand und er gab mal wieder nur ein unbestimmtes »Hm« von sich. Emilie seufzte, holte sich ihre Tasse und den Laptop.

Nach wie vor war die Website nicht fertig doch ihre Wäsche würde nicht trockener, wenn sie sich aufregte. Es war eben nur eine Elektroheizung und gegen die kalte Feuchtigkeit im Haus kam die schlecht an. Immerhin hatte sie nach nunmehr einer Woche Betrieb endlich das Gefühl, dass die Wohnung langsam durchwärmte.

Der Nachmittag am Meer und das sich zur Routine entwickelnde Picknick vor Ort war ein voller Erfolg und sie hatten so viel Spaß, wie seit langem nicht mehr. Die Kinder waren froh, dass Wochenende war, Daniel war sichtlich erleichtert, dass er für Montag schon im Voraus einen Überblick gewonnen hatte und Emilie war einfach zufrieden mit der Gesamtsituation. Es entwickelte sich alles gut. Und der Rest würde auch noch werden.

Daniel hatte einen Ball mitgenommen und sie spielten zu viert. Am Anfang schossen sie ihn brav von einem zum anderen, dann wurde es immer mehr ein *Kinder jagen den Ball, der möglichst weitläufig an ihrer Mutter vorbeigeschossen wird, unter lautstarkem Geschrei und Gebrüll, verfolgt von ihrem Vater.* Sie tobten so lange und ausgelassen über den Strand, bis alle mit hochroten Köpfen, schwer atmeten und fix und fertig waren.

Der anfängliche Anflug von Euphorie währte allerdings nur, bis sie vom Strand zurückkehrten. Madame Brevot erwartete sie bereits am Tor und sah missgelaunt aus.

Emilie begrüßte sie höflich und bemerkte erst auf den zweiten Blick, dass die Dame zwei kleine Joghurtbecher in der Hand hielt.

»Ça ne va pas là-dedans.« Bemerkte sie und gestikulierte in Richtung des offenen Deckels der Mülltonne mit dem gelben Deckel.

»Warum gehört das da nicht hinein?«, fragte Emilie überrascht zurück. Madame Brevot hob mit einem Schnauben den Deckel ins Sichtfeld und zeigte auf die Bilder auf der Innenseite.

Tatsächlich wurde der Müll in Frankreich etwas anders getrennt als in Deutschland und nicht alles Plastik war gleichermaßen zum Recycling geeignet. Emilie inspizierte die Bilder und versucht sich alles so genau wie möglich einzuprägen, während ihre Nachbarin wie ein Rohrspatz vor sich hin schimpfte und immer irgendwas von *amende* faselte – einen Begriff, den Emilie später erstmal googeln musste, weil *Strafzettel* ihr entfallen war. So nickte sie immer nur sehr ernst und ließ das Theater über sich ergehen.

Madame Brevot ließ die Joghurtbecher demonstrativ in den Restmüll fallen und wies auch noch darauf hin, dass Glas auf jeden Fall separat zu sammeln sei.

Als sie es endlich ins Haus schafften, sah Daniel sie fragend an.

»Frag lieber nicht«, antwortete sie und musste sich das Lachen verkneifen, »offensichtlich trennen wir den Müll nicht richtig.«

Er schüttelte den Kopf.

»Hat sie jetzt ernsthaft unseren Müll durchwühlt? Die spinnen doch die Franzosen.« Da konnte Emilie ausnahmsweise nur zustimmend nicken.

Wieder im Haus, wechselte er als erstes die Glühbirne im Badezimmer, deren mangelnde Helligkeit ihm ein Dorn im Auge gewesen war und schraubte eine Schranktür in der Küche fest, die ebenfalls nicht seinem Standard an Funktionalität entsprach. Emilie sagte lieber nichts. Sie kannte ihren Mann gut genug, um zu wissen, dass diese Art handwerklicher Attacke dem Bedürfnis geschuldet war, etwas zu tun. Er konnte hier nicht viel machen, nicht für sie, nicht für die Kinder, also stürzte er sich mit Feuereifer auf die Kleinigkeiten, die er eben richten konnte. Sie ließ ihn, in der Hoffnung, dass es ihm helfen würde, etwas Stress abzubauen.

Am nächsten Tag machten sie sich früh auf zum Markt. Das flache Gebäude, das sich nur einen knappen Kilometer von ihrer Wohnung fast im Zentrum des Ortes befand, sah verwaist aus. Der überdachte Parkplatz davor war leer bis auf zwei kleine weiße Kastenwagen und auch wenn aus einer der beiden Schwingtüren Licht fiel, wirkte die Szene wenig lebendig.

»Na, das sieht ja auch schon wieder nach einem Reinfall aus.« Daniels Laune war spontan auf dem Tiefpunkt angekommen und in Emilies Magen formte sich ein Knoten. Sie war so froh gewesen, dass er gestern wegen des Mülls nicht gleich ausgeflippt war. Im Moment ähnelte das Zusammenleben mit ihm einem Tanz auf dem Vulkan. Sie seufzte.

»Ich schau mal nach.« Sie stieg aus und ging zu der beleuchteten Tür. Beim Näherkommen konnte sie bereits durch die Glasscheibe erkennen, dass nur zwei Stände überhaupt Waren anboten. Alle anderen Tische, die sich in U-Form an der Wand entlang um den ganzen Raum zogen, waren verwaist und leer. Sie schluckte. Es waren nur Metzger anwesend und Fleisch hatte keine hohe Priorität auf ihrer Einkaufsliste. Sie machte sich also auf den Rückweg zum Auto.

»Da gibt's nur Fleisch«, berichtete sie wahrheitsgemäß. »Vermutlich ist hier auch im Sommer …«

Daniel schlug mit der flachen Hand aufs Lenkrad.

»Jaja, es ist ja so eine fantastische Idee gewesen, im Winter in einen Ferienort zu fahren. Man kann weder einkaufen noch Essen gehen, die Wohnung ist kalt und feucht und es ist ja so herrlich, irgendwo im Nirgendwo zu sitzen. Und dann noch diese reizenden Menschen, denen man hier so begegnet.« Emilie hatte ihre Brille abgenommen, die prompt beschlagen war, als sie in das warme Auto gestiegen war, und putzte energisch die Gläser mit einem Zipfel ihres Schals.

»Und du verkratzt dir schon wieder die Gläser!«, fuhr er sie an. Ertappt stoppte sie schlagartig und setzte die Brille wieder auf.

»Ich weiß gar nicht, was du hast«, entgegnete sie verletzt, »wir können doch einfach in den Supermarkt…«

Wieder ließ er sie nicht ausreden, sondern fiel ihr mitten im Satz ins Wort.

»Gib es doch einfach zu, dass das eine Schnapsidee war. Der Ort ist furchtbar, den Kindern tust du mit dieser Drill-Schule bestimmt keinen Gefallen und insgesamt ist das einfach nur totaler Blödsinn gewesen. Von dem denkbar ungünstigsten Zeitpunkt will ich gar nicht erst anfangen …«

Dieses Mal war es an Emilie, ihm böse ins Wort zu fallen.

»Ach ja und wann hätten wir das denn bitte sonst machen sollen? Das ist unser letztes halbes Jahr ohne Schulferien, wenn du dich erinnern möchtest.«

»Ich hätte mich nie darauf einlassen …«

»Hast du aber!«, sie war schon wieder deutlich lauter geworden als ihr lieb war, aber er hatte den Bogen wirklich überspannt. »Du hast es auch für eine gute Idee gehalten und gesagt, es wäre eine Bereicherung. Und dass du es toll finden würdest, wenn ich wieder anfinge, Französisch zu sprechen und die Kinder davon profitierten. Tada und da sind wir nun mal. Und dass das am Anfang nicht alles ganz rund läuft, dafür kann ich doch nichts. Wenn du dich nicht immer nur hinter deinem Job verkriechen würdest, sondern dich mal darauf einlassen würdest … oh Gott bewahre, vielleicht würde es dir dann sogar gefallen.«

»Sicher wäre es schön, wenn du deine Zweisprachigkeit nutzen würdest und die Kinder daran teilhaben könnten. Aber dafür mussten wir doch nicht alle hierher! Du hättest doch auch einfach mal herkommen können … allein … für einen Urlaub oder so. Aber nein, du musst ja *Zeit* haben. Zeit, die ich nicht habe! Dass du das nicht kapierst. Die Beförderung ist eine Riesenchance … für mich … für uns … aber du tust gerade so, als wäre ich ein Unmensch, weil ich für euch sorge … und du …«

»Genau, weil ich ja auch nur Däumchen drehe …«

»Das hab ich nicht gesagt …«

»Aber gemeint …«

Sie waren beide schon wieder so wütend, dass sie ihre Arme vor der Brust verschränkt hatte und er das Lenkrad knetete. Sie atmeten schwer, als hätten sie eine physische Auseinandersetzung hinter sich und beide fühlten sich gleichermaßen unverstanden und einfach nur enttäuscht voneinander. Eine Weile saßen sie da und schwiegen angestrengt. Dann fragte Elise von hinten.

»Gibt es dann heute nichts zu essen?« Langsam kamen die Eltern wieder zu sich. Emilie strich sich über die Stirn und sah aus dem Fenster.

Daniel warf einen Blick in den Rückspiegel und sagte:

»Doch, Sternchen, und wir fahren jetzt auch sofort los. Was möchtest du denn am liebsten essen?«

»Pasta!», brüllten die Kinder im Chor.

»Na, klar«, murmelte er ergeben, »was auch sonst.«

FLUG ZUM ZUG

»Denkst du noch dran, dass ich kommende Woche den Vortrag hab?«

Daniel auf der anderen Seite des Esstischs, blickte von seinem Rechner auf. »Was?«

»Meinen Vortrag bei der Neumann GmbH? Du erinnerst dich, ich bin da zum Gesundheitstag eingeladen. Das steht seit November im Kalender.«

Er runzelte die Stirn.

»Ja«, antwortete er gedehnt. Natürlich hatte er das nicht mehr im Kopf, geschweige denn im Fokus gehabt. Es war eines ihrer ersten langfristigen Engagements gewesen und sie freute sich sehr darauf, einen Vortrag über die Auswirkungen von Stress auf den Schlaf halten zu dürfen. Die Präsentation hatte sie bereits vor Weihnachten fertiggestellt. Aber ihr Mann war zu beschäftigt mit sich selbst, um sich an dieses für sie so wichtige Ereignis zu erinnern. Sie atmete betont tief aus, legte die Hände flach auf beide Seiten neben ihren Computer und sagte langsam, laut und deutlich:

»Kommenden Samstag veranstaltet die Neumann GmbH, welche eine meiner größten Kunden in der Bank war, einen Gesundheitstag bei sich auf dem Betriebshof. Und Herr Neumann hat mich persönlich eingeladen, dort zu sprechen.«

Da Daniel immer noch nicht reagierte, fuhr sie einfach fort:

»Du weißt schon, Herr Neumann ist der, der uns zu Weihnachten immer so tolle Präsentkörbe geschenkt hat.

Der war wirklich traurig, als ich ihm gesagt habe, dass ich ihn nicht mehr betreue und wollte mich direkt unterstützen, also hat er mich für meinen ersten Vortrag gebucht …«

Langsam trat so etwas wie Erkenntnis in Daniels Blick.

»Ach ja«, sagte er, »und das wäre nächste Woche?«

»Genau«, bestätigte sie, »das ist schon nächste Woche. Ich fahre hier Freitag früh mit der Bahn los, fliege dann mittags ab Paris, bin den ganzen Samstag auf der Tagung und komme entsprechend Sonntag Spätnachmittag wieder.«

»Hm.«

Er strapazierte ihre Nerven wirklich – vor allem, weil er nicht weitersprach. Energisch klappte Emilie ihren Laptop zu und stand auf.

»Dann bist du ja wieder auf dem Laufenden. Ich geh ein bisschen lesen.«

Sie drehte sich um und ging hinüber ins Schlafzimmer, wo sie die Tür zuzog. Wenn sie nur wüsste, was mit ihrem Mann los war. Irgendwie tangierte ihn gar nichts mehr, was außerhalb seiner Firma ablief. Sie sah auf die Uhr. Noch eine knappe Stunde, bevor sie die Kinder abholen musste. Sie ließ sich auf das Bett fallen und begann auf ihrem Handy durch die Nachrichten-App zu scrollen.

Der Freitagmorgen startete mit Sonnenschein – und einem Zettel an der Tür des Bahnhofs, dass die Züge nicht fuhren und man auf den Schienenersatzverkehr umsteigen möge.

Mit bangem Herzen sah Emilie auf die Uhr, aber laut Fahrplanauskunft würde sie ihren Anschluss an den TGV – dem Pendant zum deutschen ICE – in Angoulême wohl bekommen. Also verabschiedete sie sich von den Kindern, die beide schnieften und heulten, als würde die Welt untergehen, und von Daniel, der nach seiner ersten Arbeitswoche tatsächlich noch gestresster wirkte als zuvor. Das schlechte Gewissen nagte an ihr, ihre Familie jetzt hier allein zu lassen. Aber schließlich wollte er doch, dass sie arbeitete und Geld verdiente und das bedeutete nun einmal, dass sie als Trainerin auch mal unterwegs sein musste.

Sie setzte also ein tapferes Lächeln auf, drückte und herzte die Kinder nacheinander und nahm auch ihren Mann zum Abschied kurz in den Arm. Er küsste sie flüchtig auf die Lippen und hob dann Elise hoch, die sich sofort an seinen Hals schmiegte.

Emilie winkte noch einmal und stieg dann in den Bus. Sie hatte einen fetten Kloß im Hals, konnte die Tränen aber zurückhalten, bis er losgefahren und sie damit außer Sicht war. Es war das erste Mal, dass sie von ihren Kindern getrennt sein würde und dann auch noch für fast drei Tage. Im Geist ging sie bereits durch, welche Überraschungen sie ihnen bei ihrer Rückkehr mitbringen würde. Elise hatte sich noch eine Puppe von zu Hause gewünscht und Paul hatte sie gebeten, seinen Ohnezahn, den Stoffdrachen zum Film *Drachenzähmen leicht gemacht*, mitzubringen. Sie flog zwar nur mit Handgepäck und hatte noch keine Ahnung, wie sie das mit den Stofftieren hinbekommen würde, aber es war egal, es würde schon gehen.

Es war ein komisches Gefühl wegzufahren. Emilie sah aus dem Fenster und betrachtete die vorbeiziehenden Felder, die nur von gelegentlichen Ansammlungen kleiner Häuser unterbrochen wurden.

In einem dieser Dörfer kam es plötzlich zu einem unvorhergesehenen Halt.

Nach einer Weile wunderte sie sich, was los war, weil sie weder weiterfuhren noch die Türen geöffnet wurden. Sie rutschte von ihrem Fensterplatz zum Gang und blickte nach vorn. Vor ihr lag eine kopfsteingepflasterte Straße und eine Mauer. Erst auf den zweiten Blick erkannte sie, dass die kleine Straße eine haarscharfe Linkskurve vor besagter Mauer machte. Ein Blinder konnte erkennen, dass der große Reisebus diese Kurve niemals nehmen konnte – schon gar nicht, weil zusätzlich ein Poller auf dem linken Bürgersteig verhinderte, dass ein Auto darüberfahren konnte. Sie blickte nach hinten, konnte aber nicht durch die Heckscheibe sehen. Sie stand daher auf und sah, dass hinter dem Bus bereits mehr als fünf Autos in einer Schlange darauf warteten, dass es weiterging.

Noch ein Stück hinter ihnen lag eine Baustelle, wo offenbar die Fahrbahn einer Abbiegerstraße erneuert wurde.

Emilie rutschte zurück auf den Sitz. Jetzt war die Busfahrerin ausgestiegen und telefonierte gestikulierend.

Besorgt schaute sie erneut auf ihre Uhr. Den nächsten Halt hätten sie bereits in zwei Minuten erreichen sollen, aber sie waren definitiv noch irgendwo auf dem Land und nicht einmal in der Nähe von Saintes – und selbst das wäre ja erst die halbe Strecke nach Angoulême gewesen.

Die Fahrerin stieg wieder ein und ergriff das Mikro.

»Wir müssen unsere Route ändern. Die Polizei wird gleich da sein, um uns das zu ermöglichen«, lautete die kurze Info und der Name eines Dorfes, den sie noch nie gehört hatte. Unruhe erfasste Emilie und sie nahm ihre Brille ab, putzte sie mit einem Zipfel ihres T-Shirts und setzte sie wieder auf. Die Minuten verstrichen langsam. Wertvolle Minuten, die es immer unwahrscheinlicher werden ließen, dass sie ihre Verbindung noch erreichen würde.

Weil sie nicht wusste, was sie sonst tun sollte, schrieb sie Daniel eine Nachricht.

»Wo genau bist du?«, wollte er wissen. Sie schrieb ihm den Namen des Ortes und es dauerte nur wenige Augenblicke, bis sie eine Antwort bekam.

»Wenn ich jetzt losfahre, kann ich dich noch rechtzeitig zu deinem Zug bringen.«

Sie überlegte fieberhaft. Einerseits durfte sie ihren Anschluss nicht verpassen, andererseits hatte sie drei Stunden Aufenthalt in Paris, ehe ihr Flieger ging und war daher noch nicht komplett im Stress. Dagegen würde es für Daniel vier Stunden Fahrerei bedeuten und dann wäre es bereits Zeit, die Kinder abzuholen. Das konnte sie ihm nicht zumuten. Sie nahm die Brille ab und rieb sich über die Augen. In diesem Augenblick ging ein Ruck durch den Bus. Emilie öffnete die Augen, setzte rasch die Brille auf und sah sich um.

Das große Vehikel kroch zentimeterweise die Straße rückwärts. Die Autos dahinter wichen wütend hupend ebenfalls nach hinten und dann zur Seite aus. Anschließend fuhren sie eines nach dem anderen mit zwei Reifen auf dem Kantstein am Bus vorbei und vorn um die scharfe Kurve.

Der Reisebus setzte seine Rückwärtstour langsam fort. Emilie fragte sich, wo sie auf diese Art und Weise hinwollten, blieb aber am Fenster und hielt sich am Sitz vor ihr fest. Rückwärtsfahren war ihr ein Graus.

Jetzt kam die Baustelle auf ihrer Seite in Sicht und Bauarbeiter, die Hütchen beiseitegestellt hatten und fröhlich winkten. Emilie verstand. Die Busfahrerin hatte mit den Männern arrangiert, dass sie sie auf dem Schotter wenden ließen. Erleichtert atmete sie aus. Sie würden gleich weiterfahren können.

Sie kalkulierte noch einmal die verbliebene Zeit. Es war unglaublich knapp, aber sie könnte es schaffen.

Erleichtert gab sie die Entwarnung an ihren Mann weiter. Er beendete die Konversation mit einem *Okay*, das ähnlich viel Aussagekraft besaß wie seine verbalen *Hms*.

Beim nächsten Halt herrschte plötzlich sehr viel Aufruhr, den Emilie nicht sofort verstand, aber es stellte sich heraus, dass der Bus um Zeit zu sparen, den nächsten Stopp überspringen würde. Es dauerte eine Weile, bis die Fahrgäste alle ihre Plätze gefunden hatten, aber ab da ging es direkt zum TGV. Sie blickte immer wieder unruhig auf die Uhr, kaute an ihrer Nagelhaut und putzte noch etwa drei Mal ihre Brille, bis endlich ihr Zielbahnhof ins Blickfeld kam. Noch sieben Minuten. Sie raffte blitzartig ihren Rucksack und die Laptoptasche zusammen und sprintete als Erste los, sobald die Hydrauliktür aufschwang. Zum Glück war hier alles klein und übersichtlich. Ihr TGV zum Flughafen Roissy Charles de Gaulles stand auf Gleis zwei bereit und sie konnte ihr Glück kaum fassen, als sie zwei Minuten später in ihren reservierten Sitz sank. In rund drei Stunden wäre sie schon am Flughafen.

Sie erlaubte sich, einen Moment einfach nur so dazusitzen und dem Zug beim Verlassen des Bahnhofs zuzusehen. Dann zog sie ihre Jacke aus und richtete sich ein wenig ein. Sie hatte Glück, dass der Platz neben ihr frei geblieben war. Sie zückte ihr Handy, informierte Daniel, dass ihr Anschluss geklappt hatte und versuchte, sich auf ihr Wochenende zu freuen. Ein kläglicher Versuch, denn obwohl sie erst zwei Stunden weg war, vermisste sie die Kinder bereits wie verrückt.

Also rief sie die Foto-App auf dem Handy auf und scrollte durch ihre schönsten und lustigsten Momente. Sie stieß auf die Bilder, die sie an Weihnachten gemacht hatte. War das wirklich erst knapp einen Monat her? Es war trotz aller Hektik ein lustiges Fest gewesen. Sie waren am ersten Weihnachtstag traditionell bei den Saager Großeltern gewesen und die Enkel hatten das Haus gerockt. Jan, Daniels jüngerer Bruder, war mal wieder mit einem Sportwagen vorgefahren, den er als Filialleiter bei Mercedes Benz über die Feiertage hatte mitnehmen dürfen, und war tatsächlich das zweite Jahr in Folge mit derselben Frau aufgetaucht. Emilie mochte Naomi, eine Berlinerin mit ghanaischen Wurzeln, die als Tanzlehrerin arbeitete und in vielfacher Hinsicht Farbe in den sonst eher gutbürgerlichen, ehemals ostdeutschen Haushalt brachte.

Wie immer zu dieser Jahreszeit, hatte Emilie ihren eigenen Vater vermisst. Und auch an ihre Mutter hatte sie so kurz vor ihrer Abreise nach Frankreich mehr als üblich gedacht.

Ihre Gedanken wanderten weiter zurück zu letztem Herbst, als Daniel und sie das erste Mal darüber nachgedacht hatten, vor Schulbeginn mit den Kindern für eine Weile ins Ausland zu gehen. Es hatte nicht sofort festgestanden, dass es Frankreich werden würde. Aber je länger sie darüber sprachen, umso mehr kristallisierte sich heraus, dass diese Wahl alle Kriterien erfüllte: Es war nur wenige Flugstunden von Hamburg entfernt, sie sprach die Landessprache bereits mehr oder weniger fließend, sie hatten keinen Stress mit dem Arbeiten im europäischen Ausland etc. Dass sie dabei ein wenig Familiengeschichte würde recherchieren können, war ein Bonus, der ihr erst später aufging, als sie über die *Wohnen auf Zeit-Plattform* diese Wohnung ausgerechnet in Saint-Georges angezeigt bekommen hatte. Es war Fügung gewesen und wie ein Puzzle passte plötzlich alles zusammen. Sie hatte sich so sehr darauf gefreut.

Ihre Stirn krauste sich. Und dann erschien aus heiterem Himmel diese Beförderung am Horizont. Daniel hätte sie vielleicht als hoffnungsvollen Sonnenaufgang bezeichnet, doch in Emilies Kopf hatte sie sich immer mehr in eine drohende Gewitterwand verwandelt. Von da an war nichts mehr wie vorher gewesen und schon stand sie mit ihrem Auslandsprojekt allein da. Obwohl bereits alles angeleiert war, wirkte es, als habe ihr Mann innerlich einen Rückzieher gemacht. Um Weihnachten hatte sie sogar befürchtet, sie würden am Ende gar nicht fahren. Nur hatte er nie etwas gesagt.

Und nun waren sie hier … doch irgendwie wollte sich kein Glücksgefühl einstellen. Im Gegenteil, eine seltsame Unruhe befiel sie. Erneut runzelte sie die Stirn, nahm die Brille ab, putzte sie und setzte sie wieder auf. Sie nahm das Smartphone hoch, schloss die Fotos und überprüfte, ob sie ihren Anschluss noch bekam. Alles gut. Nachrichten oder

Mails hatte sie auch keine … doch das komische Gefühl blieb. Sie überlegte, dann überprüfte sie die Reservierung für ihren Flug in der App von Air France, aber auch da war alles in Ordnung. Sie blickte sich um. Sie hatte ihre Jacke, die Schlüssel für zu Hause, das Portemonnaie, ihren Reisepass … Da sie sich spontan nicht erinnern konnte, wohin sie ihn gesteckt hatte, zog sie den Rucksack zu sich auf den Sitz und schaute in das Seitenfach, in dem sie die wichtigsten Dinge aufbewahrte. Nein, hier war ihr Pass nicht.

Ihre Nackenhaare stellten sich auf. Rasch öffnete sie den Rucksack und durchsuchte das Fach für die Dokumente und die wenigen Wechselklamotten, die sie eingepackt hatte. Nichts. Panik ergriff sie und ihr brach kalter Schweiß aus. Fehlanzeige auch in ihrer Laptoptasche. Wo war der Pass?

In diesem Augenblick piepte ihr Handy und sie riss es hoch.

Ihr Mann schrieb: »Deine Handtasche liegt noch hier, wolltest du die nicht mitnehmen?« Für einen Augenblick wurde ihr schwarz vor Augen und sie bekam keine Luft mehr. Sie hatte ihren Pass im Seitenfach vergessen, während sie alles andere in den Rucksack umgepackt hatte.

Schlaff rutschte ihr das Telefon aus der Hand und glitt zu Boden.

Das durfte doch wohl nicht wahr sein. Was sollte sie denn jetzt bloß machen? Konnte sie ohne Ausweis fliegen? Wohl kaum … Aber Umkehren war auch keine Option. Dann würde sie ihren Flug nie schaffen. Ihren Mann anrufen und ihn bitten, sich ins Auto zu setzen? Konnte er in viereinhalb Stunden in Paris zu sein? Ja, vielleicht, aber die Kinder … ihre Gedanken wirbelten unkontrolliert durcheinander, kamen aber zu keinem praktikablen Ergebnis.

Sie hob das Handy wieder auf und überlegte, was sie ihm schreiben sollte. Sie suchte immer noch fieberhaft nach einer Lösung. Am besten wäre es, wenn sie am Flughafen einfach ehrlich war und Bescheid gab. Sie hatte noch ihren Führerschein dabei. Nur einen Personalausweis konnte sie nicht vorweisen. Also schrieb sie Daniel: »Da ist mein Reisepass drin. Schick mir doch bitte ein Foto vom Innenteil.«

Das Foto kam postwendend, allerdings ohne ein weiteres Wort.

Ihr Herzklopfen beruhigte sich langsam wieder. Natürlich war das alles ein einziger großer Mist und wenn sie jetzt gleich nicht würde fliegen können, hätte sie ein richtiges Problem. Aber hey, sie war in Frankreich und sie wollte doch nur nach Hause, da würde sich doch wohl eine Lösung finden lassen.

Leider sahen das die Fluggesellschaft und das Konsulat ganz anders. Um 17.15 Uhr am Freitagabend landete sie erst in der Warteschleife der Botschaft und dann auf der *Nicht-fliegen-Liste* von Air France. Emilie konnte es nicht fassen.

Bleich und sprachlos stand sie vor dem Schalter, an dem ihr ein nicht gerade hilfsbereiter Mitarbeiter erläuterte, dass wenn ihr Ausweis gestohlen worden wäre, ihr deutscher Führerschein tatsächlich genügt hätte. Da sie allerdings die Wahrheit gesagt hatte, war diese Option vom Tisch und der Beamte blieb unerbittlich.

Emilie traten Tränen in die Augen, es war nichts zu machen.

Sie trat von dem Schalter weg in eine Fensterecke und rief ihren Mann an. Egal, wie kompliziert es gerade zwischen ihnen war oder was die Telefonrechnung sagen würde, jetzt brauchte sie ihn einfach. Hastig erzählte sie, was passiert war und welche Optionen sie nicht mehr hatte. Im Hintergrund hörte sie die Kinder johlen und toben. Bildlich sah sie vor sich, wie er in diesem Moment unter Druck geriet: Die Kinder seit einer Stunde im zu Hause, er die Woche noch in den Knochen und das Abendessen vor sich und nun das. Aber sie konnte es nicht ändern. Still wartete sie, bis er sagte:

»Okay, lass mich kurz recherchieren, dann rufe ich dich gleich wieder an.« Es dauerte keine zehn Minuten, ehe ihr Telefon klingelte. Sie saß mittlerweile in ihrer Fensterecke auf dem Fußboden und weinte. Sie wischte sich noch zwei Frusttränen ab und schniefte: »Ja?«

»Du kannst mit der Bahn fahren.«

Sie runzelte die Stirn.

»Und mein Ticket? Das verfällt dann doch komplett.«

»Nein, ich bin schon dabei, das so umzubuchen, dass du den Rückflug als Hinflug wieder nutzen kannst und dann lässt du am Ende nur den Rückflug verfallen.«

Sie verstand kein Wort, wusste aber, dass wenn er das sagte, es auf jeden Fall stimmte. Ruhiger fragte sie: »Und die Bahn?«

»Da ist zwischen den Terminals 2D und 2E ein Service Point, direkt links, bevor du runter zu den Gleisen gehst. Da gehst du hin. Ich hab einen Zug über Straßburg gefunden, der um 19.10 Uhr über Nacht nach Hamburg fährt und du musst nur einmal umsteigen.«

Vor Erleichterung bekam Emilie Herzklopfen. Noch während Daniel ihr erklärte, was sie tun solle, raffte sie bereits ihr Handgepäck zusammen, um der Beschilderung des Flughafens zu besagter Stelle zu folgen.

»Danke dir«, seufzte sie und meinte das aus tiefstem Herzen, »ich wüsste nicht, was ich ohne dich tun würde.«

»Hm«, machte er, »ich muss hier weitermachen. Meld dich, wenn es geklappt hat.« Er legte auf. Sie hatte keine Zeit, sich Gedanken über seine zurückhaltende Antwort zu machen. Sie musste sich beeilen, ihre Bahn zu bekommen.

Natürlich lief auch am Service Point der Bahn nicht alles glatt. Die Dame konnte den von Daniel rausgesuchten Zug erst nicht finden und dann nicht buchen. Selbst ein hinzugezogener Vorgesetzter scheiterte am System.

Also rief sie erneut ihren Mann an, der nun schon deutlich genervter zwischendurch die Kinder anfuhr, sie sollten ihn in Ruhe lassen. Es zerriss sie, in dieser Situation auch noch mit ihrem Kram dazwischen zu funken. Er fand die Verbindung wieder und glich die Zugnummer nochmal ab. Aus welchen Gründen auch immer konnten die Kollegen vor Ort die Verbindung aber nur bis Straßburg jedoch nicht bis Hamburg buchen. Ihr war vor Anspannung ganz schlecht. Schon wieder lief die Zeit gegen sie. Wenn sie auch diesen Zug verpasste, wäre sie nie vor morgen Nachmittag in Hamburg und das wäre für den Gesundheitstag schlicht zu spät.

»Ich kann den Zug ab Straßburg bis Hamburg einfach über die Deutsche Bahn buchen«, verkündete Daniel, als sie kurz davor war, einen Nervenzusammenbruch zu bekommen.

»Was?«

Er wiederholte das Gesagte und sie übersetzte für das Servicepersonal. Die beiden sahen sich an, zuckten mit den Schultern und nickten lächelnd: »Allez-y!«

»Mach«, gab Emilie weiter, während die Französin das Ticket für die Teilstrecke Paris - Straßburg ausdruckte und ihre Kreditkarte belastete.

»Gebucht«, verkündete Daniel, »sollte in deiner Bahn-App auftauchen.«

Sie aktualisierte ihre Ticketliste und hielt den Atem an. Nach einer gefühlten Ewigkeit hatte sich der Fahrschein durch Äther und Beton gearbeitet und erschien auf dem Display. Sie schluckte, als sie den Preis sah – da ging ihr Honorar beinahe komplett für die Reisekosten drauf.

»Ist da«, sagte sie erleichtert.

»Haben wir es dann jetzt?«, fragte er und sie antwortete, während sie mit der anderen Hand schon die Unterlagen für den TGV entgegennahm, »ja und danke dir nochmal. Hoffentlich habt ihr jetzt einen entspannten Abend …«

»Fahr vorsichtig«, erwiderte er reflexartig und hängte dann auf – ohne Verabschiedung. Emilie war viel zu erleichtert und abgelenkt, um darüber nachzudenken.

Sie packte ihren Laptop wieder ein, raffte ihr Portemonnaie, Ticket und Smartphone zusammen, bedankte sich noch einmal ausführlich bei allen Beteiligten und verließ dann im Laufschritt den Service Point, um ihren bereits eingefahrenen TGV noch zu erwischen.

Der Rest der Nacht verlief zwar anstrengend, aber planmäßig und so fuhr sie morgens um 8.36 Uhr tatsächlich in Hamburg in den Hauptbahnhof ein. Von hier war es nur noch ein Katzensprung mit der S-Bahn und die fuhr alle zehn Minuten. Emilie gönnte sich die Zeit, einen Kaffee und ein belegtes Brötchen zu holen. Sie würde es schaffen, nach Hause zu fahren, sich zu duschen und umzuziehen und dann pünktlich beim Gesundheitstag zu erscheinen. Noch immer zitterte sie am ganzen Körper – mittlerweile allerdings weniger vor Anspannung als vor Müdigkeit.

Glücklicherweise hatten sie den Zwischenmieter für Ihr Haus erst ab Februar gefunden, sodass sie heute auf jeden Fall allein wäre und die Nacht auch in Ruhe schlafen konnte. Nur erst ihren Vortrag überstehen – und das tat sie.

Das Kollegium und allen voran Herr Neumann, war begeistert von ihrer Präsentation und er versprach ihr, sie auf jeden Fall nach ihrer Rückkehr zu kontaktieren, um ein weiterführendes Angebot zum Thema *Stressmanagement* mit ihr zu besprechen. Sie schwebte wie auf Wolken und hätte am liebsten sofort ihren Mann angerufen – hielt sich dann aber zurück, um die Routine dort nicht schon wieder zu stören. Zumindest redete sie sich das ein.

Leider kam sie auch danach nicht wirklich zur Ruhe, denn ihr Problem vom Hinflug hatte sich ja für den Rückflug noch nicht gelöst. Allerdings war Daniel ihr auch hier zuvorgekommen. Er war am Samstagmorgen direkt zur Post gegangen und hatte per Overnight-Express ihren Pass auf die Reise geschickt.

Beim Telefonat am Sonntagmorgen erklärte er ihr dann: »Ich hab deinen Flug auf Montagmittag umgebucht, das hat nichts gekostet und bis dahin sollte dein Pass da sein.«

Auch wenn sie ausnahmsweise nicht die Kinder im Hintergrund streiten hörte – und sie auch nicht lautstark darauf bestanden, mit ihr zu sprechen, war er einsilbig und würgte sie rasch wieder ab. Emilie konnte sich des Gefühls nicht erwehren, dass er mit der Situation irgendwie überfordert war. Na ja, sie konnte jetzt jedenfalls nichts tun, außer zu hoffen und den Sonntag zu entspannen.

Sie packte also die Kleinigkeiten, die die Kinder sich gewünscht hatten, ein, versetzte das Haus in seinen ursprünglichen Zustand zurück und verließ es erleichtert am Montag, nachdem der Postbote ihr den Pass ausgehändigt hatte. Selten hatte sie sich so leicht gefühlt. Erst jetzt spürte sie, welche Last sie die letzten Tage auf ihren Schultern getragen hatte.

Natürlich gab es am Flughafen erst noch eine kurze Diskussion wegen der *Nicht-Fliegen-Liste*, aber am Ende brachte AirFrance sie schließlich doch zurück zu ihrer Familie.

Die Kinder freuten sich unbändig, dass sie an die Puppe und den Drachen gedacht hatte. Daniel hingegen sah aus wie ein Geist. Er hatte tiefe Ringe unter den Augen und Emilie fragte sich ernsthaft, ob es möglich war, dass er binnen drei Tagen mehrere Kilo abgenommen hatte.

Er hatte ihr zur Begrüßung einen flüchtigen Kuss auf die Wange gegeben und dann das Abendessen auf den Tisch gebracht.

Sie beobachtete ihn während des Essens, aber er vermied jeden Blick in ihre Richtung ebenso wie unnötige Konversation.

Sie berichtete dennoch stolz von ihrem gelungenen Vortrag und dem schönen Feedback, das sie bekommen hatte. Sie scherzte mit den Kindern und verabredete, dass sie am nächsten Tag gleich wieder ein Picknick am Strand machen wollten – natürlich mit selbstgebackenen Keksen. Und schließlich brachte sie die beiden zu Bett und las auch noch ein Extrakapitel vor.

Sie war so erlöst und glücklich wieder hier zu sein. Der drei Kilometer lange Spaziergang vom Bahnhof in Royan zurück zu ihrer Wohnung, hatte sie am Meer entlanggeführt und es war ein herrliches Gefühl, hierher nach Hause zu kommen. Der Abend war sternenklar gewesen und sie hatte die frische Luft nach der langen Zeit in Flugzeug und Zug tief eingesogen.

Entsprechend zufrieden kam sie aus dem Kinderschlafzimmer, nachdem ihre beiden müden Krieger eingeschlafen waren und ließ sich auf die immer noch unbequeme Couch im Wohnzimmer fallen.

»Puh«, seufzte sie, »was für ein Ritt.« Sie sah zu ihrem Mann, der schon wieder konzentriert auf seinen Laptop starrte. »Ohne dich hätte ich es nicht geschafft. Ich danke dir wirklich, dass du mich so unterstützt.«

Daniel sah auf und Emilie zuckte zusammen, als hätte sie die Härte seines Blickes körperlich getroffen.

»Und das ist genau das Problem, nicht wahr?«

»Wie bitte?« Sie konnte ihm nicht folgen.

»Ich unterstütze dich. Immer. Bei allem. Und wie dankst du es mir? Indem du mich in diesen Wahnsinn hier reinziehst und immer neue Probleme kreierst, als ob ich nicht genug zu tun hätte.«

Ihre Kinnlade fiel ihr auf die Brust.

»Entschuldige mal bitte, ich habe meinen Pass doch nicht mit Absicht vergessen.«

»Nein, aber es ist ein sehr schönes Sinnbild dafür, wie die Dinge bei uns so laufen. Du machst einfach mal, und ich kann dann sehen, wie ich die Scherben hinterher aufkehre.«

»Das stimmt doch gar nicht …« Sie war völlig überrumpelt und innerlich schon so weit runtergefahren, dass sie diesem Überraschungsangriff überhaupt nichts entgegenzusetzen hatte.

»Nicht? Wir sind doch jetzt wohl hier und wer kann sehen, wie er klarkommt? Ich!« Er schnaubte und fuhr, ohne auf eine Entgegnung zu warten fort: »Und nächste Woche sind zwei Bewerbungsrunden angesetzt und außerdem ein Budgetmeeting. Da muss ich auf jeden Fall hin.«

»Dann fahr doch, ich schaff das schon mit den Kindern …« Zornig funkelte er sie an.

»Ja, aber die Woche darauf muss ich dann wahrscheinlich auch noch da sein für die dritte Bewerbungsrunde …«

»Aber ich dachte deine Beförderung wäre schon quasi durch …«

Wieder warf er ihr einen bösen Blick zu und Emilie wurde etwas kleiner auf der Couch.

»Nein, so von allein gehen die Sachen immer nur bei dir. Und dann müsste ich ja auch schon im Hotel schlafen …«

Damit hatte er leider Recht, denn dann wäre es Februar.

»Aber das wussten wir doch …«, warf sie schwach ein. Aber ihr Mann war dabei, sich seinen ganzen angestauten Ärger und Stress vom Wochenende von der Seele zu reden und sie konnte genauso gut schweigen.

»Ich habe es so satt, dass du immer nur an dich denkst und ich immer wieder den Retter spielen muss, wenn einer deiner Pläne schiefgeht.«

»Jetzt wirst du aber unfair …«

»Unfair? Unfair ist, dass ich Freitag den wichtigen Call mit Amerika nicht machen konnte, weil das Internet nicht lief. Unfair ist es, mich hier bei dem Scheißwetter mit den Kindern in dieser kleinen Bude einzupferchen. Unfair ist, dass ich dann auch noch nebenbei wieder für dich den Karren aus dem Dreck ziehen darf, während in Hamburg die Hütte brennt. *Das* ist unfair!«

Jetzt riss Emilie aber doch der Geduldsfaden. In Ermangelung von vernünftigen Argumenten schleuderte sie ihm nur mit aller Verachtung, die sie in ihre Stimme legen konnte, entgegen: »Dann geh doch wieder nach Hamburg, wenn hier alles so unerträglich und furchtbar ist und wir … und vor allem ich so eine Belastung für dich sind.«

Ein seltsamer Ausdruck trat in seine Augen.

»Das mache ich auch«, entgegnete er plötzlich ganz ruhig, was ihr ehrlich gesagt noch viel mehr Angst machte als sein vorangegangener Ausbruch.

»Was machst du?«

»Ich gehe zurück nach Hamburg.«

Sie runzelte die Stirn.

»Ja, sicher, nächste Woche, hab ich verstanden …«

»Nein, auf jeden Fall für länger …«

»Was soll das denn jetzt heißen?«, stotterte sie, »wie lange … und wo willst du wohnen?«

»Ich habe die Zwischenmiete gekündigt.« Emilies Knie wurden weich und wenn sie nicht schon auf der Couch gesessen hätte, wären sie vermutlich jetzt unter ihr weggesackt.

»Was hast du?«, fragte sie entgeistert.

»Ich habe dem Mieter abgesagt. Ich will nicht im Hotel wohnen, bis das mit der Beförderung endlich in trockenen Tüchern ist und …« Der Rest seines Satzes verklang ungehört.

Emilies Kopf war völlig leer. Die Müdigkeit, die Anspannung und nun auch noch diese unerwartete Auseinandersetzung. Sie wollte sich nur einrollen und die Decke über den Kopf ziehen. Offensichtlich hatte Daniel seine Entscheidung ja ohnehin schon gefällt. Ihre Augen füllten sich mit Tränen.

»Wann?«, fragte sie. Mehr brachte sie nicht heraus, ohne die Fassung zu verlieren.

»Ich fahre morgen«, erwiderte er und hatte seinen Blick von ihr abgewandt.

Sie stand auf und ging hinüber ins Schlafzimmer, wo sie ihren Tränen still freien Lauf ließ.

FRANKREICH – SINGLEVERSION

Er war nicht ins Bett gekommen, sondern hatte es vorgezogen mit einer Wolldecke auf der unbequemen Couch zu schlafen. Emilie hatte die halbe Nacht kein Auge zu gemacht und war am Ende dann doch für ein paar Stunden in unruhigen Schlaf gefallen. Sie musste sich ziemlich zusammenreißen, um am Morgen zumindest den Schein zu wahren und die Kinder zur Schule zu bringen.

Daniel hatte zwar mit gefrühstückt, aber weder mit ihr gesprochen noch sie angesehen. Während sie die Kinder anzog, packte er seinen Laptoprucksack und eine kleine Umhängetasche. Er verabschiedete sich von den Kindern und drückte beide nacheinander fest an sich.

»Papa, du tust mir weh«, protestierte Elise und strampelte sich frei.

Emilie sah, dass Daniels Augen feucht waren. Der Form halber küsste er auch sie kurz auf den Haaransatz und ging dann an ihr vorbei aus der Tür. Sie wusste, dass sein Zug erst um 10 Uhr fuhr, aber sie sagte nichts. Stattdessen fegte sie ihre kleine Schar aus der Tür und scheuchte sie zum Auto.

»Kommt, wir sind spät dran.«

Die Kinder stürmten zum Auto.

Ihr Mann war schon die Straße bis zur nächsten Ecke hinunter und bog ab, ehe sie einsteigen konnten.

»Papa hat gar nicht mehr gewinkt«, bemerkte Paul. Sie sah zur Ecke und dann ihren Sohn an.

»Er hat es wohl eilig heut früh, Tigerchen.«

Ihr Großer zuckte mit den Schultern und stieg ein. Sie schnallte Elise an und fuhr los.

Als sie zurückkam, war das Apartment leer. Der Frühstückstisch war noch nicht abgeräumt. Sie sammelte zunächst mechanisch die leeren Müslischalen ein und trug sie zur Spülmaschine. Komplett im Automatikmodus, räumte sie den restlichen Tisch ab und die gesamte Wohnung auf. Dann setzte sie sich einen Kaffee auf und holte ihren Laptop. Sie klappte ihn auf – und machte ihn gleich darauf wieder zu. Sie holte ihr Handy und tippte auf das Display. Keine Nachrichten. Sie legte es ebenfalls beiseite.

Dann nahm sie die Brille ab, putzte sie und setzte sie wieder auf.

Er war wirklich gegangen. Wann er zurückkommen würde, stand in den Sternen. Sie ließ den Blick durch den Raum schweifen. Sie war allein. Was sollte sie nur tun? Wie gern hätte sie jetzt mit ihm gesprochen … Aber nein!

Sie straffte die Schultern und richtete sich auf. Genau das hatte er ihr doch vorgeworfen, dass sie nicht allein klarkäme und er es angeblich immer richten müsste. Sie schob ihre Unterlippe vor und verschränke die Arme vor der Brust. Natürlich schaffte sie es auch ohne ihn. Das war doch lächerlich. Sie hatte ihre Ausbildung allein gemacht, sie hatte ihre Weiterbildung zum Stresstrainer allein geschafft und sie hatte schließlich zwei Kinder geboren. Hunderttausende Frauen zogen ihre Kinder ohne Väter groß, da würde sie ja wohl ein paar Tage ohne ihn durchhalten. Erst lief ihr ein kalter Schauer über den Rücken. Doch je wütender sie wurde, desto wärmer wurde ihr auch. Was dachte er sich denn eigentlich bitte und wer verhielt sich hier gerade nicht nur total egoistisch, sondern regelrecht kindisch?

Sie lachte freudlos auf. Und ausgerechnet ihm, dem Familienmensch, würden die Kinder und sie doch als allererstes fehlen …

Sie wollte den zornigen Gedanken weiterverfolgen, doch in Wahrheit war in ihr nur Traurigkeit … und jede Menge Angst. Denn nun war sie wirklich allein.

Der Tag war verstrichen, ohne dass sie etwas Nennenswertes zu Stande gebracht hatte. Im letzten Moment fiel ihr siedend heiß ein, dass sie den Kindern ein Picknick mit Keksen versprochen hatte, also hielt sie vor dem Abholen schnell beim Supermarkt und kaufte eine Packung.

Den Kindern war es egal und da das Wetter mitspielte, hatten sie einen zauberhaften Nachmittag am Strand. Für einen Moment gelang es Emilie sogar, ihr persönliches Drama auszublenden. Doch schon beim Abendessen brach es wieder über sie herein. Die Kinder waren aufgedreht, fragten alle fünf Minuten, wann Papa nach Hause käme, und verwüsteten die eben noch so ordentliche Wohnung innerhalb weniger Augenblicke.

Sie kochte ihnen so schnell wie möglich eine Portion Pasta und machte sie bettfertig. Als sie um 20.30 Uhr endlich schliefen und sie die Küche und die Wohnung aufgeräumt hatte, fiel sie geschafft auf die Couch. Ihr Mann hatte sich noch nicht gemeldet, obwohl er jetzt eigentlich schon im Flugzeug sitzen sollte.

Sie wollte sich gerade selbst auf die Schulter klopfen, dass sie diesen ersten Tag doch ganz gut überstanden hatte, als sie das Weinen aus dem Kinderzimmer hörte. Sofort sprang sie auf und lief hinüber.

Elise saß mit tränenüberströmtem Gesicht in ihrem Bett und auch Paul rieb sich verschlafen die Augen. Die Kleine hatte wohl nur schlecht geträumt, ließ sich allerdings schlecht wieder hinlegen und bestand darauf, Mamas Hand zu halten. Die nickte zweimal auf der Bettkante ein und als sie sich endlich rausschleichen wollte, setzte sich plötzlich Paul auf und fragte sie leise, wohin sie ginge. Sie fluchte. Jede Faser ihres Körpers sehnte sich nach Schlaf.

»Ich putz nur schnell Zähne und dann komme ich gleich nochmal wieder, okay?«, flüsterte sie zurück.

Sie ging also und machte sich rasch fertig für die Nacht. Natürlich hatte sie gehofft, dass ihr Großer in der Zwischenzeit eingeschlafen wäre, aber er setzte sich auch dieses Mal auf, kaum, dass sie den Kopf zur Tür herein steckte.

»Bleibst du jetzt hier?«, flüsterte er und sie sah keine andere Möglichkeit, als sich ihr Bettzeug zu holen. Zwischen den Kindern lag immer noch die Rolle als Trenner und sie wollte mit keinem der Kids die schmale Bettkuhle teilen.

Stattdessen bettete sie sich am Fußende quer. Sie war zwar nicht sehr groß, doch 1,62 m minus 1,40 m ergaben immer noch über 20 cm, die von ihr überhingen. Sie rollte sich also so gut es irgend ging zusammen und versuchte mit ihrem ruhigen Atem vorzutäuschen, dass sie schlief, damit die Kinder es ihr gleichtaten. Am Ende nickte sie wirklich ein. Allerdings wurde sie mehrfach geweckt, weil sie versuchte sich umzudrehen, ohne aus dem Bett zu fallen, oder eines der Kinder zu weit nach unten gerutscht war und sie versehentlich trat. Als sie schließlich morgens irgendwann doch rüber in ihr kaltes Bett krabbelte, dauerte es ewig, bis sie wieder einschlafen konnte. Dann klingelte der Wecker und nun war sie endgültig durch. Mit dem Unterarm über den Augen lag sie da und versuchte herauszufinden, welche Kopfseite ihr mehr weh tat. Da stand Paul schon in der Tür und dieses Mal weinte er.

»Mamaaaa …« Sie fuhr hoch und streckte die Arme nach ihm aus.

»Liebling, was ist denn? Komm schnell her zu mir.«

Er stürzte sich in ihre Arme und krabbelte neben sie unter die Decke.

»Du hast gesagt, du bleibst bei uns …«, jammerte er.

»Oh Tigerchen, ich hab so schlecht gelegen, da ist gar kein Platz für mich bei euch im Bett …« Sie wusste bereits, dass sie auf verlorenem Terrain kämpfte. Er hatte ja Recht, aber ihr Kopf tat trotzdem immer noch weh. Vielleicht hatte sie sich auch das Genick verlegen.

Sie brauchte eine ganze Weile, um in die Gänge zu kommen und am Ende waren sie dermaßen spät dran, dass sie im absoluten Halteverbot vor der Schule die Kinder aus dem Auto werfen musste. Unter den strengen Blicken eines Streifenpolizisten, sprintete sie in die Maternelle und ebenso schnell wieder raus. Zum Glück zogen die Kinder wenigstens heute Morgen mit.

Wieder zu Hause, begann sie mit ihrer neuen Routine: Aufräumen, Kaffee kochen, Laptop rausholen.

Und dann saß sie, wie am Tag zuvor, vor ihrem leeren Bildschirm und starrte Löcher in die Luft. Der Kaffee wirkte zu langsam. Viel zu langsam. Sie scrolle durch ihre Emails und wusste einfach nicht, wo sie beginnen sollte.

Wenn sie ehrlich war, hätte sie mehr als genug zu tun gehabt. Vor allem mit Akquise. Denn der Vortrag vom letzten Wochenende war auf Wochen der einzige Auftrag, den sie in der ersten Jahreshälfte hatte. Natürlich war das viel zu wenig. Das wusste sie selbst. Aber vor Weihnachten hatten sie alle auf nach den Festtagen vertröstet und die erste Januarwoche hatte auch niemand auf ihre Emails oder Anrufe geantwortet. Sie schluckte. Sie wollte nicht aufdringlich wirken … oder so als ob sie es nötig hätte … aber sie hatte es nötig; sehr sogar, wenn sie endlich wieder Geld verdienen wollte.

Nein, korrigierte sie in Gedanken, sie musste ganz dringend Geld verdienen. Wenn Daniel wirklich die Zwischenmiete für ihr Haus gekündigt hatte, dann hatten sie ab sofort eine doppelte Haushaltsführung zu stemmen. Das waren rund 10.000 € an Mehrkosten nur für die Miete. Sie schluckte hart. So war das alles nicht geplant gewesen.

Aber woher sollte sie einen Auftrag nehmen und nicht stehlen? Guter Rat war teuer und ihren Mann konnte sie auch nicht anrufen. Sie verfluchte sich schon dafür, dass sie überhaupt darüber nachgedacht hatte.

Sie entschied, dass sie in Gang kommen musste … also stand sie auf und nahm die, nach geschlagenen drei Tagen endlich trockene Wäsche ab. Dann stopfte sie eine neue Ladung in die Maschine. Anschließend kochte sie sich einen weiteren Kaffee und gönnte sich ein paar Süßigkeiten … und weil sie müde war auch einen Mittagsschlaf … und dann noch einen Film, um sich etwas abzulenken … und ehe sie sich versah, war es auch schon Zeit, die Kinder vom wöchentlichen Spieltag wieder einzusammeln – und sie hatte nichts geschafft.

Ihr schlechtes Gewissen nagte zwar an ihr, aber nun war es ohnehin zu spät. Morgen würde sie sich mehr zusammenreißen, versprach sie sich.

Den Nachmittag verbrachten sie halb am Strand und halb in der Médiathèque Municipale in Royan. In Hamburg hatten die Kinder die Besuche in der Bücherhalle geliebt. Natürlich war die Bücherei hier nicht wirklich größer, aber auch hier gab es eine Sitzecke, wo sie schön hätten Schmökern können, um ein paar Bücher auszusuchen. Doch Paul zog eine Flunsch als er feststellte, dass es hier nur französische Bücher und Filme gab.

»Das versteh ich ja eh nicht«, brummelte er und setzte sich mit verschränkten Armen in einen Sessel. Seine Mutter versuchte vergeblich, ihn mit einem Buch über Drachen und einem Bildband über Dinosaurier zu locken. Bei einem Comic über Marvel Superhelden ließ er sich zumindest erweichen, mal einen Blick hineinzuwerfen. Elise hingegen schleppte mit Begeisterung ein Buch nach dem anderen an. Da sie ohnehin noch nicht allein lesen konnte, war sie guter Dinge, dass Mami ihr das schon in der richtigen Sprache vorlesen würde.

Sie fuhren schließlich mit einem Arm voll Bücher nach Hause. Natürlich nicht ohne ihren Ausflug mit einem Eis gekrönt zu haben. Nun war auch Paul endlich wieder gut drauf und als sie zu Hause ankamen, machte Emilie bunte Teller für alle.

Die Zubettgehzeit der Kinder rückte näher und noch immer hatte sie keine Nachricht von Daniel erhalten.

»Können wir Papi anrufen?«, fragte Elise arglos und ihre

Mutter schluckte. Was sollte sie sagen? Es war nichts verabredet, sie hatte seit seiner Abreise noch kein Lebenszeichen von ihm erhalten und trotzdem sollte er ja wohl seinen Kindern gute Nacht wünschen können.

Sie lächelte also ihrer Kleinen zu und antwortete:

»Na klar, nach dem Zähneputzen, ja?«

Vorsichtshalber schickte sie Daniel rasch eine Nachricht, um ihn vorzuwarnen. Als sie das Handy beim Zubettgehen wieder aus der Tasche zog, hatte er die Mitteilung noch nicht einmal gelesen.

Sie biss die Zähne zusammen und wählte dennoch seine Nummer. Der Videocall klingelte und klingelte und klingelte – und wurde schließlich automatisch beendet, weil er unbeantwortet blieb. Enttäuschung machte sich auf den Gesicherten der Kinder breit. Emilie brach es das Herz. Rasch steckte sie das Telefon weg.

»Papi hat es sicher nicht gehört.«

»Oder er muss noch so viel arbeiten«, sagte Elise mit gewichtiger Miene.

»Er hat uns vergessen«, brummte Paul, schnappte sich seine Decke, zog sie bis zu den Ohren hoch und warf sich auf die Seite. Sie wusste nicht, was sie hätte sagen sollen, um ihren Sohn zu trösten.

»Vielleicht meldet er sich ja gleich noch«, versuchte sie hoffnungsvoller zu klingen als sie sich fühlte. »Lasst uns doch noch ein bisschen in den neuen Büchern lesen.«

»Au ja, meine zuerst«, quietschte Elise vergnügt und sprang auf, um ihren Stapel vom Sekretär zu holen. Emilie las und übersetzte und las nochmal, bis ihre Augen brannten und ihre Tochter längst eingeschlafen war. Paul hingegen lag mittlerweile auf dem Rücken, hatte die Arme hinter dem Kopf verschränkt und starrte grimmig an die Zimmerdecke. Sie legte das letzte Buch beiseite.

»Alles okay, mein Schatz?«

Er kaute auf seiner Unterlippe und zog die kleine Stirn in Falten aber schwieg hartnäckig. Seine Mutter krabbelte über die Mitte und kuschelte sich ganz eng an ihn. Widerstandslos rollte er sich in ihren Arm und ließ sich den Nacken kraulen.

»Du weißt, du kannst mir alles erzählen, nicht wahr?«

»Hm«, machte er und Emilie schrie innerlich auf. Sie hasste das schon bei seinem Vater. Sie beherrschte sich und streichelte einfach weiter seinen Kopf. Nach einer Weile murmelte er an ihre Brust gepresst:

»Ein Junge hat mich heute an die Wand geschubst und ich konnte gar nichts machen, weil er größer war und ich konnte es auch keinem sagen, weil mich ja keiner versteht.«

»Oh Liebling«, sofort floss ihr Mutterherz über und am liebsten hätte sie sich in eine reißende Löwin verwandelt, um diesem vermaledeiten Rowdy eine Lektion zu erteilen. Instinktiv wusste sie jedoch, dass sie nichts tun konnte. Sie musste nur dafür sorgen, dass ihr Junge mit dem Problem nicht allein war.

»Das ist ja furchtbar, Liebling, wie ist das denn passiert?«

»Ich weiß auch nicht …«

»Und was hast du gemacht?«

»Ich bin weggelaufen …«

»Das hast du ganz richtig gemacht, Tigerchen«, lobte sie. Dann überlegte sie, was sie ihm für die Zukunft raten sollte.

»Erinnerst du dich daran, wie man auf Französisch *Stopp* sagt?«

»Arrête!«, erklang es leise von unten, »das hab ich gesagt, aber er hat nicht aufgehört.«

»Das war sehr gut von dir und das nächste Mal bleibst du am besten in der Nähe von deinen Klassenkameraden oder bei den Erziehern auf dem Pausenhof, damit jemand, der Französisch spricht sieht, wenn so etwas passiert, okay?«

Sie spürte, dass ihre Hilfestellung nicht annähernd gut genug war und es zerriss sie innerlich, nicht mehr für ihn tun zu können.

»Es wird besser werden«, flüsterte sie und hoffte, dass er ihre Traurigkeit nicht hörte, »ich verspreche es.«

»Hm.«

Am nächsten Morgen krabbelte sie noch etwas zerschlagener als am Tag zuvor aus dem Bett. Die Vermieterin hatte mitten in der Nacht ihre Waschmaschine laufen lassen und das Geräusch, dass die Ventile in der Wand erzeugten, klang wie Kanonendonner. Sie hatte mehrfach senkrecht im Bett gesessen. Um kurz nach drei hatte Elise einen Alptraum gehabt und ihre Mutter hatte eine weitere halbe Stunde am Bett der Kinder gesessen, bevor sie in ihr eigenes hatte zurückkehren können. Natürlich war das eiskalt und daraufhin hatte es gedauert, bis sie wieder einschlafen konnte.

Jetzt saß sie am Frühstückstisch und versuchte mit aller Macht die Augen offen zu halten.

»Mama.« Emilie war komplett damit ausgelastet, ihren Kopf nicht in die Müslischüssel fallen zu lassen.

»Mama«, rief Paul mit mehr Nachdruck. Seine Mutter schreckte aus ihrem Wachkoma hoch.

»Was?« Ihr Blick fokussierte sich langsam. »Was ist denn, Schatz?«

»Elise hat ihren O-Saft umgeschüttet.«

Erst jetzt bemerkte sie, dass der halbe Tisch schwamm. Sie sprang auf und raffte die Pappschachteln hoch und aus dem Weg. Dann lief sie hinüber in die Küche und holte sich den Lappen und ein Geschirrtuch, um der Sauerei auf dem Tisch Herr zu werden.

»Alles okay, Schätzchen«, wandte sie sich dann an ihre Tochter und die sah sie bleich und mit Kulleraugen an und schüttelte fast unmerklich den Kopf.

»Was ist denn, Häschen?« Sie beugte sich zu ihrer Kleinen und strich ihr sanft die Locken aus dem Gesicht. Sofort spürte sie, die Hitze, die das Kind ausstrahlte. Behutsam legte sie die Hand an ihre Stirn. Sie glühte.

»Mein Bauch drückt so, Mami.« Elise hatte den Satz noch nicht ganz ausgesprochen, als sie am ganzen Körper erschauerte und einen dicken Strahl Müsli direkt auf ihre Mutter erbrach. Emilies Reflexe waren viel zu langsam, um zurückzuweichen und so wurde sie von oben bis unten gesprenkelt. Jetzt war sie zumindest schlagartig hellwach.

Elise fing wimmernd an zu weinen.

Paul saß schockiert und ziemlich blass um die Nase da.

Die Mutter kam endlich in Schwung. Ungeachtet des vollgespuckten Kleides ihrer Tochter oder ihrer eigenen bekleckerten Klamotten, schnappte sie das Mädchen und trug sie hinüber ins Badezimmer.

Elises kleines Gesicht war mit einem Gemisch aus Tränen und ihrem halb verdauten Frühstück verschmiert. Jetzt galt es schnell Schadensbegrenzung zu betreiben.

»Paul«, rief Emilie über die Schulter, »geh vom Tisch weg, mach die Terrassentür auf und lass frische Luft rein. Ich mach gleich sauber.«

Es fehlte ihr gerade noch, dass ihr Großer, von dem widerlichen Geruch animiert, ebenfalls anfangen würde, sich zu übergeben.

Extrem vorsichtig zog sie Elise das Kleid und die Strumpfhose aus und riss sich selbst den bespuckten Pullover vom Körper. Zärtlich wusch sie die Kleine mit einem lauwarmen Waschlappen.

»Geht es, Häschen, oder drückt der Bauch noch?« Noch immer weinend sah Elise ihre Mutter an: »Es drückt noch.« Und schon konnte Emilie den Würgreflex kommen sehen. Rasch hob sie die Kleine hoch und sie schafften es gerade noch rechtzeitig nebenan auf die Toilette.

Inzwischen war auch Paul in den hinteren Teil der Wohnung gekommen.

Verzweifelt warf Emilie ihm einen Blick zu.

»Tigerchen, das ist keine gute Idee, geh lieber ins Wohnzimmer…«

»Da ist es kalt und stinkt«, brummelte er. Seine Mutter biss sich auf die Lippe.

»Dann geh in euer Schlafzimmer, da ist es wärmer. Ich mach gleich sauber.« Sie hatte alle Hände voll zu tun, Elises Locken aus ihrem unmittelbaren Spuckbereich zu halten. Es kam zwar nicht mehr viel, aber ihre Tochter weinte immer noch.

Sie drückte das mittlerweile am ganzen Körper zitternde Kind an sich und trug sie zurück ins Bad. Wie sehr hätte sie sich jetzt ein weiteres Paar Hände gewünscht, aber nein, sie würde das allein hinkriegen müssen. Sie wusch ihre Tochter noch einmal lauwarm ab und als die Kleine bestätigte, dass es jetzt akut nicht drückte, rief sie nach ihrem Sohn:

»Paul, bring mir mal Elises Schlafanzug, bitte.« Er gehorchte ohne Murren und Emilie zog seine kleine Schwester rasch wieder an. Dann schnappte sie sich im Vorbeigehen ein Badehandtuch und trug das noch immer zitternde Kind in sein Bett.

Sie legte das Handtuch über Kopfkissen und Bettkante und bette sie darauf. Dann lief sie rasch in die Küche und holte eine große Salatschüssel aus Plastik ... das Erstbeste, was ihr anstelle eines Eimers untergekommen war. Sie platzierte sie am Kopfende des Kinderbettes. Elise sah sie aus fiebrig glänzenden Augen an. Auf ihrer Stirn hatte sich ein dünner Film aus kaltem Schweiß gebildet und obwohl sie heiß war und unter ihrer Decke lag, zitterte der kleine Körper noch immer.

»Wie ist der Bauch?«

Elise sagte nichts, sondern rollte sich nur zusammen und schloss die Augen. Emilie nutzte die Gelegenheit, um ins Bad zu sprinten und auch sich schnell abzuwaschen. Sie zog frische Klamotten über und sprintete dann in die Küche, um dort den Schlamassel zu beseitigen. Als sie einen Blick auf die Uhr warf, fluchte sie innerlich. Sie war spät dran, eigentlich hätte sie jetzt losgemusst, aber wie sollte sie das bewerkstelligen? Sie erwog schnell ihre Möglichkeiten und musste sich dann eingestehen, dass sie keine Wahl hatte. Also griff sie zu ihrem Laptop, mailte der Schule, dass die Kinder krank wären und heute zu Hause blieben. Sie ließ den Rechner einfach stehen, schloss die Tür, denn das

Wohnzimmer war mittlerweile eiskalt und lief zurück ins Kinderschlafzimmer. Paul saß im Bett, mit der Decke über den Füßen und sah sie aufmerksam an. Elise lag mit geschlossenen Augen daneben. Als Emilie ihr vorsichtig über das Haar strich, seufzte die Kleine im Schlaf.

»Sie ist eingeschlafen«, konstatierte Paul. Sie lächelte ihn an.

»Danke, dass du mir geholfen hast, Großer. Das hast du echt toll gemacht.« Zum ersten Mal an diesem Morgen lächelte Paul und setzte sich ein wenig aufrechter hin. Emilie streckte die Hand aus und strich ihm eine Strähne aus der Stirn.

»Du kannst heute auch zu Hause bleiben. Wir schwänzen einfach Schule, okay?« Jetzt trat ein breites Grinsen in sein Gesicht.

»Ehrlich?«

»Ja«, bestätige sie, »nicht, dass dir nachher auch noch schlecht wird.«

»Cool.« Seine Mutter hätte sich zwar was cooleres vorstellen können, gab sich aber für den Moment damit zufrieden, dass er ihre Entscheidung offensichtlich guthieß.

»Du kannst auch ins Wohnzimmer und spielen, ist jetzt wieder sauber und riecht auch nicht mehr.«

»Okay«, erwiderte er, »spielst du mit mir?«

»Lass mich mal eben bei deiner Schwester Fieber messen, bitte.« Er zuckelte also allein los, während sie das Fieberthermometer aus der Hausapotheke holte.

Elise hatte fast 39 Grad Fieber, aber Emilie entschied, dass solange sie ruhig schlief, sie ihr erstmal keinen Fiebersaft geben würde. Trotzdem schaute sie nach, ob sie gegebenenfalls auch Zäpfchen dahatte. Ihr Bestand war gut gefüllt und sie beruhigt. Also ging sie und warf die schmutzigen Klamotten, das verschmierte Handtuch und auch die Badematte direkt in die Waschmaschine und stellte das Gerät an.

Erst danach ging sie hinüber ins Wohnzimmer. Einerseits stresste es sie total, dass sie heute nichts würde tun können, außer sich um die Kinder zu kümmern, doch dann gestand sie sich ein, dass sie auch gestern nichts getan hatte. Sie zuckte innerlich mit den Schultern und ergab sich in ihr Schicksal – dann würde sie eben Lego spielen.

Zum Glück war Elises Magenepisode ein einmaliges Ereignis. Nachdem sie einige Stunden geschlafen hatte, war nicht nur das Fieber gesunken, sondern auch der Appetit zurückgekehrt. Mit Genuss verzehrte sie erst ein bisschen trockenes Baguette und dann auch einen geriebenen Apfel.

Ihre Mutter atmete auf. Sie achtete zwar peinlich genau darauf, dass die Kinder nicht zu sehr tobten, aber nachmittags gab es kein Halten mehr und sie mussten an den Strand. Paul ging, unausgelastet wie er war, mittlerweile die Wände hoch.

Als sie die Kinder schließlich wieder im Bett hatte, war sie so kaputt, dass die Augen ihr fast im Sitzen zugefallen wären. Wenigstens hatte Daniel heute Abend nicht vergessen, den Kindern Gute Nacht zu sagen. Sie waren erstaunlich wenig nachtragend gewesen und hatten ihm sogar bereitwillig von ihrem Ausflug an den Strand und natürlich von Elises Vorfall am frühen Morgen erzählt. Für ihren Geschmack war das etwas zu bildhaft gewesen, aber andererseits schadete es auch nicht, wenn ihr Mann hörte, womit er sie hier allein gelassen hatte. Die Eltern hatten nicht miteinander gesprochen. Es hatte ihr einen Stich versetzt, wie rasch er sich am Ende verabschiedete und nicht einmal gefragt hatte, wie es ihr ging.

Auch das Wochenende verlief ähnlich. Emilie jonglierte den Wocheneinkauf, die Kinder und das Saubermachen und ihre immer länger werdende To-Do-Liste für die kommende Woche und war am Ende völlig platt.

Die Schlafsituation wollte sich einfach nicht verbessern. Jede Nacht wachte sie zwei- bis dreimal auf und konnte dann meist nur äußerst schlecht wieder einschlafen. Wenn es nicht die Waschmaschine von oben war, dann waren es die Kinder, die abwechselnd wach wurden – oder sie wachte einfach aus Gewohnheit auf.

Am Montag war sie jedenfalls endgültig fertig. Als sie die Kinder in der Schule hatte, fiel sie zu Hause wie ein Stein auf die Couch und schlief ein. Als sie gegen Mittag wach wurde, lag sie lange einfach nur da und dachte über die Situation nach: So konnte es nicht weitergehen.

Sie machte sich kaputt und rieb sich völlig auf. Außerdem schaffte sie es nicht, irgendwas zu bewerkstelligen, was Geld einbrachte, was sie wiederum zusätzlich stresste und dann schlief sie noch weniger. Da musste sich ganz schnell was ändern. Was sollte sie also tun?

Klein beigeben und nach Hamburg zurückkehren? Natürlich, das wäre eine Option. Aber allein bei dem Gedanken, dass sie das alles hier völlig umsonst angezettelt hatte, wurde ihr elend.

Sie ließ den Blick durch den Raum schweifen. Es war schon so lange ihr heimlicher Traum gewesen, hierher zu kommen. Viel zu früh hatte sie ihre Großmutter verloren und nachdem ihre Eltern ebenfalls gestorben waren, hatte sie sich komplett verloren gefühlt. Mit der Zeit hatte sich der Gedanke immer mehr verfestigt, dass wenn sie etwas mehr über ihre Wurzeln erfahren könnte, ihr das in der Gegenwart mehr Halt geben würde.

Leise verfluchte sie ihren teeanagerhaften Trotz und Stolz, ihre Mutter und damit alles Französische derart abgelehnt zu haben. In den letzten Jahren hatte sie sich immer wieder gewünscht, ihr sagen zu können, dass sie sich geirrt hatte. Aber diese Chance hatte sie verstreichen lassen – es gab kein Zurück.

Sie schluckte hart und wischte sich eine Träne aus dem Augenwinkel. Und nun war sie endlich hier und fühlte sich … schlecht. Sie hatte gehofft, dadurch ihrer Mutter näher zu kommen. Sich irgendwie verbundener und geerdet zu fühlen, um daraus kluge Entscheidungen und starke Schritte ableiten zu können. Stattdessen war ihr Leben die Hölle, ihr Mann hatte sie verlassen und ihre Kinder würden sie wahrscheinlich über kurz oder lang hassen.

Sie schniefte und versuchte vergeblich, weitere Tränen zu unterdrücken. Sie hatte sich noch nie so allein, so verloren und vor allem so unfähig gefühlt, mit einer Situation fertig zu werden.

Sie heulte hemmungslos auf. Wo hatte sie sich da bloß reingeritten. Daniel hatte Recht. Sie war eine kopflose Idiotin, die immer nur aus dem Bauch heraus Entscheidungen fällte … und wie gut das geklappt hatte, hatte sie ja nicht zuletzt mit der Entfremdung zu ihrer Mutter bewiesen. Sie ließ ihrem Selbstmitleid und Weltschmerz freien Lauf. Sie hatte es verdient, dass ihr Mann sie einfach verlassen hatte … aber die Kinder …

Schlagartig setzte sie sich auf. Stopp! Es ging nicht mehr nur um sie. Sie hatte diese zwei wundervollen Geschöpfe und sie musste das hinkriegen … sich in den Griff kriegen … schon um ihretwillen. Denn was machte es mit ihnen, wenn sie aufgab, sich hasste und rumheulte.

Sie nahm die Brille ab und rieb sich mit dem Ärmel ihres Sweatshirts über die Augen.

Ja, das hier lief gerade nicht ideal und nein, so konnte es nicht weitergehen … aber wie … Nein. Fast hätte sie sich selbst geohrfeigt, weil die Gedankenspirale schon wieder loslaufen wollte.

Sie warf einen Blick auf die Wanduhr und stellte fest, dass es höchste Zeit war, die Kinder abzuholen. Die Sonne schien und sie könnten direkt zum Strand durchfahren.

Sie straffte die Schultern, setzte die Brille wieder auf und beeilte sich, den Picknickkorb zu packen – sie brauchte dringend frische Luft.

Ein Engel mit weißem Haar

Die Kinder waren froh, wieder an den Strand zu dürfen und zerlegten mit Begeisterung einen tipiartigen Bau, den sie am Tag zuvor errichtet hatten. Der Strand hatte sich binnen kürzester Zeit zu ihrem persönlichen Garten und ihrer ganz eigenen Spielwiese entwickelt. Natürlich hatten sie vorher noch den Picknickkorb leergeräubert, als hätten sie seit Tagen nichts zu essen bekommen.

Das Wasser stand relativ hoch an diesem Tag, was dafür sorgte, dass die Kinder in Rufnähe spielten, und so hatte Emilie es sich mit der Decke direkt an der Wand zur Promenade gemütlich gemacht. Es war windstill, die Sonne schien und auf der Picknickdecke in ihre dicke Jacke gekuschelt ließ es sich gut aushalten. Der Strand war wie immer nur von wenigen Spaziergängern besucht und sie lehnte sich zurück, um für einen Moment die Augen zu schließen.

Als sie aufschreckte, stellte sie überrascht fest, dass sie fast eine halbe Stunde geschlafen hatte. Hektisch blickte sie sich um, aber die Kinder waren immer noch da, wo sie sie zuletzt gesehen hatte. Allerdings war da eine weitere Person, die gerade einen großen Ast über den Strand gezogen hatte, damit der in ihre neueste Erfindung integriert werden konnten.

Emilie beschattete ihre Augen gegen die ihr frontal ins Gesicht scheinende Sonne und blinzelte. Die Gestalt war klein und wirkte gedrungen. Weißes, kurzes Haar leuchtete mit der Gischt der sich brechenden Wellen um die Wette. Sie war sich sicher, dass sie denjenigen nicht kannte. Kurz krampfte sich ihr Magen zusammen, doch dann schob sie die albernen Sorgen und das *Was-wäre-wenn* beiseite – das war eindeutig Daniels Resort. Sie wollte an das Gute glauben, also stand sie auf und schlenderte zu den Kindern hinüber.

Elise stand mittlerweile auf einem Baumstumpf, umgeben von einer Ansammlung von Ästen, die mit Sandwällen dem herannahenden Meer trotzen sollten, und kreischte wild, wenn das Wasser irgendwo drüber schwappte.

Paul schaufelte, dass ihm der Schweiß auf der Stirn stand. Er hatte die Mütze abgesetzt und die Jacke offen.

»Mama, kann ich die Jacke ausziehen?«

Wieder beschattete Emilie ihre Augen und nickte. Dann wandte sie sich der Fremden zu. Wie sie jetzt erkennen konnte, handelte es sich um eine Frau im Seniorenalter mit einer Brille und einem freundlichen Lächeln. Sie steckte in einem zu großen Parka, an dem sie sich jetzt lachend die Hände abwischte und auf sie zukam. Die jüngere lächelte ebenfalls, war aber zu verdutzt, um etwas zu sagen.

Die Frau kam ihr unglaublich bekannt vor, aber Emilie hätte nicht sagen können, an wen sie sie erinnerte oder wo sie sie vielleicht schon einmal gesehen hatte.

»Bonjour«, begrüßte sie die Fremde schließlich auf Französisch, um sie nicht nur wie eine Idiotin anzustarren.

Auch ihr Gegenüber ließ sich Zeit mit einer Erwiderung, musterte sie und widerstand offensichtlich dem Impuls sie direkt in den Arm zu nehmen und wie in Frankreich üblich auf die Wangen zu küssen. Emilie sah sie überrascht an.

»Bonjour«, sagte die ältere Dame stattdessen, »zwei wundervolle Kinder haben Sie da.«

»Wir sind Piraten, und ich bin im Ausguck, Mama!«, schrie Elise begeistert und in einer Lautstärke, als säße ihre Mutter immer noch am anderen Ende des Strandes.

»Ich seh's«, bestätigte diese lachend und betrachtete ihre beiden Piraten stolz. Dann sah sie wieder die ältere Dame an, die sie nicht aus den Augen gelassen hatten.

»Entschuldigen Sie, aber kennen wir uns?«

Für den Bruchteil einer Sekunde huschte ein Schatten über die glänzenden Augen, doch dann war der Moment verstrichen wie eine winzige Wolke, die an der Sommersonne vorüberzieht und die Millionen Fältchen um die Augen der kleinen Frau explodierten wieder.

»Ich denke nicht«, antwortete sie freundlich und reichte ihr die Hand, »ich bin Marie.«

»Emilie«, stellte die sich vor und schüttelte die angebotene Hand.

Der Händedruck war erstaunlich fest und immer noch ließ die andere sie nicht aus den Augen.

»Wohnen Sie hier?«, fragte sie, um ein unverfängliches Gespräch anzufangen und dabei vielleicht herauszubekommen, warum ihr die Frau so bekannt vorkam.

»Sag ruhig du«, bat die und fuhr dann fort: »Nicht ganz, ich wohne in Saujon und komme nur sehr oft nach St. Georges, weil eine Freundin hier wohnt – oder um am Strand spazieren zu gehen.«

Sie ließ ihren Blick über das Meer bis zum Horizont wandern und nun war es an Emilie, sie zu beobachten.

Wie sie so dastand, die Nase im Wind, die Sonne im Gesicht, die Hände tief in den Taschen ihres Parkas vergraben, wirkte sie wie der Inbegriff eines alten Seebären.

»Aber ich bin in St. Georges geboren«, gab Marie unvermittelt preis. Überrascht hob Emilie die Augenbrauen.

»Meine Großmutter auch. Vielleicht kennen Sie …ähm … kennst du sie ja? Sie hieß Joscelin. Joscelin Fournier. Sie ist vor ein paar Jahren gestorben.« Erwartungsvoll sah sie die ältere an, doch da die immer noch in Richtung Horizont blickte, konnte sie ihren Gesichtsausdruck nicht erkennen. Nach einer Pause wandte sich Marie zu ihr und antwortete:

»Ich bin erst seit kurzem wieder hier, ich habe lange woanders gelebt.« Es lag fast etwas Zärtliches in ihrem Blick.

»Meine Familie wohnt ziemlich verstreut. Ich habe sogar eine Enkelin, die in Deutschland wohnt.«

Emilie krauste kurz die Stirn. Sie hatte nicht erwähnt, dass sie aus Deutschland kam. Aber dann fiel er ein, dass Marie bereits ein wenig Zeit mit den Kindern verbracht hatte, und diese mit Sicherheit nur Deutsch gesprochen hatten.

»Wie spannend, wo wohnt deine Enkelin den?«

»In der Nähe von Köln … glaube ich«, erwiderte Marie.

»Oh, die Stadt kenne ich nicht so gut«, gab Emilie zu. Eine Weile standen die beiden Frauen nebeneinander und sahen den Kindern dabei zu, wie sie ihr Piratenschiff verbesserten und ausbauten.

»Und was macht ihr hier? Urlaub?«

Emilie lachte freudlos auf. »Das ist eine längere Geschichte …« die andere hielt ihrem Blick stand.

»Ich hab Zeit.« Sie überlegte und zuckte mit den Schultern. Dann begann sie langsam zu erzählen: Von Daniels und ihrem Traum viel zu reisen und wie sich das mit den Kindern verändert hatte. Von ihrer Idee, ein halbes Jahr remote zu arbeiten, bevor Paul in die Schule käme und der Wahl, die dann auf Frankreich gefallen war. Sie atmete kurz durch und weil sie so unendlich dankbar war, dass ihr endlich mal jemand zuhörte, erzählte sie weiter von ihren verstorbenen Eltern, von ihrem dummen Trotz als Teenie und dem Wunsch, ihrer Mutter auf diese Weise jetzt nachträglich näher zu kommen. Auch die Situation mit Daniel verschwieg sie nicht.

Während sie sprach, waren die beiden Frauen den Strand hinaufgeschlendert und hatten sich nebeneinander auf die Decke gesetzt. Emilie umschlang ihre Knie mit beiden Armen. Auch wenn sie Marie gerade erst getroffen hatte, hatte sie das Gefühl, sie schon ewig zu kennen. Und sie hatte jede Hemmung verloren, ihr das Herz auszuschütten.

Typisches *Stranger in the Train-Phänomen.* Sie schmunzelte über sich selbst. Der Fachausdruck, den sie während ihrer Ausbildung als Coach mal in einem Artikel gelesen hatte, kam ihr in den Sinn. Es war viel einfacher einem Fremden so viel Persönliches anzuvertrauen, der einen nicht verurteilte, weil man schlicht noch gar keine Beziehung zu ihm oder ihr hatte. Emilie seufzte und ließ ihr Kinn auf die Knie sinken.

»Ich war einfach so blöd, und kann es nicht mehr gut machen … aber irgendwie hatte ich gehofft, dass ich meiner Mama hier näher bin … und damit auch mir … und nun habe ich stattdessen vielleicht sogar auch noch meinen Mann verloren.« Ihre Stimme war immer leiser geworden und die letzten Worte wurden von einem stillen Luftzug davongetragen.

Marie schwieg und sah ebenfalls aufs Meer. Ihre Miene war undurchdringlich.

»Wir müssen alle lernen zu vergeben. Nicht nur den anderen, sondern vor allem uns selbst.« Emilie sah sie an und hätte gern gewusst, welche Geschichte sich hinter diesen weisen Worten verbarg, aber ihre neue Bekanntschaft machte keinerlei Anstalten weiterzusprechen. Dann stand sie unvermittelt auf.

»Ich muss jetzt leider gehen.«

Auch Emilie kam auf die Füße. Die Sonne war schon fast am Horizont angekommen und erst jetzt bemerkte sie, dass es mit den länger werdenden Schatten auch empfindlich kühler geworden war.

»Ja, ich muss den Kindern was zu essen machen …« Sie sah die andere an, die nachdenklich Sandkörner von ihrem Parka klopfte.

»Ich hoffe, ich habe nichts Falsches gesagt …« Marie blickte auf und dann explodierte wieder dieses fantastische Lächeln in jedem Fältchen ihres Gesichts.

»Nicht doch, es war mir ein Vergnügen. Ich hoffe wir sehen uns bald wieder.« Emilie nickte eifrig.

»Wir sind eigentlich jeden Tag hier und morgen haben die Kinder ja nur Spieltag, da sind wir schon ab halb drei hier.«

»Dann sehen wir uns.« Die andere zögerte kurz und trat dann doch mit einem Schritt an sie heran, um sie auf beide Wangen zu küssen. Eine Woge von Lavendel, frischer Minze und Seife stieg Emilie in die Nase. Dann löste sich Marie und winkte noch den Kindern zu. Sie ging rasch, ohne sich noch einmal umzusehen. So ganz wurde Emilie nicht aus ihr schlau, aber sie fühlte sich nach ihrer langen Beichte befreit und erleichtert und allein dafür war sie ihr extrem dankbar. Sich selbst vergeben … ein wirklich interessanter Gedanke. Ihr Blick fiel auf die Kinder: Elise war gerade vom Piratenschiff gesprungen und mit beiden Füßen im Wasser gelandet. Nun heulte sie lautstark auf. Es war eindeutig Zeit, nach Hause zu gehen.

Während des Abendessens sprachen sie über ihren Nachmittag und Paul äußerte spontan: »Ich will endlich mal wieder Eis essen.«

Seine Mutter überlegte. In Saint-Georges-de-Didonne hatte sie noch keine offene Eisdiele entdeckt. Sie kannte nur die in Royan.

»Vielleicht können wir das machen, wenn wir wieder in der Bücherei sind …«

»Och nee«, maulte er direkt.

»Doch juhu«, jauchzte Elise, »und kann ich mit dem Roller fahren?«

Wieder musste Emilie kurz nachdenken und schüttelte dann den Kopf.

»Nein, Häschen, das ist einfach zu weit. Drei Kilometer könnten wir mit dem Rad fahren, aber nicht mit dem Roller.«

Jetzt jubelte auch Paul unvermittelt los.

»Au ja, Fahrrad fahren.« Doch er war es auch, der einen Augenblick später realisierte: »Mama, haben wir unsere Fahrräder überhaupt mit?«

»Nein, leider nicht, die passten nicht aufs Auto.« Sie las die Enttäuschung in den Gesichtern der Kinder und fügte rasch hinzu: »Aber wisst ihr was, vielleicht können wir uns welche leihen. Das finde ich nachher direkt raus, wenn ihr im Bett seid.« Nun strahlten ihre Beiden.

Als es ins Bett ging, war Paul jedoch wieder sehr schweigsam und in sich gekehrt. Er stand am Waschbecken und die Zahnbürste hing ihm aus dem Mund, ohne dass er seine Zähne bürstete. Seine Mutter legte ihm eine Hand auf die Schulter.

»Tigerchen, du musst auch putzen.« Er blickte zu ihr hoch, zog dann die Zahnbürste aus dem Mund und spuckte aus.

»Mama«, sagte er gedehnt und sie wandte sich ihm zu.

»Was ist denn mein Schatz?«

»Wie lange müssen wir denn noch hierbleiben?« Ihr Herz krampfte sich zusammen. Sie ging neben ihrem Großen in die Hocke und drehte ihn zu sich, um ihm ins Gesicht sehen zu können.

»Eine Weile. Warum? Macht dir die Vorschule keinen Spaß?«

Er wich ihrem Blick aus und trat von einem Fuß auf den anderen. Sie legte ihre Hand unter sein Kinn und sah ihm in die Augen.

»Was ist denn los?«, hakte sie nach.

»Ach, das ist alles doof. Ich kann gar nicht mitspielen in der Schule, weil ich nicht verstehe, was sie spielen und wenn Madame Malavalle was fragt, kann ich auch nie was antworten, weil selbst wenn ich es weiß, es nicht *sagen* kann.« Frustriert trat er mit seinem Fuß ein bisschen in die Luft.

»Oh Großer, dabei machst du das doch schon so toll und am Wochenende beim Bäcker hast du sogar schon das

Baguette allein gekauft. Hab etwas Geduld mit dir, Liebling, das wird mit jedem Tag besser.«

Er kaute auf seiner Unterlippe und sah sie immer noch nicht an.

»Ist denn nochmal was vorgefallen? Muss ich mal mit deiner Lehrerin sprechen?«

Sofort schüttelte er heftig den Kopf. Noch einen Moment lang druckste er herum, ehe er herausrückte.

»Kann ich nicht auch zu Papa? Der ist doch jetzt wieder in Deutschland ...« Wieder krampfte sich ihr Herz zusammen. Daher wehte also der Wind. Paul vermisste seinen Vater und weil er genau wie der immer eher halb leere Gläser sah, war die aktuelle Situation natürlich besonders schwer für ihn. Sie zog in an sich.

»Ich bin ganz sicher, Papa vermisst dich auch. Wenn wir ihn gleich anrufen, kannst du ihm ja von unserem Fahrradplan erzählen. Und in den Ferien kommt er ja wieder.« Zumindest hoffte sie das, explizit darüber gesprochen hatten sie noch nicht.

Paul löste sich von ihr und wischte sich mit dem Ärmel seine Nase ab.

»Okay«, meinte er und wandte sich wieder zum Waschbecken, um seine Zähne zu Ende zu putzen. Emilie richtete sich auf und betrachtete den kleinen Mann nachdenklich. Auf so vielen Ebenen machte Daniel ihnen allen gerade das Leben schwer – das war einfach unfair.

Beim abendlichen Videocall hatte vor allem Elise begeistert von ihrer geplanten Fahrradtour erzählt und auch Paul war wieder etwas fröhlicher. Daniel hatte nichts einzuwenden, im Gegenteil, er gab ihr sogar den Tipp, doch vielleicht direkt nach gebrauchten Rädern zu schauen, die in dieser Saison bestimmt nicht die Welt kosten konnten. Ausnahmsweise sprachen sie richtig miteinander. Zwar blieb es inhaltlich bei Banalitäten, aber sie wertete das trotzdem als Fortschritt – vor allem, weil ihre Laune eigentlich eher für einen zünftigen Streit geeignet gewesen wäre.

Anschließend verdrängte sie die Gedanken an ihren Mann so gut es ging und beschwor das schöne Gefühl des Nachmittags am Strand herauf. Davon beflügelt, setzte sie sich später an diesem Abend nochmal an den Rechner, obwohl sie eigentlich müde war. Sie fand die Website Le bon coin – die gute Ecke, eine nachbarschaftliche Verkaufsseite und freute sich über die zahlreichen Angebote von Fahrrädern. Hier würde sie auf jeden Fall etwas für sie drei finden.

Als sie einige Modelle ausgewählt hatte, machte sie sich daran, ein Profil für sich anzulegen, um mit den Verkäufern Kontakt aufnehmen zu können – und scheiterte kläglich. Sie hatte zwar eine französische Adresse, aber ihre deutsche Handynummer akzeptierte die Plattform einfach nicht. Zunächst dachte sie an einen Fehler ihrerseits und schrieb den Support an, um herauszufinden, wie sich das Problem lösen ließe. »Gar nicht« teilte man ihr kurz und bündig mit, eine französische Telefonnummer sei obligatorisch. Punkt.

Sie war noch nie gut mit derart kategorischen Absagen zurechtgekommen und da es dieses Mal um die Kinder ging, regte sie sich doppelt auf. Nützen tat es ihr nichts.

Sie war froh, dass die beiden nicht direkt am nächsten Morgen nachfragten, wie es um die Fahrräder stand. Denn sie war wild entschlossen, über Tag eine Lösung zu finden. Ein weiteres Mal schrieb sie den Support an, ahnte aber bereits, dass es vergebliche Liebesmüh war. Dann entwarf sie ein kleines Plakat mit einem Kaufgesuch, aber auch diese Idee verwarf sie, denn wo sollte sie es aufhängen, jetzt wo hier so wenig Leute im Ort waren?

Frustriert holte sie um 14 Uhr die Kinder ab und war einer Lösung noch immer kein Stück nährgekommen. Wie befürchtet wäre Leihen zwar möglich aber unsagbar teuer und wie hätte sie die Räder aus Royan abholen und jedes Mal wieder hinbringen sollen? Frustriert klappte sie den Laptop zu.

Auch heute schien die Sonne und so war der Strandbesuch Gesetz. Auch wenn sie vor lauter Fahrrädern nicht mehr viel an Marie gedacht hatte, wählte sie den gleichen Platz wie gestern aus und suchte mit den Augen den Strand ab, doch von ihrer neuen Bekanntschaft war keine Spur zu sehen.

Sie richtete sich also in Ruhe ein und kuschelte sich wieder an die Wand, während die Kinder die Reste ihres Piratenschiffs dieses Mal zu einem hohen Wall aufschichteten. Sie schaute ihnen träge dabei zu und da sie immer noch unter lähmender Müdigkeit litt, beglückwünschte sie sich dazu, daran gedacht zu haben, sich einen Latte im Thermobecher mitzunehmen. Zufrieden nippte sie an dem noch heißen Getränk. In doppelter Hinsicht war das wirklich angenehm und sie lächelte unbewusst.

»Ça va mieux aujourd'hui?« Emilie beschattete ihre Augen und blinzelte gegen die Sonne, die Maries weißem

Haupt noch einen zusätzlichen Heiligenschein verlieh. Sie hatte sie tatsächlich nicht kommen sehen.

»Ja«, bestätigte sie lächelnd, »es geht mir irgendwie ein bisschen besser – dank dir.«

Ihre neue Freundin ließ sich schwerfällig neben ihr auf die Picknickdecke fallen, schob den Korb etwas nach außen und lehnte sich ebenfalls an die Mauer.

Die Kinder begrüßten sie johlend von ihrem neuen Wall aus und Marie winkte lachend mit beiden Armen zurück.

»Guten Tag«, rief sie laut mit einem schweren, melodischen Akzent.

Emilie sah sie überrascht an.

»Du sprichst Deutsch, das hast du gar nicht erwähnt.« Die ältere lachte. Zufrieden setzte sie ihre Brille ab und schloss die Augen.

»Tue ich ja gar nicht«, bekannte sie, »dem Online-Übersetzer sei Dank, reichte es heute für einen Gruß.« Emilie schmunzelte. Sie tat es ihrer Sitznachbarin gleich und nahm ebenfalls die Brille ab. Der warme Sonnenschein wärmte ihre Haut und sie beobachtete neugierig das rosarote Szenario, das ihre geschlossenen Lider ihr boten.

»Ach, wenn doch alles so schön einfach wäre«, seufzte sie.

»Wieso? Was bereitet dir denn gerade Kopfschmerzen? Haben die Kinder nicht gut geschlafen?«

Erst mit Maries Frage realisierte sie, dass sie die Nacht tatsächlich relativ gut geschlafen hatte. Auch wenn sie immer noch müde war. Aber in der Tat hatten beide Kinder durchgeschlafen und auch die Waschmaschine von oben hatte sie verschont.

Sie öffnete die Augen und blinzelte ihre neue Freundin an.

»Nein, ich habe sogar ganz gut geschlafen.« Sie zögerte und fuhr dann fort: »Es ist total albern, ich wollte uns gebrauchte Fahrräder kaufen, weil Paul so gern mal wieder eine Radtour machen möchte und bin an so einem Portal gescheitert.«

»Oh, kennst du Le bon coin? Die Seite nutze ich am meisten.«

»Das ist die besagte Seite. Ich kann dort kein Konto eröffnen, weil ich keine französische Telefonnummer habe. Total bescheuert und der Support ist auch wirklich unfreundlich.«

Marie schmunzelte.

»Franzosen und Service.« Sie überlegte einen Moment. »Hast du denn Fahrräder für euch gefunden?«

»Ja, sogar ziemlich gute.«

»Und wenn ich die Anfragen für dich machen würde?« Emilie setzte ihre Brille wieder auf, um sie ordentlich ansehen zu können.

»Ich möchte dir wirklich keine Umstände …«

»Ach, papperlapapp«, unterbrach die andere sie resolut. »Das ist doch überhaupt kein Umstand. Sag mir, wo.« Sie hatte schon ihr Handy gezückt und öffnete ihre Browser-App. Erstaunlich behände fand sie die Seite und meldete sich an. Erwartungsvoll blickte sie zu der jüngeren.

»Wow, du bist aber fit mit deinem Smartphone.« Die geschürzten Lippen und hochgezogenen Augenbrauen ließen sie augenblicklich zurückrudern.

»Also ich meine … du kannst … für jemanden …«

»… für jemanden in meinem Alter?«, Marie lachte auf und zwinkerte ihr dann zu. »Es gibt da so einen Kurs für Senioren in der Médiatheque, da gehe ich regelmäßig hin. Man kann auch im Alter noch was lernen.« Zum Glück wirkte sie höchst amüsiert.

Emilies Wangen blieben trotzdem noch gerötet und sie beeilte sich, ihr eigenes Smartphone zu zücken. Glücklicherweise hatte sie Screenshots von den Rädern gemacht, die ihr gefallen hatten. Sie diktierte Marie die erste Anzeigennummer und diese fand sie auf Anhieb. Rasch tippte sie eine kurze Nachricht und verlangte nach der nächsten Nummer. Binnen Minuten waren fünf Anfragen gestellt.

»Ich melde mich dann einfach bei dir, wenn ich etwas höre.« Nun war es an Emilie zu lächeln.

»Wäre es dafür nicht besser, du hättest meine Nummer?«

Ihre neue Freundin stutze und lachte dann aus vollem Hals.

»Ja, du hast recht, manchmal wird man doch ein bisschen tüdelig im Alter.« Sie stimmte in das herzliche Lachen ein und die Frauen tauschten ihre Nummern.

Noch am selben Abend erhielt sie eine Nachricht mit den Telefonnummern und Adressen von drei Anbietern, bei denen sie am Wochenende vorbeifahren konnte, um sich die Räder anzuschauen. Paul brach gleich in Verzückung aus, während Elise sich erst für die Idee erwärmen konnte, als sie feststellte, dass ihr Fahrrad über einen Plastikpuppensitz auf dem Gepäckträger verfügte. Damit war es dann auch okay, dass es kein Einhorn auf dem Rahmen hatte und violett statt rosa war.

Tatsächlich stellte sich bei der Abholung heraus, dass Marie sogar nachverhandelt hatte. Am Ende hatte sie das Auto voll mit Rädern in Topzustand für insgesamt unter 100 €. Sie war überglücklich und schickte ihrer Freundin rasch eine SMS mit einem dicken Dankeschön. Endlich, lief mal etwas nach Plan – zumindest bis sie nach Hause kamen.

Dort stand nämlich Madame Brevot vor dem Gartentor und hatte schon wieder diesen feindseligen Gesichtsausdruck aufgesetzt. Emilie parkte sehr penibel parallel zum Bürgersteig und stieg mit einem breiten Lächeln aus. Sie ließ erst Paul aussteigen und ging dann auf Elises Seite, doch ehe sie die Tür öffnen konnte, war Madame bereits erstaunlich schnell zu ihr geeilt und hielt ihr einen Brief direkt unter die Nase.

»Sie können ihre Post nicht an mich schicken lassen. Das geht nicht, ich bekomme schon genug Post, ich kann mich nicht auch noch um ihre kümmern. Wo kämen wir denn da hin, wenn ich für alle Feriengäste die Post verwalten müsste …«

Emilie ließ ihre Tochter zwischen ihnen aussteigen, während sie sich auf die Zunge biss, und schloss dann die Tür.

»Okay«, antwortete sie, »ich bin etwas überrascht, dass wir überhaupt Post hierher bekommen.« Sie nahm den Brief, der vor ihrem Gesicht hin- und her gewedelt wurde, und erkannte auf den ersten Blick Daniels Handschrift.

Das erklärte natürlich, wie der Absender an diese Adresse kam.

»Stellen Sie gefälligst einen Antrag auf postlagernd – dann können Sie Ihre Briefe selbst in der Filiale abholen.«

Emilie nickte stumm. Dann regte sich jedoch Ärger in ihr. Schließlich hatte sie immer noch weder etwas falsch gemacht noch der Dame etwas getan. Sie spielte also ihre ausnahmsweise einmal überlegene Größe aus und richtete sich auf. Mit dem Zeigefinger schob sie ihre Brille auf dem Nasenrücken hoch und fasste sich ein Herz:

»Und ich wollte Sie auch noch um etwas bitten, Madame Brevot.« Sie straffte die Schultern noch etwas mehr:

»Bitte waschen Sie ihre Wäsche doch nicht mehr nachts. Das ist so laut, dass ich davon mehrmals pro Nacht wach werde.«

Für einen Augenblick starrte ihre Vermieterin sie sprachlos an. Dann zogen sich ihre buschigen Augenbrauen zusammen und sie fauchte: »Das hat ja wohl noch niemand zu mir gesagt. Seit zehn Jahren haben wir Feriengäste hier im Haus und noch nie hat sich jemand über meine Waschmaschine beklagt.« Sie stieß mit ihrem ausgestreckten Zeigefinger in Emilies Richtung. »Und ich wasche weiterhin nachts – da ist der Strom nämlich billiger.« Das Basta hörte sie, auch wenn es nicht ausgesprochen wurde. Ihre Schultern sackten in sich zusammen. Die kleine runde Dame machte auf dem Absatz kehrt und stapfte geräuschvoll vor sich hin schimpfend davon.

Paul hatte die Interaktion aufmerksam vom Gartentor aus beobachtet und betrachtete jetzt seine Mutter. Als sie ihn bemerkte, warf sie ihm ein Lächeln zu und zuckte hilflos mit den Schultern.

»Warum war sie denn so böse?«

Was sollte sie sagen, er hatte die Stimmung zwischen den Erwachsenen ja durchaus korrekt gelesen.

»Ich habe sie gebeten, ihre Wäsche nicht mehr nachts zu waschen – und das wollte sie nicht.«

Paul runzelte die Stirn und konstatierte dann mit einem Schulterzucken: »Die ist ja doof.« Emilie konnte nicht vermeiden, dass sich ein Lächeln in ihr Gesicht stahl. Wenn die Welt doch immer so einfach wäre, wie durch Kinderaugen betrachtet.

Sie nutzte einen Teil des Sonntages dafür, eine Mail an potenzielle Multiplikatoren zu schreiben, über die sie gern Seminare und Vorträge bei Firmenkunden anbieten wollte. Die Kinder waren gut drauf, beflügelt von der Aussicht, dass sie im Anschluss mit den neuen Rädern nach Royan zum Eis essen fahren würden.

Während die beiden ausnahmsweise friedlich nebeneinander auf dem Teppich saßen und Lego spielten, lehnte sie sich in ihrem Stuhl zurück und ließ die Finger zu beiden Seiten der Laptoptastatur ruhen. Hoffentlich führten diese Kontakte bald mal zu etwas. Sie musste wirklich dringend ihr eigenes Geld verdienen. Sofort schweiften ihre Gedanken zu Daniel und seinem Verrat, wie sie seinen Weggang mittlerweile in Gedanken nannte. Ihre Stimmung verdüsterte sich.

Als ob das ein universelles Signal gewesen wäre, klingelte ihr Handy. Überrascht nahm sie den Anruf, der als Audiocall über ihren Messenger kam, an.

»Salut, hier ist Marie«, begrüßte sie die fröhliche Stimme ihrer neuen Freundin.

»Oh hallo«, erwiderte Emilie erfreut, »wie nett, dass du dich meldest, wie geht es dir?«

»Mir geht es gut, wie geht es dir und den Kindern? Was macht ihr heute noch?«

Sie warf einen Blick auf die immer noch spielenden Kinder.

»Die beiden haben sich gerade ganz brav mit Lego die Zeit vertrieben, während ich noch ein paar Emails geschrieben habe. Aber gleich wollen wir raus und eine Radtour nach Royan machen zum Eis essen.« Einem Impuls folgend, fügte sie hinzu. »Hast du Lust, dich uns anzuschließen?«

»Aber natürlich, Eis geht doch immer«, lachte Marie.

»Super.« Emilie warf einen Blick an die Uhr und kalkulierte, wie lange sie brauchten, wenn sie sich jetzt zum Aufbruch bereit machen würden und schlug dann 15 Uhr vor. Sie gab ihrer Freundin die Beschreibung der Eisdiele an der Promenade gleich hinter dem Yachthafen durch. Natürlich kannte die den Treffpunkt und bestätigte, dass sie pünktlich dort wäre. Emilie legte auf und lächelte schon wieder. Irgendwie war Maries entspannte, positive Art ansteckend.

»Kinder, wie sieht es denn aus mit Eis?«, fragte sie und die Antwort war ein ohrenbetäubendes Freudengeheul.

Fünf Minuten nach drei rollten sie an das Eiscafé und winkten Marie, die bereits im Außenbereich unter einem Heizpilz Platz genommen hatte und die bunte Karte studierte.

Als hätte sie nie etwas anderes getan, flitzte Elise zu ihr und warf sich ihr an den Hals. Die alte Dame lachte und zog die Kleine ebenso selbstverständlich auf ihren Schoß.

Obwohl die eine munter auf Deutsch vor sich hinplapperte und ihr Einhorn, das im Puppensitz auf den Ausflug mitgekommen war, vorstellte, tat die andere ihr Bestes, in einfachem Französisch zu antworten. Es sah lustig aus, wie sie sich unterhielten, ohne sich tatsächlich zu verstehen. Emilie schloss noch die Räder an und gestattete sich, einen Moment, die Szene grinsend zu beobachten. Auch Paul hatte Marie begrüßt – und zwar von sich aus auf Französisch. Beide Kinder waren auf ganz natürliche Art zu der älteren Französin hingezogen und ihre Mutter war stolz auf sie und fühlte sich seltsam friedlich. Dennoch schlich sich der Gedanke in ihr Bewusstsein, wie gern sie Marie ihrem Mann vorgestellt hätte und schon zogen wieder dunkle Wolken über ihren inneren Horizont.

Das Lächeln, das sie ihrer Freundin jetzt schenkte, hatte nicht mehr dasselbe glückliche Strahlen wie zuvor und deren Blick las sie, als würde sie mit einer Leuchtreklame wedeln. Ertappt beeilte Emilie sich, zu der fröhlichen kleinen Gruppe zu stoßen, um mit der Auswahl der Eisbecher zu beginnen.

»Ich will den mit dem Glitzerschmetterling!« Mit Nachdruck pikste Elises kleiner Finger auf einen überdimensionalen Fruchteisbecher, der u.a. mit einem glänzenden Papierschmetterling dekoriert war. Ihre Mutter krauste die Nase.

»Schatz, das ist ein bisschen viel. Wie wäre es mit Erdbeere und Vanille und ich frage, ob du trotzdem so einen Schmetterling bekommen kannst?«

»Okay«, stimmte die Kleine zu, ohne mit der Wimper zu zucken.

»Dann will ich aber auch einen«, warf Paul ein. Emilie grinste ihren Sohn an.

»Einen Schmetterling?«

»Ja.« Er machte ein so ernstes und entschlossenes Gesicht, dass seine Mutter lachen musste und ihn nicht weiter mit dem Fakt aufzog, dass er eigentlich gar nicht auf solchen Glitzerkram stand.

Derart außerhalb der Saison, war der Kellner nur allzu bereit, den raren Kunden auch ihre Sonderwünsche zu erfüllen. Nachdem die Eiskugeln in den kleinen Bäuchen verschwunden waren, flitzen die beiden Kinder mit ihren neuen geflügelten Freunden zwischen den überwiegend leeren Tischen auf dem Vorplatz herum.

Emilies Stimmung hatte sich etwas gelöst und mit den Fingern um ihre warme Tasse, lehnte sie sich zurück und genoss die Sonne.

»Wie geht es dir?«, fragte Marie unvermittelt. Die Frage traf sie unvorbereitet und irgendwie war sie nicht so gestellt, dass eine Plattitüde als Antwort gereicht hätte. Es war ihr ein bisschen peinlich, dass sie neulich so extrem offen gewesen war. Damit stiegen sie jetzt auf einem so vertrauten Niveau in dieses harmlose Gespräch ein, dass sie tatsächlich einen Moment über ihre Antwort nachdenken musste.

»Ich schlafe besser«, begann sie zögernd, »aber ich habe mich trotzdem mit der doofen Vermieterin angelegt.« Sie umriss in wenigen Sätzen die gestrige Auseinandersetzung. Marie machte eine wegwerfende Handbewegung und blieb völlig entspannt.

»Die Frau muss in der Vergangenheit ja entsetzlich schlechte Erfahrungen mit ihren Mietern gemacht haben.

Was für eine schwere Situation, wenn sie darauf angewiesen ist, trotzdem weiter zu vermieten.«

Emilie sah sie überrascht an. Das war nicht unbedingt ihre Interpretation der Ereignisse gewesen. Dann dämmerte es ihr und ihre Mundwinkel hoben sich.

»Du spielst schon wieder auf Vergebung an, nicht wahr? Du willst, dass ich ihr vergebe.« Die andere erwiderte ihr Lächeln nicht, sondern sagte in einem immer noch völlig neutralen Tonfall: »Nun, wenn dich diese Auseinandersetzung noch belastet, wäre es wohl gut, dir zunächst zu vergeben, dass du dich vom Film eines anderen so provozieren hast lassen. Welche Rolle die Frau in deinem persönlichen spielt, entscheidest doch du, nicht sie. Also warum gibst du ihr so viel Macht, dir die Laune zu verderben? – Also bevor du jetzt deinen Frust gegen dich selbst richtest: Vergib zuerst dir selbst. Und dann natürlich ihr. Sie kann es nicht besser.« Nun lächelte sie doch und Emilie sah sie nachdenklich an. Sie hatte Recht, aber woher kam diese Art von Verständnis?

»Sag bloß, du wirst nie sauer, wenn Menschen dich so behandeln.«

Nun war es an der Anderen laut aufzulachen.

»Ach Liebes, natürlich habe ich auch Tage, wo mir so etwas mehr auf die Nerven geht. Aber meistens kann ich mich sehr schnell darauf besinnen, dass es erstens gar nicht wirklich wichtig ist für mich und ich zweitens ja sowieso immer nur eine Person verändern kann und das bin ich selbst. Naja, und bei solchen Leuten bedanke ich mich dann lieber innerlich und freue mich, dass sie mich daran erinnert haben. Das Leben ist zu kurz, um immer in Konfrontation zu leben.«

Bei dem letzten Satz war ein Ausdruck in ihre Augen getreten, den Emilie nicht deuten konnte. Sie konnte sich nur des Gefühls nicht erwehren, dass die letzten Worte nichts mit ihr und ihrer Vermieterin zu tun hatten. Sie zögerte, traute sich dann aber doch nicht nachzufragen. Stattdessen nippte sie an ihrem nur noch lauwarmen Kaffee und dachte darüber nach, was es mit ihr machte, wenn sie sich über die Vermieterin ärgerte. Nein, besser wurde dadurch nichts – im Gegenteil, sie bekam nur noch schlechtere Laune davon.

»Radikale Akzeptanz«, entwischte ihr laut ein Gedanke, ehe sie ihn wirklich bewusst gedacht hatte. Wieder so ein Begriff, den sie während ihrer Ausbildung mal irgendwo aufgeschnappt hatte. Um die Augen der älteren explodierten die Fältchen in einem Feuerwerk.

»Genau«, nickte sie, »akzeptiere, was du nicht ändern kannst.« Die Frauen lächelten sich an.

Emilies Gedanken wanderten weiter zu Daniel und sofort begann es in ihrem Bauch zu rumoren.

»Wie lange hast du gebraucht, um den wirklich wichtigen Menschen in deinem Leben zu vergeben?«, fragte sie und weil ihr sofort klar war, dass das schon wieder eine sehr persönliche Frage war und vor allem irgendwie etwas voraussetzte, worüber sie noch nicht gesprochen hatten, schwächte sie rasch ab: »Also ich meine, falls du auch mal jemandem begegnet bist … und es dann schiefgelaufen ist, obwohl du nicht schuld warst.«

Wieder sah ihre Freundin sie nicht direkt an und ihr Blick verlor sich irgendwo im weiten Blau des Ozeans.

»Natürlich gibt es Dinge, die vergibt man weniger leicht. Aber du findest keinen Frieden, wenn du es nicht schaffst.

Das war kein Preis, den ich zahlen wollte.« Wieder war die Antwort ein wenig kryptisch und Emilie rutschte auf ihrem Platz hin und her. Die Neugier pikste sie schon ganz schön. Die Bewegung musste Maries Aufmerksamkeit auf sich gezogen haben. Denn sie räusperte sich und wandte sich der jüngeren Frau zu.

Einer Frage zuvorkommend erkundigte sie sich: »Wie geht's denn mit Daniel? Sprecht ihr wieder miteinander?« Nun war es an ihr den Blick in die Ferne zu richten. Die Spannung wich aus ihrem Körper und sie versank noch etwas tiefer in dem ohnehin schon sehr chilligen Sessel.

»Naja, wir streiten nicht, das ist ein Anfang«, antwortete sie ausweichend.

»Reicht dir das?« Sie wurde noch etwas kleiner hinter ihrer Tasse und kaute an ihrer Unterlippe. In ihrem Kopf flogen Ausreden, Schuldzuweisungen und andere Ausflüchte durcheinander. Doch dann erinnerte sie sich wieder an die Vergebung und schluckte.

»Nein.« Das reichte Null Komma gar nicht und so konnte es auch nicht weitergehen. Auch ohne, dass die andere noch irgendetwas dazu sagen musste, fiel es Emilie plötzlich wie Schuppen von den Augen: Sie musste das Gespräch wieder anstoßen. Ihr Mann war nicht der Typ, der über seine Gefühle redete und auch wenn er das in den letzten Videocalls gut verborgen hatte, konnte es ihm unmöglich gut gehen, allein in Hamburg und ohne seine Familie. Der Zorn, den sie in letzter Zeit gespürt hatte, wenn sie an ihn dachte, wich spontan einem Gefühl, das sie im Zusammenhang mit ihm lange nicht so bewusst wahrgenommen hatte: Zuneigung. Bei dem Gedanken, wie einsam er sein musste, gefangen in seiner seltsamen Entscheidung, tat er ihr leid und sie hätte ihn gern in den Arm genommen. Überrascht sah sie Marie an.

»Ich muss ganz dringend mal ein ordentliches Gespräch mit ihm anstoßen. Möglichst nicht, wenn die Kinder dabei sind.« Ihre Freundin hatte sie aufmerksam beobachtet und fast schien es, als habe sie den stillen Monolog in ihrem Kopf irgendwie mitgehört, denn jetzt nickte sie einfach nur zustimmend.

»Denn ich finde seine Entscheidung immer noch schlecht … aber vielleicht konnte er einfach nicht anders.«

Um Maries Mundwinkel zuckte es verdächtig. Aber sie sagte noch immer nichts, sondern trank ebenfalls ihre Kaffeetasse leer.

Zu gern hätte Emilie mehr darüber erfahren, was der anderen in ihrem Leben widerfahren war und wie sie zu diesem zenmäßigen Zustand der Weisheit gelangt war. Konnte man das lernen? Und vor allem, konnte sie das? Dann fiel ihr tatsächlich eine unverfängliche Anschlussfrage ein:

»Was hast du eigentlich früher beruflich gemacht? Warst du Therapeutin, oder so?« Maries Gelächter war schallend und ansteckend. Die Kinder hielten in ihrem Spiel inne und sahen zu den Frauen hinüber, aber ihre Mutter winkte ab und so drehten sie sich um und setzten ihre Jagd fort.

Marie schob ihre Brille auf die Stirn und wischte sich kleine Tränen aus den Wimperkränzen.

»Nein, ich war in der Verwaltung einer Schule.« Sie ließ die Sehhilfe wieder auf ihre Nase gleiten. »Aber ich bin schon immer gern und viel gereist – und ich lese. Sehr viel.«

Emilie konnte sich nicht erklären wieso, aber irgendwie war sie enttäuscht von der Antwort – das war so … normal. Geradezu banal. Auch wenn sie sich direkt eingestehen musste, dass sie vermutlich nicht die gleichen Bücher lasen. Wieder war es, als hätte die andere ihre Gedanken gelesen, denn sie sagte im Plauderton: »Kennst du das Buch Die Kunst, die richtigen Fragen zu stellen? Kann ich dir sehr empfehlen.«

Verdutzt sah Emilie sie an, aber Marie ging nicht weiter darauf ein. Stattdessen machte sie Anstalten aufzustehen.

»Gehst du etwa schon?« Sie kam aus ihrer Verwunderung gar nicht wieder raus. Die ältere lächelte wieder mit ihrem sonnigen Heiligenschein auf sie hinunter.

»Für heute ja, aber ich hoffe, wir sehen uns bald wieder. Bleib ruhig sitzen.« Sie beugte sich über die Jüngere und gab ihr zwei Küsschen auf die Wangen. Dann verabschiedete sie sich gebührend von den Kindern.

Emilie begann ebenfalls, ihre Sachen zu sortieren, aber als sie nach einer Weile dem Kellner winkte, gab der ihr zu verstehen, dass die Rechnung bereits beglichen war. Sie verstand beim besten Willen nicht wie. Marie blieb eindeutig ein großes Geheimnis für sie.

Dem Arschengel sei Dank

Als das Gespräch mit den Kindern sich am Abend dem Ende zuneigte, fasste sich Emilie ein Herz und sagte:

»Daniel, vielleicht können wir gleich nochmal sprechen, wenn die Kinder schlafen? Nur wir zwei?«

Er wirkte ein wenig überrascht, doch sie konnte auf dem ziemlich verpixelten Bild des Laptops nicht deuten, ob das positiv war.

»Ist gut«, stimmte er zu, »dann meld dich, wenn die Zwerge eingeschlafen sind.«

Später saß sie mit zitternden Fingern vor ihrem Computer. Sie war richtig aufgeregt, dass sie allein mit ihrem Mann sprechen würde. Ein bisschen fühlte es sich an, als wäre es ein erstes Date. Wobei … vielleicht entsprach es eher dem Moment, als sie sich entschieden hatte, ihn damals anzusprechen. Ihre Gedanken wanderten zurück zu dem kleinen Coffeeshop neben ihrer alten Filiale, wo er in der Mittagspause auch immer vorbeigekommen war. Er hatte so gut ausgesehen, immer in Jeans und gebügeltem Oberhemd. Er hatte einen Dreitagebart gehabt und dann dieses süße Grübchen links neben seinem Mundwinkel ...

Sie atmete tief durch. Ja, es war gut, dass sich da immer noch Schmetterlinge rührten. Es gab ihr die Gewissheit, dass es richtig war, sich hier ein bisschen zu strecken und auf ihn zuzugehen. Er hatte eine blöde Entscheidung gefällt, sie musste ihm helfen, da wieder rauszukommen. Sie holte Luft und zufrieden mit ihrer Einstellung, drückte sie auf den grünen Hörer.

Er hob schon nach dem zweiten Klingeln ab, also hatte er auf ihren Anruf gewartet. Ihr Lächeln vertiefte sich …

»Hi, lass mich ganz kurz noch diese Mail zu Ende schreiben, dann bin ich gleich bei dir.«

… und erstarb. Das war nun weiß Gott nicht der Auftakt, den sie sich für dieses wichtige, erste Gespräch vorgestellt hatte. Sie runzelte die Stirn und warf einen Blick auf die Uhr an der Küchenwand.

Es war bereits viertel vor Neun. Sie lehnte sich zurück, verschränkte die Arme vor der Brust und sah ihm dabei zu, wie er mit angestrengtem Blick auf die Tastatur starrte. Die leichten Erschütterungen des Bildes signalisierten, dass er wie wild auf die Tasten einhämmerte.

Vergeblich versuchte sie den Fokus zu halten und sich ihre Laune nicht verderben zu lassen. Doch mit jeder Sekunde, die Daniel sie warten ließ, wuchs ihre innere Abwehrhaltung. Schon wieder stellte er die Firma über sie und die Kinder. Nicht einmal nach Wochen ohne sie, hatte dieses erste Gespräch mit ihr eine höhere Priorität. Sie war sauer. Sauer, immer nur die zweite Geige zu spielen. Was war das bloß mit ihm und diesem Job? Hatte er nicht gerade bei ihr erlebt, dass selbst 15 Jahre Betriebszugehörigkeit überhaupt nichts mehr bedeuteten, wenn es der Geschäftsführung oder wem auch immer gerade nicht mehr in den Kram passte? Hatte er noch nicht verstanden, dass seine Loyalität woanders liegen sollte?

»So, fertig. Das war wichtig.«

Er hatte sie aus ihren düsteren Gedanken gerissen, sah sie allerdings immer noch nicht an, sondern klickte scheinbar noch mit der Maus auf seinem Bildschirm herum.

Emilie sog die Luft scharf ein. Sich keiner Schuld bewusst, klickte Daniel ein letztes Mal und lehnte sich dann ebenfalls, allerdings zufrieden lächelnd zurück. Erst jetzt blickte er endlich auf, sah sie an und sofort trat Erstaunen in seinen Blick.

»Alles okay bei dir?«

»Ja«, entgegnete sie angespannt, »ich warte nur darauf, dass du Zeit für mich hast.« Sofort bildete sich auch auf seiner Stirn eine Falte und er verschränkte ebenfalls die Arme vor der Brust.

Das war hatte schon mal nicht so begonnen, wie Emilie sich das gedacht hatte.

»Was gibt es denn?« Und wieder war ihre erste Reaktion Enttäuschung, denn er fragte nicht einmal, wie es ihr ging, sondern machte einfach einen auf super professionell – wie sie diesen geschäftsmäßigen Tonfall hasste. Sie musste sich zusammenreißen, damit ihr Temperament nicht gleich wieder mit ihr durchging.

»Ich wollte mal wissen, wie es weitergehen soll. Du bist ja nun schon drei Wochen weg und kommende Woche sind hier Ferien …«

Auch er atmete sichtbar durch, um möglichst neutral zu antworten.

»Ich hab eine Woche Urlaub eingereicht und werde davor ein paar Tage remote arbeiten von euch aus. Ich komme also nicht gleich am ersten Wochenende, aber am Dienstag in der ersten Woche und bleibe dann bis Ferienende … also am Samstag muss ich zurück, weil der Flug am Sonntag zu teuer war.«

Emilie rechnete im Kopf nach. Wenn er Dienstag reiste, kam er nicht vor 23 Uhr an und wenn er Samstag schon wieder wegwollte, war er von den 14 Tagen Ferien netto nur zehn Tage anwesend. Sie wollte sich noch auf die Lippe beißen, aber ihre Zunge war schneller.

»Oh, ich dachte, dass die Bewerbungsphase dann durch wäre und du länger bleiben könntest.«

Seine Anspannung wuchs sichtlich, er rutschte auf dem Stuhl herum und richtete sich weiter auf.

»Ja, die Gespräche sind so weit durch und auch alle gut gelaufen. Jetzt bin ich allerdings damit beschäftigt, mit dem voraussichtlichen neuen Führungsteam schon mal eine Strategie für das Jahr zu entwickeln, die …«

»War ja klar!«, platzte Emilie dazwischen. Er runzelte die Stirn und wurde noch etwas leiser. »Was war ja klar?«

»Dass es nicht aufhören würde, selbst wenn du die Beförderung bekommst …«

»Was ja auch noch gar nicht entschieden ist, ich muss noch …«

»Du musst, du musst, du musst gar nichts! Du müsstest allerdings mal hier bei deiner Familie sein, das müsstest du. Aber wir sind dir ja offenbar völlig egal.«

Beide verstummten und starrten sich wütend an.

»Natürlich willst du das wieder nicht verstehen …«

»Natürlich«, äffte sie ihn nach.

In Daniels Augen blitzte es gefährlich, doch bevor er die Beherrschung verlor, presste er heraus: » Vielleicht sollten wir ein anderes Mal sprechen.«

»Ja, das ist wohl besser«, erwiderte sie, ohne ihm jedoch wirklich zuzustimmen.

»Gute Nacht«, sagten sie gleichzeitig, ohne dass einer von beiden es wirklich nett meinte und legten auf.

Sie stieß einen unterdrückten Frustschrei aus. Was zum Geier stimmte nicht mit ihm, dass sie nicht einmal mehr normal mit ihm reden konnte? Sie war aufgesprungen und stampfte in dem kleinen Wohnzimmer zwischen Spielzeug und Wäscheständer auf und ab. Wie gern wäre sie jetzt laufen gegangen oder wenigstens Spazieren, aber sie konnte das Haus nicht verlassen, weil sie die Kinder natürlich nicht allein lassen wollte. Verzweifelt sah sie sich nach einem Ausweg um und ihr Blick blieb an ihrem Handy hängen. Aber wen sollte sie anrufen? Ihre beste Freundin Julia war gerade auf Recherchereise in Asien und schickte zwar zwischenzeitlich immer tolle Bilder und Sprachnachrichten, aber zum spontan anrufen war der Zeitunterschied nicht geeignet. Ihre Gedanken eilten weiter zu Marie. Emilie zögerte. Aber warum nicht, es war erst neun Uhr abends, also keine Zeit, wo man schon ein schlechtes Gewissen haben musste, wenn man jemanden anrief und ihre neue Freundin hatte schließlich angeboten, dass sie sich jederzeit melden könne.

Sie kaute an ihrer Unterlippe und schnappte sich dann ihr Smartphone.

»Oui, allô?«, erklang es und sie fühlte sich allein dadurch schon irgendwie besser.

»Hallo Marie, hier ist Emilie.«

»Hallo meine Liebe«, ihre Gesprächspartnerin hielt kurz inne und fragte dann, »ist alles in Ordnung bei euch? Geht es den Kindern gut?«

»Jaja«, beeilte sie sich zu antworten, »alles gut, die schlafen schon.«

»Sehr gut«, hörte sie die andere lächeln, »was kann ich für dich tun?«

Jetzt kam sie sich kurz blöd vor, dass sie sich schon wieder bei ihr ausheulen wollte, doch für einen Rückzieher war es nun zu spät, also redete sie gar nicht erst lange um den heißen Brei herum: »Das Gespräch mit Daniel eben war eine Katastrophe.«

»Aha«, machte Marie und es war so völlig wertfrei, dass sie einfach rasch die ganze Geschichte erzählte. Marie schwieg einen Augenblick.

»Ich verstehe, dass du sehr frustriert bist», sagte sie dann, »und wie geht es deinem Mann jetzt?«

Sie schob die Unterlippe vor.

»Keine Ahnung, ist mir auch egal, ich bin ihm ja offensichtlich ebenso egal.«

»Ist das so?«

»Hat er ja wohl gerade deutlich gezeigt.«

»Er hat sofort zugesagt, als du spontan um ein Gespräch gebeten hast und sich so schnell wie möglich von dem frei gemacht, was er eigentlich auf dem Zettel hatte, um mit dir zu sprechen?«

Emilie war stehengeblieben und scharrte unschlüssig mit dem Fuß.

»Aber ich hab doch den ersten Schritt gemacht und er hat sich gar nicht für mich interessiert …«

»Du kannst ihm aber nicht vorwerfen, dass er dich nicht für etwas lobt, von dem er gar nicht wusste, dass es für dich eine Herausforderung gewesen ist. Und die Chance, sich auf das Gespräch einzulassen, hattest du ihm ja bereits mit deiner Bewertung der Situation genommen. Wie hättest du dich an seiner Stelle nach deinem Auftakt begrüßt? Schmollend und ablehnend, wie du ihn gerade beschrieben hast?«

Emilie setzte an zu widersprechen, ließ stattdessen jedoch nur die Luft hörbar entweichen.

»Wenn du es so formulierst, klingt es, als hätte ich etwas falsch gemacht …«, brummelte sie. Marie lachte.

»Es liegt mir fern, dich oder dein Verhalten zu beurteilen. Ich wollte nur wissen, wie es Daniel geht.«

Schon wieder ein Gespräch am heutigen Abend, das nicht wirklich nach Emilies Vorstellungen verlief. Statt Unterstützung bekam sie Gegenwind und ihre Freundin sollte doch auf ihrer Seite … sie hielt in Gedanken inne. Es ging hier doch gar nicht darum, recht zu haben oder Bestätigung zu bekommen.

»Verflixt«, beendete sie ihren Gedanken laut, »ich hab's verbockt. Ich wollte Fragen stellen und nicht urteilen.«

»Sei auch nicht zu hart mit dir. Lies einfach bei Gelegenheit mal das Buch.« Emilie brauchte nicht zu fragen, welches sie meinte, sie hatte Die Kunst, die richtigen Fragen zu stellen nach dem Besuch der Eisdiele in einem Onlineshop recherchiert und bereits im Warenkorb liegen.

»Hm.« Sie ertappte sich bei der ihr verhassten Lautäußerung. Nun musste sie widerwillig lächeln. »Okay, okay, du hast gewonnen, ich lese das Buch.« Sie dankte ihrer Freundin noch für ihr Ohr und verabschiedete sich. Dann ließ sie sich auf die Couch fallen und dachte nach. Am Anfang hatte sie sich so auf das Gespräch mit Daniel gefreut und dann … war ihr irgendwie alles entglitten. Sie seufzte. Wenn sie etwas ändern konnte, dann sollte sie jetzt damit anfangen. Also lud sie das Buch auf ihren eBook Reader und begann zu lesen.

Die Lektüre fesselte sie bis tief in die Nacht und sie verfluchte sich am Morgen, dass sie nicht eher schlafen gegangen war. Aber egal, irgendwie hatte ihr diese Art über Daniel und sich nachzudenken auch neue Energie gegeben und davon beflügelt, brachte sie die Kinder ohne Reibereien durch den Montagmorgen und in die Schule.

Wieder zurück las sie das Buch in einem Rutsch zu Ende. Sie schaltete den eBook Reader aus und stand entschlossen auf.

Das konnte klappen! Sie konnte lernen, von den Verurteilungen und dem Kritteln wegzukommen und stattdessen zu mehr Verständnis und den richtigen Fragen zu finden. Sie war wild entschlossen.

Zunächst allerdings musste sie sich mit ihren sehr realen Problemen in Sachen Selbstständigkeit befassen. Seufzend begab sie sich an ihren improvisierten Arbeitsplatz und versenkte sich in die Gestaltung ihrer Website.

Interessanterweise ertappte sie sich auch hier immer öfter dabei, dass sie sich mehr Fragen stellte, anstatt zu beurteilen, was ihre Kunden brauchten oder angeblich kaufen würden. Von dieser Idee beflügelt, begann sie ein ganz neues Mailing auszuarbeiten.

Als sie um 16 Uhr die Kinder von der Schule abholen wollte, hatte es ausnahmsweise geregnet und sie beeilte sich, durch den letzten Niesel zum Tor zu laufen.

Es war bereits offen, ein deutliches Signal dafür, dass sie spät dran war.

Normalerweise sammelte sie Paul auf dem Hof als ersten ein und ging dann mit ihm nach drinnen, um auch Elise abzuholen, die an der Tür zum Flur den Eltern übergeben wurde.

Doch dieses Mal war Pauls Klasse spät dran. Um nicht unnötig nass zu werden, ging sie also schon mal hinein, in der Hoffnung, ihn im Verbindungsgang abpassen zu können. Sie sah auch tatsächlich, dass sich seine Klasse am Ende des Flures anzog. Sie winkte Madame Malavalle, welche sich sofort von einer Gruppe Schülerinnen löste und zu ihr hinüberkam.

»Bonjour Madame Saager, ich muss leider kurz mit Ihnen sprechen.«

Emilies Magen zog sich zusammen.

»Natürlich, ist mit Paul alles in Ordnung?«

»Ja, es ist alles okay, allerdings gab es einen kleinen Vorfall in der Kantine. Paul hat mit einem Jungen am Tisch gestritten und ihn von seinem Stuhl gestoßen.«

»Er hat was?«, fragte sie ungläubig.

Madame Malavalle lächelte sie freundlich an.

»Das kommt natürlich schonmal vor, dass die Kinder etwas ruppiger miteinander umgehen, aber so einen Angriff können wir nicht tolerieren.«

»Natürlich nicht«, erwiderte Emilie.

Sie widerstand dem Reflex sich umzudrehen. Der Gedanke, dass ihr Mann nicht dort stand um ihr jetzt zur Seite zu springen, zwickte sie kurz. Sie schluckte. Außerdem hatte sie intuitiv ein ungutes Gefühl, als liefe hier etwas nicht ganz korrekt. Dann hatte sie eine Eingebung.

»Haben Sie denn gesehen, was passiert ist?«

»Nein«, gestand die Lehrerin, »ich habe es nur von den Erzieherinnen berichtet bekommen, die die Kinder zum Essen begleiten.«

Emilie nahm ihre Brille ab und putzte sie, um die Regentröpfchen loszuwerden. Sie atmete durch, straffte die Schultern und wagte einen weiteren Vorstoß.

»Und kann ich dann eine der Erzieherinnen sprechen, damit wir rausfinden können, was eigentlich los war?«

Nun wurde das Lächeln der anderen langsam verkrampfter. So viel Gegenwind war sie anscheinend nicht gewohnt.

»Naja, wir wollten Sie ja auch nur informieren, damit sie mit ihrem Sohn sprechen können.«

Sie setzte ihre Brille wieder auf und sah der Lehrerin fest in die Augen.

»Das werde ich – sobald ich weiß, was wirklich vorgefallen ist.« Madame wollte noch etwas sagen, aber Emilie kam ihr zuvor: »Haben die Kolleginnen ihnen auch berichtet, dass Paul neulich von einem älteren Schüler auf dem Hof angegriffen wurde?« Madame Malavalle hob die Augenbrauen. Offensichtlich hatte sie davon nichts gehört. Emilie wollte aber gar nicht eskalieren oder provozieren und mit ihrer neuen Geisteshaltung fügte sie schlichtend hinzu:

»Wie gesagt, natürlich liegt es im Bereich des Möglichen, dass Paul sich falsch verhalten hat, und dafür wird er sich natürlich entschuldigen. Allerdings möchte ich gern den gesamten Sachverhalt kennen, ehe ich ihn zu Rede stelle oder gar Konsequenzen ziehe.« Dagegen konnte auch die Pädagogin nichts einwenden und sie stimmte zu, dass am nächsten Tag ein Gespräch mit der verantwortlichen Erzieherin vom Mittag geführt werden sollte.

Ein bisschen stolz auf sich selbst nahm sie ihre beiden in Empfang und sie machten sich, zu dritt durch den Regen hüpfend, auf den Weg zum Auto, um zu Hause Pfannkuchen zu backen.

Nach dem Abendessen waren die zwei noch sehr aufgekratzt. Das rührte vermutlich daher, dass ihre Draußenzeit nachmittags aufgrund des Wetters ausgefallen war.

»Kinder«, ermahnte Emilie ihren Nachwuchs, der kurz davor war über Tische und Bänke zu gehen.

»Aber ich hab einfach noch zu viel Energie, Mama«, erklärte Elise mit altkluger Miene. Ihre Mutter musste sich das Grinsen verkneifen und suchte schnell nach einer Lösung.

»Wie wäre es, wenn wir jetzt noch ein Stück spazieren gehen?« Sie sah aus dem Fenster. Der Regen hatte aufgehört und auch wenn es dunkel war, so war es doch zumindest trocken und windstill.

Paul sah sie forschend an.

»Aber müssen wir nicht ins Bett?«

»Gleich, das stimmt, aber wir könnten noch schnell schauen, wie der Strand nachts aussieht.«

»Es ist doch dunkel«, wandte er ein. Seine Schwester umklammerte ihr Einhorn und beobachtete den Austausch ganz genau.

Emilie beugte sich vor, schob die Brille auf dem Nasenrücken hoch und stützte die Hände auf die Knie.

»Und wenn wir die Taschenlampen mitnehmen und eine richtige Nachwanderung machen?«

Jetzt leuchteten die Augen ihres Sohnes auf.

»Im Ernst?«

Sie nickte.

»Yeaaaaahhhh«, brüllte er und stürzte los, um seine Lampe zu suchen. Im Bruchteil einer Sekunde stimmte seine Schwester ein und rannte ihm nach. Emilie schmunzelte.

Beim Zubettgehen ließ sie den Tag Revue passieren. Sie hatte sich heute gut geschlagen. Das kleine Abenteuer mit den Kindern war schön gewesen. Sie hatte sich zwar vor einem weiteren Gesprächsversuch mit Daniel gedrückt, indem sie ihm die Kinder einfach allein überlassen hatte, aber das gestattete sie sich.

»Vergebung«, sagte sie halblaut zu sich selbst und lächelte dabei. Auch das in der Schule hatte sie gut geregelt. Natürlich hatte sie Paul auch ohne Rückmeldung schon auf die Situation angesprochen, und er hatte ihr erzählt, dass er dem anderen Jungen untersagt hatte, ihm immer wieder sein Brot wegzunehmen.

»Aber der hat auch nicht auf arrête gehört«, sagte er verzweifelt.

Emilie lobte ihn dafür, dass er es versucht hatte und sogar das richtige Wort behalten hatte, doch sie blieb auch standhaft, dass Schubsen keine Lösung sei. Froh darüber, dass sie es so gut geregelt hatten, war er friedlich eingeschlafen.

Sogar mit dem Zustand ihrer Website war sie zufrieden und das Mailing war ihr echt gut gelungen. Sie lehnte sich zurück, seufzte und zog sich die Decke bis zur Nasenspitze.

Ja, heute war wirklich ein guter Tag gewesen – auch ohne Daniel. Der Gedanke ließ sie stutzen.

Es stimmte, so im täglichen kam sie gut allein mit den Kindern klar. Sie groovten sich ein. Sie hatten sich daran gewöhnt, ihn nur per Video zu sehen und schlugen sich gut. Allein das Gespräch heute früh hatte sie top hinbekommen ganz ohne ihn. Aber dass dieser Gedanke ihr überhaupt kam, gab ihr zu denken. War vielleicht doch etwas an seinem Vorwurf dran gewesen, dass er immer alles richten musste?

Sie nahm ihre Brille ab und putzte sie, wie immer, wenn ihre innere Unruhe ein Ventil brauchte. Als sie sie wieder aufsetzte, breitete sich auch in ihrem Kopf eine geradezu schmerzhafte Klarheit aus: Es stimmte. Früher hatten ihre Eltern alles für sie, das geliebte Einzelkind, geregelt. Vor allem nach dem Tod ihrer Mutter, hatte ihr Vater sich noch einmal mehr bemüht alles Ungemach von ihr fernzuhalten. Und als aus ihren ersten Bewerbungen nichts geworden war, hatte er umgehend mit einem Freund gesprochen und schon hatte sie den Ausbildungsplatz bei der Hanseatischen Sparkasse bekommen … Und seit sie Daniel kannte, war er derjenige, der irgendwie alles regelte. Das Auto muckte, er klärte das. Die Steuererklärung war nicht durchgegangen, er übernahm, sie hatten nicht direkt einen Kindergartenplatz in der ersten Runde erhalten, er hatte sämtliche Einrichtungen abtelefoniert, bis er einen bekam … und er hatte sie sofort unterstützt, als es hieß, sie würde entlassen. Hatte mit ihr Anbieter für die Coaching- und Trainerausbildung recherchiert, hatte ihre Abfindung nachverhandelt … er hatte mit ihr Frankreich geplant, obwohl er kaum Französisch sprach.

Mit jedem Gedanken wurde Emilie ein Stückchen kleiner auf der Couch. Wo kam denn auf einmal diese unangenehme Selbsterkenntnis her? Sie schüttelte sich, um dem Ganzen Einhalt zu gebieten, aber da war nichts zu machen.

Sie hatte sich immer ein bisschen zu sehr auf ihren Mann verlassen. Sie hatte ihm echt viel abverlangt – und es war auf ihrem Mist gewachsen, dass sie jetzt hier waren.

Und wie geht es Daniel?, hörte sie Maries Stimme in ihrem Kopf. Plötzlich vernebelte ihr eine bleierne Müdigkeit im wahrsten Sinne des Wortes den Blick und sie entschloss sich, diese Überlegung auf den nächsten Tag zu verschieben.

Leider wurde die Nacht unruhiger als erhofft. Um 2 Uhr wurde sie von Paul geweckt, weil Elise leise weinend im Bett säße. Emilie fiel aus allen Wolken, dass sie nicht eher wach geworden war und sie nicht selbst gehört hatte. Sie stolperte ohne Brille ins Kinderzimmer, wo ihr Sohn bereits sein Nachtlicht eingeschaltet hatte.

»Häschen, was ist denn passiert? Hast du schlecht geträumt?« Sie zog die wimmernde Kleine auf ihren Schoß, um sie in den Arm zu nehmen und zuckte zusammen. Die Schlafanzughose war pitschnass.

»Elise hast du Pipi ins Bett gemacht?«, fragte sie völlig überrascht. Ihre Tochter war eigentlich seit zwei Jahren trocken und derartige Unfälle hatte sie seitdem nur einmal gehabt, als sie hohes Fieber gehabt hatte. Sofort fühlte sie ihre Stirn, die allerdings kühl war. Elise weinte nur umso heftiger.

»Ist nicht schlimm«, flüsterte ihre Mutter, während sie sie auf dem Boden stehend im Arm hielt. »Ich mach dir ganz schnell ein frisches Bett und du ziehst dir gleich einen frischen Schlafanzug an. Schhhh.«, machte sie sanft, um das aufgelöste Mädchen zu beruhigen.

»Paul, holst du mir bitte mal meine Brille?«

Sofort flitzte er los. Ebenso hilfsbereit holte er auch frische Wäsche für seine immer noch weinende Schwester, während Emilie sie wusch und umzog. Dann steckte sie beide Kinder in ihr eigenes Bett, damit sie nicht kalt wurden, während sie das Kinderbett ab- und wieder neu bezog.

Als sie in ihr Schlafzimmer zurückkehrte, hatten die beiden sich in der Mitte aneinander gekuschelt und waren eingeschlafen. Ihre Mutter seufzte. Sie für ihren Teil wäre jetzt gern wieder allein ins Bett gegangen. Doch sie hatte schlicht nicht das Herz, die Kinder noch einmal zu stören und sie ins Kinderzimmer zu tragen – und drüben mit einer kleinen Kinderdecke zu schlafen, war keine Alternative. So zuckte sie mit den Schultern, schaltete alle Lichter aus und schob sich auf Elises Seite in ihr Bett. Ihre Tochter seufzte einmal im Schlaf, Paul murmelte etwas und dann schliefen alle drei zutiefst erschöpft ein.

Geheimnisse gibt es in den besten Familien

»Sprichst du heute mit Martine?«, fragte Paul am Frühstückstisch.

Emilie, die trotz der Unterbrechung und einiger wirrer Träume erstaunlich ausgeschlafen aufgewacht war, warf ihm ein Lächeln zu und erkundigte sich:

»Wer ist denn Martine, mein Schatz?«

»Meine ATSEM[1].« Seine Mutter guckte immer noch wie ein Fragezeichen, also rollte er mit den Augen und sagte: »Na die, die immer Madame Malavalle hilft und mit uns in la cantine geht zum Mittagessen.«

Kantine. Das war das Stichwort. Martine war also heute Mittag ihre Ansprechpartnerin.

»Ja, das werde ich wohl«, antwortete sie also nickend.

»Hm.« Paul vertiefte sich wieder in seine Cornflakes. »Krieg ich dann Ärger?«

Sie runzelte die Stirn.

»Hast du denn was angestellt?«

»Na wegen Maxime.« Sie überlegte einen Moment und schüttelte dann den Kopf.

»Nein Schatz, wenn du mir die Wahrheit gesagt hast, dann hat sich Maxime auch nicht richtig verhalten. Dann müsst ihr euch beide wieder vertragen und nicht mehr am Tisch streiten. Und natürlich wird nicht geschubst.«

Erleichtert warf Paul ihr einen Blick von schräg unten zu und grinste sie schief an. Er hob den Daumen und

[1] L'ATSEM (Agent Territorial Spécialisé des écoles Maternelles) ist eine Assistentin, die der Erzieherin im Kindergarten / Vorschule zur Seite steht.

bestätigte äußerst lässig: »Na logo.« Emilie verkniff sich das Lachen. Wie groß er schon war.

Das Gespräch mit Martine ergab sich spontan schon um 8.20 Uhr, denn sie stand an der Tür, um die Kindergartenkinder hereinzulassen.

Sie war älter als Emilie vermutet hatte, stand vielleicht sogar schon kurz vor der Rente hatte freundliche Augen, eine elegante Hochsteckfrisur und eine sehr mütterliche Ausstrahlung. Sie mochte sie auf Anhieb. Trotzdem stand ihr das Gespräch, auf das sie sich jetzt noch nicht vorbereitet fühlte, bevor.

Doch Martine ließ sie erst in Ruhe Elise abgeben und nahm sich dann einen Moment im Flur, um etwas abseits der anderen Eltern mit ihr zu sprechen. Sie schilderte die kleine Auseinandersetzung bei Tisch aus ihrer Sicht und hörte sich dann geduldig Pauls Version an. Sie nickte, ohne Emilie zu unterbrechen. Dann erkundigte sie sich, wie es ihrem Sohn denn generell in der Schule gefiele und ob aktuell bei ihm zu Haus etwas besonders wäre.

»Grundsätzlich gefällt es ihm gut. Er mag Madame Malavalle sehr, aber es ist schwer für ihn Anschluss zu finden, weil es in dem Alter schon zu viele Absprachen und Regeln beim Spielen gibt und da versteht er zu wenig; dann zieht er sich in sein Schneckenhaus zurück.« Die Hilfskraft nickte verständnisvoll und ließ sie weitersprechen. Emilie fasste sich ein Herz und ergänzte: »Und ich bin sicher, dass sein Vater ihm fehlt … er ist nicht bei uns … also momentan … wegen seines Jobs.« Es lag sicher nicht nur an ihrer gelegentlichen Wortfindungsstörung im französischen, dass sie bei diesem Thema so herumstotterte. Aber die andere verstand sie schon.

»Ja«, bestätigte sie, »das kann natürlich schon mal etwas viel für so einen kleinen Mann sein. Ich werde mit den Kolleginnen sprechen, damit wir noch ein bisschen besser im Blick haben, wenn er in Bedrängnis gerät und danke, dass Sie mit ihm gesprochen haben, denn wir dürfen hier wirklich keine körperlichen Auseinandersetzungen tolerieren.«

Emilie nickte erfreut. Mit so viel Zuwendung und Verständnis hatte sie gar nicht gerechnet und sie war sehr erleichtert, dass ihr Sohn hier in guten Händen war. Sie dankte Martine und verabschiedete sich mit leichtem Herzen nach Hause. Wieder etwas, was sie gut hinbekommen hatte. Das müsste sie Daniel erzählen … sie runzelte die Stirn. Müsste sie?

Zu Hause checkte sie ihre Nachrichten, aber es gab noch keine Antworten auf ihr Mailing. Also surfte sie etwas durch die Social Media Landschaft und verfasste einen kleinen Post in ihrem Business-Netzwerk. Danach sah sie sich um. Die Küche war aufgeräumt, fürs Abholen war es viel zu früh, die Wäsche war noch feucht und auch sonst sprang ihr gerade keine Aufgabe entgegen.

Da kam ihr die Idee, dass sie in der Onlinebuchhandlung schauen könnte, was ihr passend zu ihrer letzten Lektüre empfohlen würde. Spontan sprang sie ein Buch mit dem Titel die 1% Methode an, bei dem sie sofort in der Leseprobe versank und es am Ende auch direkt kaufte. Sie las wieder den ganzen Tag und fühlte sich seltsam befriedigt und entspannt, als sie später die Kinder abholte. Natürlich wären da bestimmt 1.000 Dinge gewesen, die sie hätte machen können, aber jetzt gerade freute sie sich einfach auf die Kinder. Und allein diese Beobachtung verbesserte ihre Laune erheblich.

Da das Wetter perfekt war und für Februar schon richtig warm, nahmen sie sich dieses Mal die Kalksandsteinfelsen als Ziel für ihr nächstes Abenteuer vor. Sie liefen über Sandbänke und die mit Algen überwucherten Austernbänke. Auf dem Weg zogen sie Spuren mit Ästen in den Sand und jeder durfte mal vorn laufen und die anderen mussten seiner Linie im Sand folgen. Es war ein spontanes Riesenvergnügen und alle lachten aus vollem Hals, wenn sie wieder einmal an einer Stelle quasi übereinander stolperten.

Dann gingen sie klettern und weil alles so toll und warm war, gestattete Emilie sogar, dass die Kinder Schuhe und Socken ausziehen durften. Sie bereute diese Entscheidung bereits nach wenigen Momenten, denn Paul war zu übermütig auf einen Felsvorsprung gesprungen, abgerutscht und hatte sich das halbe Schienbein aufgeschrammt. Die Wunde war nicht tief, aber es blutete ordentlich und der Schreck saß ihnen allen in den Gliedern. Sie beschlossen also, früher als geplant, den Rückweg anzutreten.

Zu Hause angekommen, war ihr großer schon wieder obenauf. Lässig warf er seinen immer länger werdenden Pony aus dem Gesicht und konstatierte mit gewichtiger Miene.

»Ist bloß ne Schramme, ich glaub, ich brauch kein Pflaster.« Seine Mutter biss sich auf die Lippe, um nicht laut loszulachen. Sie wusste genau, was es gleich für ein Geschrei geben würde, wenn sie das verkrustete Blut abwusch, um ihm eine saubere Hose anziehen zu können. Doch tatsächlich musste sie sich eines Besseren belehren lassen, denn ihr Junge war wirklich tapfer und tupfte sein Bein ganz allein ab. Sie war immens stolz auf ihn.

Nicht ganz so gut kam die Geschichte, als sie später mit dem Papa sprachen und der kleine Bruchpilot sein Abenteuer nochmal in epischer Länger erzählte und dazu seinen Unterschenkel in die Kamera hielt.

Emilie glaubte aus Daniels Blick eine ganze Enzyklopädie an Vorwürfen herauslesen zu können und musste sich später im Bett eingestehen, dass sie vermutlich genauso geguckt hätte, wenn er in ihrer Abwesenheit so eine Schramme fabriziert hätte. Trotzdem hatte diese kleine Unebenheit im abendlichen Gespräch dafür gesorgt, dass sie hinterher nicht noch einmal mit ihm unter vier Augen sprechen wollte.

So kam sie einfach nicht voran. Grübelnd schlief sie später mit der Brille auf der Nase über ihrem Buch ein.

Am Mittwochnachmittag, eine Woche bevor Daniel endlich für ein paar Tage nach St. Georges käme, waren sie wieder am Strand. Dieses Mal hatten die Kinder Schaufeln mitgenommen und sammelten kleine Quallen ein, die sie abwechselnd auf Haufen oder wieder ins Meer warfen. Emilie hatte sich rausgezogen, als sie Marie über den Strand auf sie zukommen sah. Wenn sie bloß darauf kommen würde, an wen sie ihr Gang erinnerte.

»Salut«, begrüßte sie ihre neue Freundin fröhlich und die so angesprochene machte noch einen weiteren Schritt auf sie zu um sie mit einer herzlichen Umarmung und zwei Küssen auf die Wangen zu begrüßen.

»Salut, wie geht es dir?«

»Ganz gut«, lächelte die jüngere der beiden Frauen und machte eine ausladende Bewegung über den Strand und in Richtung der Kinder.

»Die Nächte werden besser, wir haben wieder einen kleinen Konflikt in der Schule bewältigt, ich höre nicht jeden Tag Klagen, wie doof hier alles ist, die Sonne scheint, das Meer ist blau … « Sie grinste bei ihren eigenen Worten.

»Oh, und ich muss dir noch erzählen, ich hab das Buch mit den Fragen zu Ende gelesen und ein weiteres lese ich heute Abend fertig, da geht es darum, sich jeden Tag nur ein kleines bisschen mehr zu bemühen, beziehungsweise zu verbessern und wozu das führen kann.« Sie plapperte ohne Punkt und Komma weiter, froh ihre Gedanken endlich mal wieder mit einem Erwachsenen teilen zu können. Die ältere ließ sie gewähren und sich neben sie auf ihre Decke fallen.

Emilie reichte ihr eine Thermotasse. Dankend nahm Marie ihr den Latte Macchiato ab und schraubte den Verschluss auf. Sie sog das frische Aroma ein und schnalzte mit der Zunge. »Ah, c'est bon.«

»Und er riecht nicht nur gut, sondern schmeckt auch«, bestätigte sie und hob ihren eigenen Becher.

Die beiden Frauen tranken ein paar Schlucke und beobachten die Kinder, wie sie über den Strand rannten. Dann nahm Emilie den Faden wieder auf und kam ohne Umschweife zu ihrem wichtigsten Thema.

»Aber ich habe mich noch nicht wieder getraut, mit Daniel zu sprechen. Irgendwie klingt allein dieses Schatz, wir müssen reden schon so dramatisch und dann ist da gleich diese Erwartungshaltung, um nicht zu sagen, innere Abwehr, die sich aufbaut … aber es ergibt sich halt auch nicht einfach so mit den Videocalls … und er sagt auch nie was …« Sie verstummte und nibbelte an ihrer Tasse herum.

Ihre Freundin hatte den Blick nicht von den Kindern abgewandt. Sie kniff die Augen gegen die Sonne zusammen, sodass ihre Fältchen sich wie die Federn eines Pfauenrades über ihre Wangen ergossen. Emilie beobachtete sie von der Seite. Dann antwortete die Französin, ohne den Kopf zu drehen.

»Weißt du, manchmal ist alles, was die Dinge brauchen, Zeit. Hab Geduld. Es kann dir doch gar nichts Besseres passieren, als dass du die Woche noch ganz für dich nutzt, um dich so gut zu fühlen, wie nur möglich. Freu dich auf ihn und wenn er da ist, wirst du sehen, wann und wie sich ein Gespräch ergibt.« Nach einer kurzen Pause fügte sie hinzu: »Manchmal lösen sich die Dinge zum richtigen Zeitpunkt von ganz allein.« Ein seltsamer Unterton schwang in ihren Worten mit und Emilie hatte achtlos ihre Tasse sinken lassen. Jetzt lief etwas Kaffee über den Rand und direkt über ihren Handrücken in ihren Ärmel. Was sie sehr schnell aus ihrer Trance riss.

»Autsch.« Sie wechselte die Tasse in die andere Hand und leckt ihren Handrücken, ehe der Kaffee noch mehr Schaden anrichten konnte.

»Entschuldige, wenn ich so direkt frage, aber irgendwie klingt das zwar sehr schön … aber wie soll ich sagen, so als ob du nicht so richtig daran glaubst.«

Nun lachte Marie und sah sie direkt an.

»Naja«, antwortete sie, »es steht halt nie dabei, wie lange man auf bestimmte Sachen warten muss, bis sie sich von allein lösen.« Sie ließ ihren Blick wieder zum Horizont schweifen und fügte kaum hörbar hinzu: »Manchmal wartet man ein Leben lang, dass die Zeit eine Wunde heilt.«

Emilie traute sich nicht sofort nachzufragen, denn das klang jetzt wirklich sehr traurig. Sie holte gerade Luft, als die andere ihr zuvorkam.

»Ich kann mich gar nicht daran satt sehen, wieviel Spaß die beiden haben.« Überrascht vergaß sie ihre Frage und folgte Maries Blick. Paul buddelte gerade wie ein Weltmeister, während seine Schwester ihm eimerweise Wasser an sein Loch schleppte.

»Es ist ein solches Privileg, dem eigenen Kind beim Aufwachsen zuzusehen.«

Emilie starrte ihre Freundin mit offenem Mund an. Sie hatte es deutlich gespürt, sie sprach hier von einer schmerzlichen Erinnerung. Dem eigenen Kind, hatte sie gesagt – Singular. Sie versuchte sich zu erinnern, was Marie bisher über ihre Familie erzählt hatte. Noch nicht besonders viel, wenn sie es sich genau überlegte. Meistens hatten sie über sie und ihre Kinder oder ihre diversen Probleme mit ihrem Mann gesprochen. Sie räusperte sich leise.

»Hast du denn ein Kind verloren, Marie?«

Die angesprochene drehte sich abrupt zu ihr um. In ihrem Gesicht lief eine beeindruckende Show von durcheinanderlaufenden Emotionen ab. Schock, ein Moment des Zorns, dann plötzlich Trauer, Scham und Resignation – alles auf einmal und ebenso plötzlich vorbei, wie das Schauspiel begonnen hatte.

»Nein … also, nicht direkt, aber ja … irgendwie schon. Ach, das ist schon so lange her …« Sie rang um Fassung und dann sprang plötzlich ihr Lächeln wieder an, als hätte der Motor nach einer Fehlzündung erst wieder Mut und Kraft schöpfen müssen.

»Hab ich dir eigentlich schon mal Fotos von meinen Enkeln gezeigt?«, fragte sie und klang dabei etwas zu aufgekratzt. Emilie wollte sie nicht weiter bedrängen und ließ sich auf das Ablenkungsmanöver ein.

Wie hatte Marie selbst vorhin so klug gesagt: zur richtigen Zeit würde sie ihr die Geschichte vielleicht mal von selbst erzählen.

Die ältere hatte auf ihrem Handy herum gescrollt und die Foto App geöffnet. Sie hielt es hoch und Emilie beugte sich hinüber und beschattete das Display zusätzlich mit ihrer Hand, um überhaupt etwas erkennen zu können.

Ein fröhlicher junger Mann Anfang zwanzig mit einem olivfarbenen Hautton und schwarzen Locken lachte ihr entgegen, ein Surfboard unter dem Arm.

»Das ist Manuel«, Stolz schwang jetzt in der Stimme der Französin mit, »er studiert Informatik in England.«

»Wow.« Sie pfiff anerkennend durch die Zähne. Marie lächelte und ihre Anspannung löste sich.

»Er ist ein toller Junge und so sportlich.« Zärtlich wischte sie über einige weitere Bilder von ihm in verschiedenen Posen.

»Was macht er denn noch, außer Surfen?«

»Er läuft.«

»Marathon?«

»Naja, ich weiß nicht genau … ziemlich viel jedenfalls.«

»Und das ist seine Schwester Zoe, sie hat schon einen Abschluss in Sozialen Wissenschaften in Deutschland gemacht.«

Die junge Frau war vielleicht ein wenig älter als ihr Bruder und eine Schönheit mit dunklen Augen, den ebenfalls schwarzen Locken und einem Lächeln, das dem ihrer Großmutter glich.

»Ein hübsches Mädchen. Wo hat sie denn studiert?«, fragte sie interessiert.

»Oh, den Ort vergesse ich immer«, war die ausweichende Antwort.

Emilie runzelte die Stirn. Ihr war aufgefallen, dass die Bilder keine normalen Schnappschüsse waren, sondern Screenshots von Instagram.

Sie verkniff sich die Frage fürs erste, denn sie wollte die gerade erst wieder entspannte Stimmung nicht gefährden. Sie nahm sich aber vor, ihre Freundin zu einem späteren Zeitpunkt darauf anzusprechen, warum ihre Enkel ihr die Bilder nicht direkt schickten.

Marie wischte wieder durch ein paar Bilder, von denen einige ebenfalls abfotografiert worden waren.

»Hast du auch ein Bild von deinem Sohn oder hast du eine Tochter?«, fragte sie arglos, doch sofort erlosch Maries Lächeln und ein verschlossener Ausdruck trat in ihr Gesicht.

»Einen Sohn. Nein, nicht auf dem Handy«, behauptete sie und es klang nach einer Ausrede. Emilie fragte sich wieso, hakte aber nicht nach. Irgendwas lag da im Argen bei der anderen und sie wollte auf keinen Fall respektlos erscheinen, also zügelte sie ihre Neugier und bot ihr einen Ausweg.

»Wie wäre es, wenn wir uns zu den Kindern gesellen? Sie haben neulich eine Höhle im Felsen entdeckt, vielleicht mögen sie dir die nochmal zeigen.«

Dankbar stimmte Marie zu und rappelte sich auf die Beine.

»Gute Idee, aber genieß du ruhig noch ein bisschen in Ruhe die Sonne. Ich mach den kleinen Spaziergang mit den beiden allein. Du siehst uns ja, nicht wahr?«

Sie war froh für diesen Moment für sich und nahm das Angebot nur allzu gern an. Kurz sah sie noch der Truppe zu, wie sie gemeinsam losstiefelten, doch dann wandte sie ihren Blick dem Horizont zu. Sie dachte über die seltsamen Bilder und allgemeinen Beschreibungen zu Maries Enkeln und das Ausweichen nach, als sie auf ihren Sohn zu sprechen gekommen war. Irgendwas stimmte da ganz und gar nicht.

Sie seufzte und ließ sich zurücksinken. Mittlerweile war ihr Kaffee kaum mehr als lauwarm zu bezeichnen. Sie trank ihn trotzdem weiter.

Wahrscheinlich gab es in jeder Familie irgendein Geheimnis.

Ihre Gedanken wanderten zu ihrer Mutter und einem Tag irgendwann in der fünften Klasse, als sie in der Schule eine Ahnentafel malen sollten. Ihre Mutter hatte mit ihr am Küchentisch gesessen und einige Namen mit Bleistift vorgeschrieben, während sie mit dem Familienbuch auf den Knien dasaß und Geburts- und Todesdaten recherchierte. An einer Stelle hatte sie erst einen Namen notiert … und dann wieder ausradiert. Damals hatte sie sich keine großen Gedanken darüber gemacht, weil sie dachte, ihre Mutter sei vielleicht nur in der Zeile verrutscht. Aber Jahre später hatte sie um Weihnachten rum so einen Versprecher gehabt und plötzlich von einer Tante gesprochen, die Emilie nicht kannte und als sie nachgefragt hatte, war ihre Mutter ganz still geworden und hatte nur gemeint, darüber würden sie wohl ein anderes Mal sprechen. Vermutlich war sie mal wieder patzig gewesen wie so häufig in jener Zeit als Teenager. Wie hätte sie damals ahnen können, dass dieses Gespräch und so viele andere sich nie ergeben würden?

Emilie kaute an ihrer Unterlippe. Okay, sie konnte vielleicht nicht in Maries Kopf gucken, um ihre Geheimnisse zu lüften, aber wo sie nun schon mal hier in St. Georges war, sollte sie vielleicht endlich anfangen, sich ein bisschen mit ihrer eigenen Familie zu befassen. Das Stammbuch hatte sie sogar mitgenommen. Damit könnte sie einfach ins Rathaus marschieren. Vielleicht gab es noch Aufzeichnungen, wo die Familie ihrer Großmutter gewohnt hatte. Das wäre doch ein guter Anfang.

Zufrieden nahm sie den letzten Schluck kalten Kaffees und stellte dann den Becher in den Korb. Es kribbelte sie in allen zehn Fingern, mit der Recherche zu beginnen … aber das musste bis morgen warten. Also sprang sie auf und lief ihren Kindern nach, um ein wenig von der Energie, die durch ihren Körper pulsierte zu verbrauchen.

Wenn's läuft

Emilie hatte zunächst überlegt, es per E-Mail zu versuchen und diese Idee dann verworfen. Das Rathaus von Saint-Georges-de-Didonne lag exakt neben dem Kindergarten. Es war modern, mit einer freundlichen Glasfront und hatte zwar um 8 Uhr noch nicht geöffnet, aber als sie die Kinder abgegeben hatte, herrschte um 8.30 Uhr bereits geschäftiger Betrieb, und sie hatte keine Ausrede mehr.

Sie ging also hinüber und stellte sich geduldig hinter einem älteren Franzosen an, der bereits in einen regen Austausch mit der Rezeptionistin vertieft war.

Als sie an der Reihe war, begrüßte sie die junge Frau höflich.

Emilie erklärt ihr, dass sie Vorfahren in Saint-Georges gehabt hatte und gern etwas über ihre Familie erfahren würde, die allerdings nicht mehr lebte.

Die junge Frau hörte ihr aufmerksam zu und fragte dann interessiert:

»Ihre Familie stammt von hier? Das ist ja schön! Wie ist denn ihr Familienname?«

»Der Familienname meiner Großmutter war Fournier, sie hieß Jocelin Fournier. Und ihre Eltern Guy und Claudette, aber mehr weiß ich leider nicht.« Sie hob entschuldigend die Schultern.

»Sie ist gestorben, als ich noch klein war.«

Die Rezeptionistin nickte verständnisvoll. Dann griff sie nach dem Telefon und wählte eine interne Durchwahl. Sie gab Emilies Anliegen an jemanden weiter, lauschte einen Moment aufmerksam und bedankte sich dann. Mit einem

Ausdruck des Bedauerns im Gesicht wandte sie sich ihr wieder zu.

»Leider ist Monsieur Lemarque nicht im Haus. Er wäre ihr Ansprechpartner und sollte ab Morgen wieder da sein. Allerdings habe ich gerade erfahren, dass Sie vorab bitte eine E-Mail schreiben sollen. An Pascal Lemarque, das hier ist die Adresse«, sie reichte Emilie einen kleinen Notizzettel mit einer Mitarbeiter-Emailadresse des Rathauses.

»Geburtsurkunden vor 1932 können Sie übrigens auch online einsehen, die sind alle digitalisiert. Die Urkunden der nach 1932 Geborenen befinden sich noch hier vor Ort im Archiv, allerdings müssten Sie zur Einsicht einen Termin vereinbaren und dann würde Monsieur Lemarque Ihnen die gewünschten Dokumente zusammenstellen.«

Dankbar lächelte Emilie sie an und verabschiedete sich. Hinter ihr hatte sich schon eine kleine Schlange gebildet, und sie war froh, erstmal nicht mehr den Betrieb aufzuhalten. Euphorisiert von diesem Teilerfolg, machte sie sich auf den Heimweg.

Zu Hause schrieb sie als allererstes die E-Mail an das Archiv der Kommune. Sie musste etwas überlegen, wie sie ihre Recherche anfangen sollte. Zunächst einmal erkundigte sie sich nach der Geburts-, Eheschließungs- und Sterbeurkunde ihrer Großmutter. Dann schloss sie eine vorsichtige Frage an, ob es auch Hinweise geben könnte, wo genau die Familie gewohnt hatte. Zufrieden mit dem ersten Kontakt schickte sie die Nachricht ab.

Anschließend hielt sie das positive Momentum aufrecht und las die 1% Methode zu Ende. Inspiriert von den praktischen Hinweisen, formulierte sie für sich auch direkt ein paar Ansätze.

Dann checkte sie ihre Emails – und war überrascht, eine Nachricht von BetterHealth@Work zu finden. Die Firma war ein großer Anbieter für Seminare und Vorträge im Bereich Gesundheitsmanagement für Firmen. Sie hatte sich dort auf eine Anzeige für eine Festanstellung als Freelancerin beworben und stellte jetzt zu ihrer eigenen Überraschung fest, dass man sie nicht grundsätzlich abgelehnt hatte, sondern im Gegenteil einen Termin für ein Online-Interview vorschlug.

»Jippie!«, der Triumphschrei war ihr ganz unvermittelt entschlüpft und grinsend schlug sie sich die Hand vor den Mund. Endlich, dachte sie und lehnte sich zurück. Das Grinsen war noch nicht wieder aus ihrem Gesicht verschwunden. Es ging voran, nein, bergauf. Sie kriegte die Kurve. Sie schaffte es. Allein. Trotzig verschränkte sie die Arme vor der Brust – und wurde im gleichen Augenblick traurig.

Ein kleiner Teufel vollführte innerlich einen Veitstanz. Einerseits war sie betrübt darüber, dass sie diese großartige Nachricht jetzt nicht mit Daniel teilen konnte, weil die Tatsache, dass er gegangen war, sie davon abhielt, andererseits war sie wütend auf sich selbst, weil sie sich immer noch rechtfertigte … als wäre sie jemandem eine Erklärung schuldig. Sie zuckte zusammen, als das Teufelchen ihr vor ihrem inneren Auge eine Schippe über den Kopf zog.

Sie musste über sich selbst lächeln. Dann überlegte sie, was Marie ihr neulich geraten hatte. Zeit. Ihr Mann bräuchte noch Zeit, um seine Position zu überdenken. Sie spürte ein Ziehen in der Brust. Nein, es war nicht zu leugnen: Sie vermisste ihn. Die blöden Streitereien und das ganze hin oder her waren doch am Ende egal. Sie waren seit fast zehn Jahren ein Paar und wären diesen Sommer neun Jahre verheiratet. Sie liebte ihn – und sie wollte das hinbekommen. Nicht nur für die Kinder, an die sie in dem Zusammenhang gar nicht zu denken wagte. Die zwei waren so tapfer, hatten noch nicht einmal geklagt, dass Papa nicht da war. Nein, sie mochte sich gar nicht vorstellen, wie das wäre, wenn das ein Dauerzustand … Emilies Augen füllten sich spontan mit Tränen.

Nein! Das würde nicht passieren, das würde sie nicht zulassen. Aber was konnte sie denn tun? Hatte sie überhaupt einen Einfluss darauf?

Etwas anderes, was ihre neue Freundin in den letzten Tagen zu ihr gesagt hatte, kam ihr ins Bewusstsein. Sinngemäß war das sowas wie *du musst dir selbst vergeben* gewesen. Und auf einmal klickte es in ihrem Kopf: Solange sie hier saß, sich in Selbstmitleid suhlte und bei sich die Schuld suchte, dass dieses Frühjahr nicht so lief wie geplant, oder schlimmer noch ihm die Schuld gab und auf ihn sauer war, würde das niemanden voranbringen.

Nein, vermutlich hatte sie nicht alles richtig gemacht – und er nicht alles falsch, aber es würde nur besser, wenn sie beide etwas anders machten. Und was war sein größter Kritikpunkt an ihr gewesen? Dass sie nichts allein geregelt bekam, sondern sich stets auf ihn verließ.

So ungern sie das zugab, so musste sie sich doch eingestehen, dass sie genau bei den unangenehmen Sachen in den letzten Wochen lieber ihn vorgeschoben hätte – so wie in der Vergangenheit.

Doch dann war sie an ihren Aufgaben gewachsen und hatte es allein geschafft. Bei dieser Erkenntnis richtete sich in ihrem Stuhl auf. Sie war in der Lage, sich zu ändern. Und sie konnte sich verzeihen, dass sie ihn früher zu sehr beansprucht und damit gestresst hatte. Nun blieb die Frage: Konnte er das auch?

Das Telefon klingelte. Sie warf einen Blick auf das Display und las Maries Namen. Sofort trat ein Lächeln in ihr Gesicht.

»Salut«, begrüßte die ihre junge Freundin, »wie geht es dir?«

»So lala«, antwortete sie und lachte, um nicht zu dramatisch zu klingen.

»Brauchst du Hilfe?«

»Immer.« Emilie grinste.

»Was kann ich tun?«, fragte Marie und war offenbar voll in ihrem Element. »Soll ich dir heute Nachmittag die Kinder abnehmen und mit ihnen an den Strand gehen, damit du mal ein bisschen Zeit für dich hast?«

Emilie überlegte nicht lange. Das Angebot war zu verlockend.

»Total gern. Ich könnte euch ein leckeres Picknick vorbereiten, wir treffen uns am Strand und ich geh dann einfach mal ein Stück spazieren … und trinke vielleicht irgendwo einen Kaffee.«

»Gute Idee, so machen wir das.« Sie konnte Maries lächeln in ihrer Stimme hören.

»Danke dir«, erwiderte sie, »so um 16.30 Uhr, wie immer?«

»Perfekt! Bis nachher«, verabschiedete sich die andere und legte auf.

Versonnen betrachtete Emilie ihr Smartphone. Was für ein Glück, dass sie Marie getroffen hatte … aber warum hatte die eigentlich angerufen? Emilie stellte wieder einmal fest, dass sie ihr zu wenig Fragen stellte.

Beim Abholen hatten Emilie kurz die Sorge beschlichen, ob es wirklich in Ordnung wäre und die Kinder es tolerieren würden, wenn sie sie mit Marie allein lassen würde. Doch schon bei der Begrüßung wurde klar, dass ihre Bedenken völlig unbegründet gewesen waren. Die Kinder stürzten sich mit so viel Begeisterung in Maries Arme, dass sie ihre Mutter schon fast vergessen hatten, ehe die überhaupt ankündigte, gehen zu wollen.

»Wir machen das schon«, gab Paul ihr zu verstehen und hob lässig eine Hand. Elise ergänzte: »Wir passen auf Marie auf.« Sie ergriff deren Hand und strahlte von unten zu ihr hoch. Die erwiderte das Lächeln und winkte Emilie dann ebenfalls kurz zu. Sie hatte plötzlich einen Kloß im Hals und räusperte sich.

»Na dann …« Da die drei sich schon abwandten, um sich dem Picknickkorb zu widmen, drehte auch Emilie sich um und machte einige, zunächst zögerliche Schritte Richtung Wasserkante. Als sie sich noch einmal über die Schulter umsah, waren die Kinder gerade lachend dabei, die Inhalte der diversen Tupperdosen zu entdecken. Sie schmunzelte und schluckte nochmal.

Die zwei waren schon so selbstständig und selbstbewusst. Hatte sie da irgendwelche Aktien dran gehabt oder waren sie eigentlich schon immer so wundervolle kleine Menschen gewesen?

Sie atmete tief durch und wanderte dann mit festem Schritt Richtung Norden los. Sie ging an dem immer noch winterfest verrammelten Restaurant vorbei und weiter am Strand entlang Richtung Royan. Die drei Kilometer lange Bucht zog sich sanft dahin und wenn sie sich umdrehte, konnte sie in der Ferne noch lange die rote Picknickdecke mit den drei kleiner werdenden Figuren darauf erkennen.

Es war ein angenehmer Tag. Nach wenigen Minuten musste sie bereits den Reißverschluss ihrer Jacke öffnen, so warm wurde ihr in der Sonne.

Sie bewunderte einmal mehr die wunderschönen Häuser entlang der Strandpromenade.

Als sie in den nächsten Ort kam, fand sie das erste Bistro, das auch zu dieser Jahreszeit geöffnet hatte. Es war zwar nicht sonderlich gut besucht, aber immerhin waren die Lichter an. Leider hatte es keine Terrasse, sondern nur eine große Glasfront auf der Strandseite. Sie ging weiter, bis die Bucht in der Kaimauer des Yachthafens mündete und kletterte über ein paar kleinere Steine bis hinauf auf die Rampe.

Von dort aus schlenderte sie an den noch winterfest vertäuten Booten und Yachten vorbei und schaue sich neugierig die größtenteils noch geschlossenen Läden an. Sie fand einen Schnellimbiss, der geöffnet hatte, und auch ein Eiscafé. Hier holte sie sich einen Latte und setzte sich damit auf eine der einsamen Bänke am Hafen.

Im Sommer musste diese Passage eine Goldgrube sein. Eine Touristenfalle nach der anderen mit überteuertem Schrott aus China, der einem als kostbare Souvenirs verkauft wurde. Emilie schmunzelte. Sie mochte Sommer und Urlaub wie jeder andere auch, allerdings war das verschlafene kleine Royan mit seinem noch winzigeren Vorort Saint Georges ihr in diesem Moment viel lieber außerhalb der geschäftigen Saison.

Ihre Gedanken knüpften locker an ihre Überlegungen vom Vormittag an. Und sie fühlte sich seltsam ruhig. Daniel würde nächste Woche kommen, dann würden sie Zeit haben, miteinander zu sprechen und hoffentlich eine gemeinsame Lösung finden. Ihr ganzer Körper begann zu kribbeln, wenn sie an dieses Gespräch dachte. Vor Aufregung nahm sie mal wieder die Brille ab und putzte sie. Das durfte einfach nicht schief gehen …

Sie setzte die Sehhilfe wieder auf und ließ den Blick über die Boote hinweg auf das Wasser schweifen – und runzelte die Stirn. Das war nicht perfekt. Ihr Blick wurde von der Maschendrahtbarriere behindert, die die Fußgänger auf der Mole daran hindern sollte, ins Wasser zu fallen. Ihr Fokus stellte sich immer wieder auf den Zaun ein, obwohl sie doch eigentlich das Meer betrachten wollte.

Dann ging ihr ein Licht auf. Nein, eigentlich war es, als hätte jemand ein Feuerwerk in ihrem Kopf entzündet, derartig erleuchtet fühlte sie sich: Genauso war es auch im echten Leben. Dahin wo sie ihren Fokus richtete, war alles scharf und voll präsent. Das war im Moment meist nur das Naheliegendste und nicht unbedingt das wirklich Wichtige.

Die weiteren Optionen dahinter, blendete sie dabei unbewusst aus und verlor so automatisch den Blick für das große Ganze.

Überwältigt von so viel Selbsterkenntnis, nahm sie einen zu großen Schluck heißen Kaffees und verschluckte sich prompt. Sie spuckte, hustete und prustete vor sich hin. Ihre Zunge war gründlich verbrannt und sie hatte sicher ein Bild für die Götter abgegeben.

Verstohlen blickte sie sich um. Glücklicherweise waren keine weiteren Menschen in ihrer direkten Umgebung auf sie aufmerksam geworden, sodass ihr zusätzliche Peinlichkeit erspart blieb. Sie lächelte kopfschüttelnd, nahm die Brille ab und wischte sich die Tränen aus den Augen. So eng lagen Genie und Wahnsinn also in ihrem Fall beieinander. Zeit für einen Platzwechsel, konstatierte sie.

Als sie wieder am Strand ankam, ging sie so weit Richtung Saint-Georges-de-Didonne zurück, bis sie einen angeschwemmten Baumstamm fand, der einen hervorragenden Sitzplatz abgab. Unterwegs zückte sie ihre Kopfhörer und wählte ihre Lieblingsplaylist aus. Sie zog den Kragen um den Hals hoch, setzte sich auf den Baumstamm und hielt ihre Nase in den Wind. Mit geschlossenen Augen und den Händen tief in den Taschen vergraben, saß sie da und genoss den Moment.

Als sie die Augen wieder öffnete, war sie so trunken vor Glück, dass ihr fast schwindelig wurde. Was war das bloß mit ihr und dem Meer?

Der Rhythmus der Musik machte, dass es sie nicht mehr an ihrem Platz hielt. Sie musste sich bewegen. Zunächst ging sie ein Stück, dann rannte sie ein paar Meter so schnell sie konnte, bis sie außer Puste aufgeben musste. Und weil ihr sonst kein Blödsinn mehr einfiel, fing sie auf dem menschenleeren Strand an zu tanzen. Ein Glucksen stieg in ihr auf und sie schloss die Augen, drehte sich immer schneller um sich selbst und lachte mit ausgebreiteten Armen laut los. Plötzlich war ihr so schwindelig, dass sie die Augen weit aufriss, aber es war nichts mehr zu machen. Taumelnd fiel sie immer noch lachend auf den Strand. Es ging ihr so gut. Sie war in Frankreich. Sie lebte am Meer. Ihren Traum. Selbstständig. Mit ihren Kindern und auf den Spuren ihrer Vergangenheit.

Schwer atmend lag sie auf dem kalten Sand und starrte in den strahlend blauen Himmel. Nun musste sie nur noch das mit ihrem Mann wieder hinbekommen, dann wäre alles perfekt. Sie stemmte sich auf die Ellbogen und versprach einer vorbeifliegenden Möwe: »Und das werde ich!«

Auf Jocelins Spuren

Schon am nächsten Tag erhielt sie eine Nachricht von Monsieur Lemarque, der sie einlud, ihn nach der Mittagspause im Archiv zu besuchen. Hocherfreut, nahm sie vormittags den Termin mit BetterHealth@Work wahr.

Es lief einfach super. Emilie dominierte das Gespräch elegant, indem sie jede Menge Fragen stellte und hatte das sichere Gefühl, genau dafür geschätzt zu werden. Spontan kamen ihr einige gute Ideen für Themen, die das Portfolio des Anbieters ergänzen konnten und ihr Counterpart war besonders fasziniert von ihrem beruflichen Hintergrund, da unter ihren Kunden einige namhafte Konzerne aus dem Bank- und Versicherungswesen waren. Sie kamen überein, dass Emilie sie vorerst, wie von ihr gewünscht, als Freelancerin unterstützen würde und sie dann in einigen Monaten noch einmal über eine mögliche Festanstellung sprechen würden. Sie war ganz beflügelt aber im Augenblick sicher, dass sie nicht wieder als Angestellte arbeiten wollte. Das waren jedoch Details und wenn nicht hier, würde sie für andere Kunden weitermachen.

BetterHealth@Work bot ihr einerseits einen entspannten Rahmen, da sie mit vielen vorgefertigten Modulen arbeiteten und waren andererseits trotzdem offen für innovative Themen und Formate. Emilie war rundum zufrieden.

Als sie aufgelegt hatte, gestattete sie sich einen kleinen Freudentanz durch die Wohnung. Wenn's erstmal lief, dann lief es einfach.

Um Punkt 13.30 Uhr stand sie vor der Glasschiebetür des Rathauses und putze ihre Brille. Die gleiche Rezeptionistin wie gestern, entriegelte den automatischen Öffner und die Türen glitten lautlos auseinander. Sie lächelten einander zu und Emilie ließ einem Ehepaar den Vortritt, ehe sie sich erkundigte, wo sie Monsieur Lemarque finden würde.

Selbiger holte sie persönlich ab. Der Mann war groß, schlank und vermutlich nicht viel älter als sie selbst. Ein modernes, randloses Brillengestell, balancierte auf seiner langen Nase und ein üppiger Schopf aus dunklen Wellen, fügte sich nur widerwillig einem Haufen Pomade. Obwohl er Hemd und Jeans trug, wirkte er irgendwie altertümlich und Emilie hätte ihn als genauso authentisch empfunden, wenn er eine Schönheitspflaster samt weißgepuderter Perücke getragen hätte. Vor ihrem geistigen Auge sah sie pastellfarbene Pumphosen mit Seidenstrümpfen. Noch ganz in Gedanken grinste sie ihn an, was er zunächst mit einem erstaunten Gesichtsausdruck und anschließend einem umso breiteren Lächeln quittierte.

»Madame Saager?«

Ihr wurde bewusst, dass ihr Lächeln vielleicht etwas zu herzlich gewirkt haben könnte, und versuchte es leicht abzuschwächen. Mit dem Ergebnis, dass sie nun auch noch rosa anlief und zu stammeln begann.

»Ja … das bin ich … also so heiße ich … aber sagen Sie gerne, Emilie.«

Seine Augen strahlten noch etwas mehr und er wiederholte: »Emilie, natürlich, ich bin Pascal.«

Verzweifelt suchte sie nach etwas Unverfänglichem und besann sich schließlich darauf, was sie eigentlich hier wollte.

»Ich bin auf der Suche nach Informationen über meine Großmutter.«

Wenn das möglich war, wurde sein Lächeln noch eine Nuance breiter.

»Da bist du bei mir definitiv an der richtigen Adresse. Wollen wir?«

Er breitete den Arm aus und wies ihr mit einer galanten Bewegung den Weg in ein Büro hinter der Rezeption.

»Gern.« Sie senkte den Blick und huschte an ihm vorbei. Er führte sie in ein kleines, sehr ordentliches und mit antiken Elementen dekoriertes Büro.

»Erzähl doch mal, was du genau suchst. Aurélie deutete an, es ginge nicht nur um eine Geburtsurkunde?«

Nun war es an ihr, etwas überrascht zu gucken.

»Aurélie?«

»Die junge Dame am Empfang.«

»Oh ja, natürlich, genau.« Sie rutschte auf ihrem Stuhl herum. Irgendwie machte sie sein aufmerksamer Blick nervös. »Meine Familie stammt von hier.«

»Ah ja«, machte er interessiert und legte seine langgliedrigen Finger aneinander, während er ihr aufmerksam zuhörte.

»Ja und meine Mutter ist weggezogen. Also schon lange … irgendwann in den 80ern, weil sie meinen Vater kennengelernt hatte, der aus Hamburg war … also ist … also nein, weil er ist auch schon tot …« Sie hörte auf zu reden und nahm stattdessen ihre Brille ab und putze sie.

Pascals Stirn hatte sich in feine Falten gelegt.

»Okay, das ist ja doch etwas mehr als du in der Mail erwähnt hattest«, sagte er gedehnt, dann lächelte er ihr aufmunternd zu, »wir werden deine Fragen hoffentlich beantworten können. Lass mich nur kurz die Geburtstage notieren und dann schauen wir mal. Das Archiv ist im Keller, ich hole dir gleich die drei Register für Geburt, Eheschließung und Tod im betreffenden Zeitraum rauf.«

Emilie war ihm dankbar für seine ruhige Professionalität. Sie diktierte ihm nacheinander die Geburts-, Eheschließungs- und Sterbedaten ihrer Mutter und Großmutter und lehnte sich zurück, während er den Raum verließ.

Neugierig blickte sie sich um. Es gab nicht viel persönliches, nur viele interessante und uralt aussehende Bücher und Dokumente, die sorgfältig gerahmt waren. Dazwischen lagen einige Stapel mit Akten und anderen Papieren.

Als Pascal nicht gleich wiederkam, stand sie auf und ging in dem kleinen Raum auf und ab. Sie würde Zeit haben, bis sie die Kinder abholen musste, vielleicht könnte sie in der Rue de La République einen Kaffee trinken – wenn sie denn einen offenen Laden fände. Ihr fiel ein, dass die Post direkt gegenüber lag und sofort meldete sich ihr schlechtes Gewissen, dass sie noch immer keinen Antrag auf Postlagerung gestellt hatte. Sie machte eine gedankliche Notiz an sich selbst.

Vorfreude und Aufregung kribbelten in ihren Fingerspitzen um die Wette. Froh hergekommen zu sein, drehte sie sich gerade um, als Pascal das Zimmer betrat.

Er lächelte sie an und legte einen Stapel Mappen auf dem Schreibtisch ab. Dann breitete er einige Papiere auf ihrer Seite des Schreibtisches aus.

»Voilà«, sagte er und trat einen Schritt zurück, damit sie schauen konnte.

Fasziniert betrachtete sie die originalen Geburtsurkunden ihrer Mutter und Großmutter. Sie wagte nicht, die Dokumente zu berühren.

»Darf ich sie fotografieren?«, fragte sie. Der Archivar nickte lächelnd und erwiderte. »Ich kann dir auch Kopien machen. Du brauchst sie ja nicht offiziell, oder? Dann müsste ich einen formalen Auszug machen.«

»Nein, nein«, winkte Emilie ab, »eine einfache Kopie genügt vollkommen. Was ist das?«

»Das ist die Eheschließungsurkunde deiner Großeltern.« Emilie hob das betreffende Blatt hoch und las.

Wie lustig, sie hatte nicht einmal gewusst, dass sie nur einen Tag nach ihren Großeltern geheiratet hatte. Warum hatte ihre Mutter das eigentlich nie erwähnt? Ein Schauer lief ihr über den Rücken. Weil sie Daniel nie kennengelernt hatte und schon lange nicht mehr unter ihnen weilte, als sie geheiratet hatten, beantwortete sie ihre Frage selbst. Unvermittelt überfiel sie die Sehnsucht nach ihrem Mann. Sie hatte schon so viel unausgesprochen gelassen mit ihrer Mutter und es nicht mehr nachholen können. Und jetzt schwiegen sich ihr Mann und sie schon seit Wochen nur noch an. Auf einmal war dieses Schweigen für sie unerträglich. Tränen schossen ihr in die Augen.

Pascal, der natürlich nicht nachvollziehen konnte, was die Emotionen ausgelöst hatte, bemerkte aber sehr wohl, wie aufgewühlt sie war. Er griff in den Schreibtisch und trat dann zu ihr, um ihr ein Taschentuch zu reichen.

»Alles in Ordnung?«, fragte er besorgt.

Sie schniefte, nahm die Brille ab und tupfte ihre Augen trocken, nickte und schüttelte den Kopf. Unfähig ein Wort zu sagen, schluchzte sie plötzlich unkontrolliert los. Schlafmangel und die Anspannung der letzten Wochen ließen alle Dämme brechen. Unbeholfen rückte Pascal einen Stuhl zurecht, damit sie sich setzen konnte und tätschelte dann ihren Unterarm.

Dankbar lächelte Emilie ihn an und als sie seinen besorgten Gesichtsausdruck sah, musste sie unwillkürlich lachen.

»Nein, wirklich, es ist nichts«, sie wischte die letzten Spuren ihres Ausbruchs weg und setzte entschlossenen die Brille wieder auf.

»Ich habe meine Mutter einfach zu früh verloren, und ich war damals eine blöde Gans und habe die Zeit, die wir hatten, viel zu wenig genutzt. Nun sitze ich hier, fünfzehn Jahre später, starre auf vergilbte Papiere und hoffe, dass sie mir Antworten geben, die mit ihr gestorben sind.«

Der Archivar sah immer noch etwas ratlos aus, dann begann er plötzlich zu nicken.

»Vielleicht hast du ja noch lebende Verwandte in der Gegend.« er war aufgesprungen.

»Ich glaube nicht«, meinte sie zögernd, »soweit ich weiß, hatten weder meine Mutter noch Großmutter Geschwister …« Bedauern schwang in ihrer Stimme mit.

»Aber vielleicht auf der Seite deines Großvaters. Lass mich mal schauen, was ich auftreiben kann.« Er strahlte sie an, ganz in seinem Element.

Zaghaft lächelte sie zurück.

»Aber ich will dir jetzt nicht zu viel Arbeit machen oder so …«

»Ach, Quatsch«, winkte er ab, »das wird Spaß machen, ich liebe solche Recherchen.«

Und da sie ihm das aufs Wort glaubte, dankte sie ihm einfach für sein Angebot.

Sie verabredeten, dass sie sich morgen Nachmittag wieder treffen würden, um zu sehen, was die Recherche zu Tage gefördert hatte.

Emilie verließ das Rathaus und nutzte die Zeit, bis die Kinder aus der Schule kamen, um rasch zur Post zu gehen. Bester Laune wartete sie anschießend am Tor. Paul kam ihr grimmig entgegen gestampft und war schon halb an ihr vorbei, als sie ihn zu fassen bekam und am Ärmel festhielt, weil Madame Malavalle ihr winkte.

»Hallo, junger Mann, wo willst du denn hin? Warte mal bitte, Madame Malavalle will mir noch was sagen.« Er blieb von ihr abgewandt stehen und sie blickte hilflos zu der Lehrerin.

»Paul hat heute eine Mitschülerin geschubst. Das Mädchen ist gestürzt.« Entsetzt sah Emilie zu Paul.

»Paul, was ist mit dem Mädchen passiert?«

»Gar nichts«, brummte er immer noch von ihr abgewandt.

Seine Mutter bedeutete der Lehrerin zu warten und hockte sich hin. Sanft drehte sie ihren Sohn zu sich um und sah, dass ihm Tränen über das Gesicht liefen.

Besorgt strich sie ihm über die Wange.

»Tigerchen, erzählt mir mal was da los war.«

»Wir haben doch nur Fangen gespielt und ich hab gerufen *Attrappe moi* und dann hab ich sie gefangen und dann ist sie gefallen …«, er schniefte, »… und das wollte ich doch nicht … und dann hat die Erzieherin mit mir geschimpft … und ich hab sie nicht verstanden … und sie hat nicht verstanden, was ich gesagt habe …« Schluchzend warf er sich in ihre Arme. Emilie spürte, wie Wut in ihr hochkochte. Sie hob ihren eigentlich viel zu großen Jungen hoch und presste ihn an ihre Brust.

Dann drehte sie sich zu Madame Malavalle und erklärte ihr in sehr klaren und kurzen Sätzen, wie Paul die Situation beschrieb. Die runzelte die Stirn. Mit einem Blick auf den völlig aufgelösten Jungen, wurden ihre Augen weicher. Sie sah sich suchend um, rief dann ein kleines blondes Mädchen zu sich und wechselte ein paar Worte mit ihr. Die Kleine ließ Paul nicht aus den Augen. Emilie musste ihn absetzen, weil er ihr zu schwer wurde, hielt ihn aber kniend im Arm. Die kleine Französin legte den Kopf schief und lächelte ihren Sohn an. Sie hatte schon eine Zahnlücke und sah hinreißend damit aus. Paul wischte sich die Nase und das Gesicht am Ärmel ab, sah sie aber nicht direkt an.

»Celine hat genau das gleiche erzählt wie ihr Sohn, Madame Saager, es war wohl ein Versehen.«

»Siehst du, Paul,«, übersetzte Emilie schnell für ihren Sohn, »du hast gar nichts falsch gemacht, die Erzieherin hat die Situation nicht verstanden. Nur du darfst nicht klammern beim Fangen spielen«, fügte sie hinzu, »da kann man sich weh tun.« Er nickte und sah zu Celine.

»Spielt sie denn morgen wieder mit mir?«

»Frag sie doch«, ermutigte ihn seine Mutter.

»Kann ich nicht«, fauchte er und wollte schon wieder wütend werden.

Sie sprach ihm leise eine Spieleinladung ins Ohr und er wiederholte sie Wort für Wort. Celines Augen begannen zu leuchten und sie zeigte noch einmal ihre bezaubernde Zahnlücke.

»Biensûr«, flötete sie, »à demain, Paul.« Dann drehte sie sich um und flitzte los in Richtung Tor.

»Hast du das verstanden?«, fragte seine Mutter nach. Ihr großer grinste und nickte. »*Na klar* hat sie gesagt und *bis morgen*.« Stolz strubbelte sie ihm durch das Haar.

»Ich hol Elise.« Und weg war er. Emilie nickte Madame Malavalle zu, die sich zufrieden mit der Situation ebenfalls verabschiedete.

Später am Strand trafen sie Marie und während die Kinder mit einem kleinen, fremden Hund Stöckchen werfen spielen durften, erzählte Emilie von den Verständigungsproblemen, die Paul die Schultage verhagelten.

»Zusammen zu spielen, bleibt schwierig. Und bei den Arbeiten in der Schule habe ich das Gefühl, er macht zwar alle Schreibübungen et cetera, aber versteht null, was er da eigentlich tut.« Sie seufzte.

»Geduld«, erwiderte ihre Freundin, »ihr seid noch nicht einmal zwei Monate hier. Ist doch toll, dass er überhaupt schon Anschluss hat.«

Natürlich wusste Emilie, dass sie recht hatte, trotzdem war sie ungeduldig.

»Was gibt es denn Neues von deinen Enkeln?«, fragte sie, um sich abzulenken.

»Ach, nicht so wirklich viel.« Sie zückte ihr Smartphone und scrollt durch ihre Instagram App.

»Wenn du ein Smartphone hast, könnten sie dir die Bilder aber auch direkt schicken«, bemerkte sie. Gedankenverloren betrachtete Marie den Feed von Zoe, die offenbar ein Faible für exotisches Essen hatte.

»Ja, das wäre schön«, stimmte sie leise zu.

»Frag sie doch einfach«, hakte sie nach. Die andere ließ das Handy sinken, sah zunächst einen Moment den spielenden Kindern zu und dann Emilie an. Der Ausdruck in ihrem Gesicht war unergründlich.

»Sie wissen gar nicht, wer ich bin.«

»Wie bitte?« Sie glaubte, sich verhört zu haben und wandte ihre Aufmerksamkeit nun voll ihrer Freundin zu. Im Schneidersitz saß sie ihr auf der Picknickdecke gegenüber und musterte die ältere Frau, die jetzt traurig gestand: »Ich habe noch nie mit Zoe und Manuel persönlich Kontakt gehabt – geschweige denn gesprochen. Sie wissen nicht, dass ich ihre Großmutter bin. Für sie bin ich nur eine stille Instagram Followerin.« Sichtlich betrübt, sank sie in sich zusammen. In Emilies Kopf wirbelten so viele Fragen durcheinander, dass sie keine so ganz zu fassen bekam und so ergriff sie nur ihre Hand.

»Mein Sohn spricht nicht mit mir. Dass es die Kinder gibt, habe ich mehr oder weniger zufällig herausgefunden, weil er ihnen auch folgt …«

»Aber warum?«, lag Emilie auf den Lippen und zuerst rang sie mit sich, ob sie damit zu weit gehen würde, bevor sie die Frage doch stellte.

»Ach«, winkte Marie ab und gab sich plötzlich wieder ganz fröhlich, »das ist eine ganz dumme, alte Geschichte. Lass einfach, du hast schon genug, worüber du dir Gedanken machst.« Sie steckte das Handy ein. »Wann kommt denn dein Mann?« Emilie überlegte, ob es ihre

Neugier rechtfertigte nochmal nachzuhaken, entschied sich dann aber dagegen.

»Planmäßig kommt er immer noch Dienstag spät.«

»Das ist gut. Ich drücke dir die Daumen, dass es ein schönes Wiedersehen wird.«

Die jüngere schnaubte und die ältere schaute sie ernst an.

»Frag dich stets, was dir wirklich wichtig ist im Leben. Und dann lass dich voll darauf ein. Wir rennen immer so durch unser Dasein und tun alles Mögliche, weil wir es sollten oder müssten oder weil irgendwer irgendwas von uns verlangt. Aber wenn wir ehrlich sind, dann wissen wir tief in uns immer ganz genau, was wir eigentlich gerade machen sollten.« Sie hielt einen Moment inne.

»Wenn der Moment kommt, wo du dich mit Daniel aussprechen kannst, lass ihn nicht verstreichen – und vor allem lass nicht dein Ego dazwischenfunken. Hör einfach auf dein Herz.«

Emilie blieb stumm. Sie war immer noch bei dem zuvor gehörten, sodass sie die Weisheit, die in den Worten der anderen steckte, gar nicht direkt aufnehmen konnte. Stattdessen kreisten ihre Gedanken um den Fakt, dass ihre Freundin überhaupt keine richtige Familie hatte … irgendwie nur eine Instagram Familie … die sie stalkte, statt wirklich mit ihnen in Kontakt zu sein. Und was hatte sie gerade über das wirklich Wichtige im Leben gesagt? Noch immer hätte sie so viele Fragen gehabt, doch Maries Haltung lehnte diese schweigend ab. Die erhob sich nun und bummelte zur Wasserkante, wo die Kinder mittlerweile vom Hund abgelassen hatten und sich wieder damit beschäftigten, den Strand zurück ins Meer zu schaufeln.

Nachdenklich sah sie ihr hinterher. Gerade heute Vormittag war ihr ja selbst schmerzlich bewusst geworden, wie sehr ihr Daniel fehlte und dieser Streit mit ihm sie belastete. Sie sah den Kindern zu und sandte einen stillen Wunsch in Richtung des blauen Himmels:

»Lass das gut laufen mit unserem Wiedersehen, bitte!«

Die unbekannte Dritte

Am nächsten Tag wartete sie wieder nach der Mittagspause vor der Glasschiebetür auf Pascal.

Dieses Mal kam er schon zum Aufschließen mit Aurélie nach vorn und nahm sie mit in sein Büro. Entgegen seiner sonst so ruhigen, fast schon aristokratischen Art, wirkte er heute aufgekratzt.

Kaum dass sich die Tür hinter ihnen geschlossen hatte, raunte er Emilie verschwörerisch zu: »Ich habe etwas gefunden.«

Neugierig setzte sie sich auf den angebotenen Platz und putze rasch ihre Brille.

Er schob ihr eine vorbereitete Mappe hinüber.

»Ich habe für dich meine Fühler mal ein wenig weiter ausgestreckt. Tatsächlich hatten die Eltern von Jocelin Fournier nicht nur eines, sondern drei Kinder.« Ihr klappte der Mund auf.

»Drei?« Er nickte und fuhr rasch fort: »Jocelin ist Jahrgang 1938 und damit die älteste gewesen. Zwei Jahre später ist ein Sohn geboren worden.« Er reichte ihr eine Geburtsurkunde. »Etienne. Nur leider ist er schon im Alter von drei Jahren verstorben.« Enttäuscht nahm sie ihm auch das zweite Papier, die Sterbeurkunde ab.

»Oh wie traurig«, flüsterte sie. Hastig schob er seine Brille die lange Nase wieder hinauf.

»Aber es gibt noch mehr.« Er hielt ihr ein weiteres Blatt entgegen. *Acte de naissance* las Emilie, also eine weitere Geburtsurkunde auf den Namen Rosemarie Fournier. Sie überflog den Zettel und fand eine Eintragung für einen

Geburtstag im Jahre 1945. Keine Eintragungen zu einer Heirat oder ihrem Tod.

Ihre Hand begann zu zittern.

»Das heißt, ich habe eine Großtante …«, fragte sie und ihre Stimme drohte zu kippen, »… die lebt?«

Er nickte heftig und strahlte sie dabei an.

»Ja, genau« bestätigte er. »Ich war so frei und hab in den Tables Décennales nachgesehen.« Emilie sah ihn fragend an, da ihr der Begriff nichts sagte. Er winkte ab: »Nicht so wichtig. Das sind Bücher, wo je nach Gemeinde in einem Zeitrahmen von zehn Jahren, alle Daten der Bürger erfasst werden. Geburten, Hochzeiten, Todesfälle, darin kann man nach dem Familiennamen suchen und dann findet man, wie in deinem Fall, alle Geschwister einer Person.«

Immer noch fassungslos starrte sie das Papier an. Schnell rechnete sie im Kopf nach.

»1945, das hieße, die Frau wäre heute Ende siebzig?« Wieder stimmte er ihr zu. Sie rutschte ihm auf der Stuhlkante entgegen. »Was hast du noch gefunden?«

Er senkte die Stimme, als würde er ihr ein Geheimnis anvertrauen.

»Hier ist die Adresse, wo deine Großmutter zuletzt gelebt hat.« Sie nahm auch diesen Zettel entgegen und betrachtete ihn andächtig.

»Es ist ein Hof«, erklärte er, »den es so leider nicht mehr gibt.« Etwas verlegen fügte er hinzu: »Da ist heute ein Neubaugebiet – nicht so schön. Tut mir leid.«

»Okay.« Sie schluckte ihre Enttäuschung herunter. Aber schon war das Strahlen in sein Gesicht zurückgekehrt und er machte immer noch dieses geheimnisvolle Gesicht.

»Doch guck mal hier.« sie nahm das dargereichte Dokument und las aufmerksam. Noch immer pulsierten jede Menge Emotionen durch ihren Körper, sodass sie kaum in der Lage war, den Blick auf einer Zeile zu halten.

»Wer ist Ludovic?«, fragte sie dann.

»Ich glaube er ist Rosemaries Sohn.« Er sah aus, als hätte er den entscheidenden Elfmeter einer Weltmeisterschaft versenkt und eigentlich hätte es gepasst, wenn er sich mit gen Himmel gereckten Armen in Siegerpose geworfen hätte. Emilie schmunzelte, konnte aber nicht umhin verständnislos mit den Schultern zu zucken.

»Ihr Sohn? Aber sie war nicht verheiratet. Und da war sie wie alt? 16?«

Er sah sie geduldig an, bis bei ihr endlich der Groschen fiel.

»Oh«, hauchte sie und senkte auch unwillkürlich die Stimme. »Du meinst, sie hat ein uneheliches Kind geboren?« Schnell studierte sie noch einmal das Papier. »Hier ist auch kein Vater angegeben.«

»Genau!«, bestätigte er, »Das Kind ist nicht unter ihrer Adresse eingetragen worden. Und ein Ludovic Fournier taucht nie wieder in unseren Akten auf.« Triumphierend schob er nochmal die heute sehr reisewillige Brille hoch.

Emilie schlug die Hand vor den Mund.

»Ist er auch tot?«

»Vermutlich eher nicht. Ich würde schätzen, dass sie den Jungen zur Adoption freigegeben hat. Aber darüber habe ich hier keine Unterlagen. Das müsstest du in den Archiven des Départements recherchieren.« Er hob entschuldigend die Schultern.

Sie ließ sich in ihrem Stuhl zurückfallen und die Luft entweichen.

»Krass.« Auch Pascal lehnte sich lächelnd zurück.

»Ja, da scheint es ein echtes, kleines Familiendrama zu geben. Ein uneheliches Kind, das aus den Annalen verschwindet … ach, ja!« Er setzte sich noch einmal auf und legte seine Hand auf ein dickes Register.

»Und deine Großtante ist nach ihrem 21 Lebensjahr auch nie wieder irgendwo bei uns in der Gegend gezählt worden.«

»Also verläuft die Spur zu meiner Familie ebenso schnell wieder im Sande, wie ich sie gefunden habe«, fasste sie das Ergebnis nüchtern zusammen. Ihm dämmerte, dass allein der Umstand, dass seine Recherchen Ergebnisse zutage gebracht hatte, sie noch nicht begeisterte. Er legte seine Stirn in fein säuberliche Falten und die Fingerspitzen aneinander.

»Nein«, gestand er mit Bedauern, »es ist leider eine Sackgasse, aus der ich dir auch nicht heraushelfen kann. Du musst versuchen, Kontakt mit dem Département aufzunehmen und wegen der Adoption weiter zu recherchieren. Vielleicht kommst du so voran.«

Sie sah ihm an, dass ihre Enttäuschung ihn persönlich traf. Rasch straffte sie die Schultern und schenkte ihm ein Lächeln.

»Ich danke dir sehr, Pascal. Ohne dich hätte ich nicht einmal erfahren, dass ich vielleicht noch lebende Verwandte habe.«

Er lief tatsächlich etwas rot an und winkte ab.

»Ach, nicht der Rede wert. Das hat mir wirklich Spaß gemacht.« Sie lächelten sich an.

Nachdenklich verließ Emilie das Gebäude und blieb einen Moment vor dem Rathaus stehen. Sie hatte noch jede Menge Zeit, ehe sie die Kinder abholen musste und brauchte dringend einen freien Kopf. Sie wandte sich nach rechts und ging die Avenue Edmond Mocqueris entlang, bis sie an der Ecke vor dem »Café de la Plage« landete. Ohne nachzudenken, setzte sie sich draußen an einen Tisch mit Meerblick und bestellte einen Café au lait.

Ihre Gedanken kreisten ununterbrochen um die kleine Schwester ihrer Großmutter. Lebte sie noch und wenn ja wo? Warum hatte nie jemand über sie gesprochen?

Wieder erinnerte sie sich an diese eine Episode, als sie in der Schule – wie alt mochte sie da gewesen sein, elf? – ihren Familienstammbaum hatte zeichnen sollen. War es das gewesen, worum ihre Mutter so ein Geheimnis gemacht hatte? Hatte sie von ihrer Tante gewusst? Ein weiterer Gedanke fügte sich an: Hatte sie ihr vielleicht sogar davon erzählen wollen und sie und ihr Benehmen hatten das unmöglich gemacht? Emilie schluckte hart und rutschte tiefer in ihren Stuhl, sodass sich ihr Jackenkragen über ihre Ohren schob. Was war sie bloß für ein dämliches Gör gewesen als Teenager. Vor lauter Wut über sich selbst, stiegen ihr die Tränen in die Augen. Sie musste die Brille abnehmen und wischte mit dem Finger unter dem Wimpernkranz längs.

»Idiotin«, schimpfte sie sich halblaut.

Sie war noch ganz bei dem Gespräch mit Pascal, als eine mittlerweile wohlbekannte Gestalt an ihrer Nase vorbei in Richtung des großen Strandes ging. Marie. Ein Schauer lief ihr über den Rücken und wieder hatte sie dieses unbestimmte Gefühl, dass ihre Freundin sie an jemanden erinnerte. Doch sie konnte einfach nicht den Finger drauflegen. Ehe sie allerdings außer Hörweite geriet, rief Emilie sie.

Die angesprochene blieb stehen und sah sich überrascht um, bis sie ihre junge Freundin sitzend und winkend an einem der Tische erkannte. Ein Lächeln trat auf ihr Gesicht und sie kam herüber, um sie zu begrüßen.

»Na, was machst du denn hier?«

»Ach, ich war wegen meiner Recherchen im Rathaus.«

»Oh ja und wie ist es gelaufen?«

»Schon sehr spannend, aber es war auch irgendwie gleich wieder eine Sackgasse.«

»Ach so? Inwiefern denn?«

»Ich konnte herausfinden, dass meine Großmutter noch zwei Geschwister hatte. Einen Bruder und eine jüngere Schwester.«

Die andere wurde still und sah sie nur aufmerksam an. Also fuhr sie fort: »Der Bruder ist leider schon im Kleinkindalter verstorben. Und die Schwester scheint als Teenager ein uneheliches Kind bekommen zu haben. Stell dir das mal vor, Anfang der Sechziger … das war bestimmt ein Skandal.« Emilie strich sich eine Strähne hinter das Ohr, die ihr vom Wind ins Gesicht geweht wurde, ehe sie fortfuhr.

»Aber viel spannender ist, dass das Kind nicht weiter in den Büchern auftaucht … Der Archivar hatte mir da eine Bezeichnung genannt … ach egal, hab ich vergessen … jedenfalls verschwindet erst der Junge und dann meine Großtante spurlos – und da ist dann auch meine Sackgasse.«

Sie verstummte und blickte zu ihrer Freundin, die in Gedanken versunken dasaß und ins Leere starrte.

»Jetzt müsste ich irgendwo in einem Archiv des Départements weitergraben. Vielleicht würde ich da was finden, wenn der Junge nicht gestorben, sondern zur Adoption freigegeben wurde … aber das ist ja auch nicht sicher …« Marie sagte immer noch nichts und Emilie war nicht einmal mehr sicher, ob sie ihr überhaupt zugehört hatte. Trotzdem schloss sie ihren Bericht mit: »Vermutlich müsste ich wegen meiner Großtante einen Detektiv oder so beauftragen, denn ich kann ja schlecht ganz Frankreich nach ihr absuchen.« Enttäuscht befreite sie eine weitere Strähne aus ihrem Brillenscharnier und klemmte sie ebenfalls hinter das Ohr. Marie schwieg hartnäckig.

»Was denkst du? Lohnt sich das?«

»Wie bitte?«, fuhr die andere aus ihren Gedanken und sah Emilie an. Sie wirkte, als habe sie gerade ein Gespenst gesehen.

»Geht es dir gut?«, erkundigte sie sich, »du bist so blass, soll ich dir ein Wasser bestellen?«

Marie starrte durch sie hindurch und schüttelte nur langsam den Kopf. Dann wurde ihr Blick plötzlich klar und sie sprang auf.

»Es tut mir leid, aber ich muss gehen … ich habe etwas vergessen …« Und schon eilte sie los.

»Sehen wir uns später am Strand?«, rief sie ihr noch nach, als sie sich von ihrer Überraschung einigermaßen erholt hatte. Doch Marie gab keine Antwort mehr, sondern strebte schnellen Schrittes in die Richtung davon, aus der sie gekommen war.

Irritation und Besorgnis mischten sich in Emilies stumme Frage, was zum Teufel wohl in sie gefahren sein mochte.

Sie hörte nichts mehr von ihr. Nicht mehr an diesem Tag und auch das ganze Wochenende über nicht. Selbst eine SMS mit der Nachfrage, ob alles in Ordnung sei, blieb unbeantwortet. Sie selbst hatte alle Hände voll mit den Kindern und den Vorbereitungen für die kommende Woche zu tun, daher versuchte sie sich nicht allzu viele Gedanken zu machen. Trotzdem fragte sie sich immer wieder, was ihre neue Freundin so heftig aus der Bahn geworfen hatte.

Reden ist Silber

Emilie hatte die letzte Stunde am Fenster im Wohnzimmer gesessen und mit einem Tee in der Hand darauf gewartet, dass Daniel endlich durch die Gartenpforte käme.

Er erschien, auf die Minute pünktlich, kurz vor 23 Uhr, sodass sie erleichtert ihren Beobachtungsposten aufgab und ihm behutsam die Tür öffnete.

»Hey«, sagte sie leise und strahlte ihn an. Sie hatte sich vorgenommen, sich erst einmal zu freuen, dass er kam und sich erst in zweiter Linie darüber Gedanken zu machen, wie und was sie ihm bei einer Aussprache sagen wollte.

»Selber hey.« Er wirkte müde und abgespannt, aber als er sie erblickte, trat auch in seine Augen ein frischer Glanz und das Grübchen in seiner Wange vertiefte sich zu einem Lächeln.

Erleichtert und davon beflügelt, trat Emilie einen Schritt auf ihren Mann zu und nahm ihn in den Arm. Er erwiderte ihre Umarmung sanft, atmete in ihr Haar, um ihren Geruch einzusaugen und schob sie dann einen Schritt weiter ins Haus.

»Lass mich erstmal reinkommen, es ist schweinekalt draußen.« Sie machte ihm Platz, sah ihm dabei zu, wie er Jacke und Schuhe abstreifte und dann mit der schweren Tasche hinüber in den Wohnbereich ging, um dort die Mitbringsel für die Kinder auszupacken. Er hatte ihnen Überraschungseier und Geduldsspiele mitgebracht, Malblöcke und neue Filzstifte. sie schmunzelte unwillkürlich.

»Meine Güte, sie werden denken, es ist Weihnachten.« Er sah auf den Stapel und grinste verlegen.

»Dir hab ich auch etwas mitgebracht.« Er griff noch einmal in die Tasche und holte eine Tüte mit Bruchschokolade hervor.

»Läderach«, seufzte sie und nahm die kleine, aber feine Auswahl aus dem Chocolatier Geschäft, das sich in Hamburg im Alstereinkaufszentrum befand, behutsam entgegen. Sie strahlte ihn an.

»Danke.«

»Ich dachte, die hättest du vielleicht vermisst.« Sie nickte und warf ihrem Mann einen liebevollen Blick zu. Der strich sich nervös durch das Haar. Täuschte es oder war er in den letzten Wochen grauer geworden? Auf jeden Fall wirkte sein Haarschnitt aus der Form und auch sein sonst so gepflegter Dreitagebart war leicht ausgeufert. Sie sah genauer hin. Feine Linien um seine Augen und die Schatten darunter, gaben seinem ohnehin schon schlanken Gesicht einen hageren Ausdruck.

»Bist du okay?«, fragte sie. Er hatte ihren besorgten Ton aufgefangen und lachte nervös.

»Jaja, geht schon … ist einfach alles sehr viel …«, er zögerte, »aber ich bin froh, dass ich hier bin.« Wieder lächelten sie sich schüchtern an.

Sie machte als erste einen Schritt Richtung Schlafzimmer.

»Dann komm, lass uns ins Bett gehen, wir können ja morgen reden, wenn die Kinder in der Schule sind.« Er sah sie lange schweigend an und nickte dann.

Sie machten sich rasch fertig und legten sich hin. Erst war es befremdlich, das Bett nicht mehr für sich zu haben und sie wusste auch nicht so recht, wie sie nun schlafen sollte, doch dann drehte sich Daniel so auf die Seite, dass er sie ansehen konnte, webte seine Finger in ihre und küsste ihre Hand ganz sanft.

»Gute Nacht.« Sie wagte kaum zu atmen, um jetzt nicht gleich zu weit vorzupreschen und hauchte nur ebenfalls ein »Gute Nacht«.

Sie schlief erstaunlich gut und auch die Kinder blieben ruhig – zumindest bis 6.15 Uhr, wo sie auf der Suche nach ihrem Vater mit lautem Gebrüll ins Schlafzimmer stürmten.

Müde, aber überglücklich, schloss er die beiden in die Arme, ließ sich mehrstimmig alles auf einmal erzählen, lauschte geduldig allen Abenteuern und Plänen, die sie bereits für das Wochenende gemacht hatten, spielte das Einhorn und den bösen Drachen und ließ sich durchkitzeln.

Emilie war als erste aufgestanden, um den dreien etwas Raum zu geben und das Frühstück vorzubereiten. Jetzt stand sie im Türrahmen und betrachtete liebevoll ihre ausgelassene Familie.

Wie sehr Daniel ihnen allen gefehlt hatte, wurde ihr erst jetzt so richtig bewusst. Der kleine Knoten in ihrem Magen zog sich fester. Ein Grund mehr, dass sie das Gespräch nachher hinbekommen musste.

Als hätte ihr Mann sie gehört, hob er den Blick und lächelte sie an. Er wirkte so glücklich und entspannt, wie sie ihn lange nicht mehr gesehen hatte – und das war sicher nicht die Schuld der Videocalls gewesen.

»Papa, bringst du uns heute in die Schule?«, drängte ihn Paul.

Emilie wollte ihm schon entschuldigend zur Seite springen, doch Daniel nickte nur lachend und antwortete:

»Na klar Großer, aber du musst mir den Weg zeigen, ich hab ja schon alles vergessen.«

»Mich auch! Und ich zeig dir, wo mein Haken ist … und welche Bilder ich alle gemalt habe, die hängen im Flur und mein Schneemann hat eine rosa Schleife …«, plapperte Elise ohne Punkt und Komma, während Daniel sie nun vor sich her ins Bad trieb.

Sie hatten es geschafft, die Kinder pünktlich aus der Tür zu kriegen und als Daniel von der Schule wiederkam, entschuldigte er sich fast bei ihr dafür, dass er jetzt leider ein Meeting habe.

Sie winkte ab. War ja nicht so, als hätte sie damit gerechnet, dass er sich diese Woche schon freigenommen hätte. Hatte er ja auch gesagt. Da sie entspannt blieb und ihm sogar einen Cappuccino zauberte, fragte er, ob sie eine Mittagspause mit Spaziergang am Meer einplanen könnten.

Sie freute sich und machte sich ebenfalls an die Arbeit. BetterHealth@Work hatte sich per Mail mit einer ersten Anfrage für einen Kunden gemeldet.

Emilie war unendlich dankbar, dass dank der Coronazeit so viele Firmen mittlerweile offen für Online-Angebote waren, und sie machte sich gleich daran, ein Angebot zu formulieren und Vorschläge zu den thematischen Inhalten vorzubereiten.

Als das abgeschlossen war, trafen sich Daniels und ihre Blicke oberhalb der Bildschirmkanten.

»Passt es jetzt bei dir?«, fragte er und sie nickte.

»Dann los.« Rasch zogen sie ihre dicken Jacken über und machten sich auf den Weg zum Strand.

Zunächst sah es so aus, als würden sie einfach nur nebeneinander herlaufen, doch bereits nach wenigen Schritten streifte Daniels Hand ihren Arm und da er sie dabei fragend ansah, schob sie als Antwort ihre Finger in seine.

Hand in Hand gingen sie schweigend zur Promenade und wandten sich dann Richtung Royan. Er war sorgfältig darauf bedacht, seine langen Schritte ihren kurzen Beinen anzupassen und Emilie nahm es dankbar zur Kenntnis.

Eine Weile gingen sie schweigend weiter. Passend zur Stimmung, rang scheinbar auch der Himmel mit sich. Die Wolkendecke war nicht dicht und hier und da war ein Fetzen blauer Himmel zu erkennen, der sich durch die dahintreibenden Wolken abwechselnd schloss und anderenorts wieder öffnete. Nur die Sonne kam nicht so richtig durch.

Emilie fasste sich ein Herz und brach das Schweigen.

»Wie geht es dir?«, fragte sie und versuchte ihre Stimmlage leicht zu halten.

Er antwortete nicht sofort. Anscheinend wog er seine Worte ebenso sorgfältig ab.

»Es geht«, entgegnete er, und weil auch er merkte, dass das noch kein ausreichender Auftakt zu einem Gespräch war, fügte er leise hinzu, »ich habe euch vermisst.«

»Wir dich auch«, erwiderte sie und drückte seine Hand. Sie spürte, wie die Anspannung aus ihm wich und der Druck seiner Finger sich lockerte, ohne sie jedoch loszulassen. Es gab so viel, was sie ihm erzählen wollte. Natürlich von den Fortschritten der Kinder in der Schule, aber auch von ihrem neuen Auftrag und was sie alles für ihre Selbstständigkeit getan hatte – und natürlich von Marie und ihren Recherchen.

Sie kaute an ihrer Unterlippe. Einerseits war es leichter neben ihm herzugehen und ihn nicht die ganze Zeit anzusehen, andererseits hätte sie schon gern in seinem Gesicht gelesen, was in ihm vorging. Er unterbrach ihre Überlegungen mit einer Gegenfrage:

»Und wie geht es dir?«

»Gut«, sagte sie und zögerte, weil sie nicht plappern oder ihn überfordern wollte … doch dann ging ihr auf, dass mit dieser Art von Einsilbigkeit das Gespräch gleich mangels Nährboden sterben würde. Sie holte tief Luft und fing einfach an zu erzählen.

Zunächst von Paul und Elise und ihren Fortschritten in der Schule. Aus dem Augenwinkel konnte sie sehen, wie er an ihren Lippen hing, damit ihm kein Wort ihres Berichts entging. Ja, er hatte die Kinder definitiv sehr vermisst und sog jetzt jeden Fetzen Information auf. Als sie ihm von den Problemen mit der Verständigung und den daraus resultierenden Reibereien erzählte, hatte sie kurz Sorge, er würde sauer werden.

»Der arme Paul«, sagte er stattdessen nur und fügte mit einem kurzen Händedruck hinzu, »aber toll, wie ihr das hinbekommen habt ihr drei.«

Emilie freute sich über sein Lob und fuhr so ermutigt fort, von ihren ersten kleinen Akquise Erfolgen zu berichten. Wieder freute er sich ehrlich mit ihr, auch wenn seine Reaktion verhalten blieb. Sie spürte, dass die Anspannung in seinen Fingern wieder wuchs. Behutsam ergriff sie seine Hand mit ihrer zweiten und flüsterte:

»Data, du zerdrückst mir die Hand.« Er sah erst auf ihre Hände und dann auf sie. Ein kleines Lächeln umspielte seine Lippen. Viel zu lange hatte sie diesen neckenden Kosenamen, der auf seine Leidenschaft für alles Technische anspielte, nicht mehr verwendet.

»Sorry, Em«, gab er sanft zurück und bettete ihre Finger neu in seine Handfläche, als wäre sie ein flauschiges und leicht zerbrechliches Küken. Auch sie lächelte unbewusst bei dem Spitznamen, den er ihr ganz am Anfang gegeben hatte, als er sie bei einem ihrer ersten Dates mit der Aussprache ihres französischen Namens aufgezogen hatte. Die vertrauten Erinnerungen beschworen einen Moment der Zusammengehörigkeit herauf, den sie so sehr vermisst hatte, dass es ihr jetzt einen Stich ins Herz versetzte.

Schweigend gingen sie weiter.

»Wie läuft es auf der Arbeit?«, fragte sie, ehrlich bemüht, alle Schärfe aus der Frage zu lassen. Wieder spannte sich seine Hand kurz an, doch schließlich ließ er seufzend die Luft entweichen und der Krampf wurde von schlaffer Resignation abgelöst.

»Ganz ehrlich? Irgendwie gar nicht.« Natürlich lagen ihr ein halbes Dutzend Erwiderungen auf der Zunge. Vorwürfe, dass er die Kinder und sie für diesen Laden im Stich gelassen hatte, Verbitterung darüber, dass er noch nicht weiter war, obwohl er sich so zerrieb und pure Empörung darüber, dass die Firma ihn nach so langer Loyalität einfach nicht mehr würdigte. Aber sie schwieg und behielt auch ihre gut gemeinten Ratschläge für sich. Wenn sie etwas aus den Gesprächen mit Marie und vor allem der Lektüre der letzten Wochen mitgenommen hatte, dann, dass sie ihn mal kommen lassen musste. Vorurteilsfrei. Also kaute sie auf ihrer Unterlippe und ließ ihn.

Er brauchte noch ein paar Schritte, ehe er begann, zunächst stockend und dann immer emotionaler zu erzählen: Das Projekt lief nicht. Seine Beförderung war einerseits beschlossene Sache, aber formal würde sie noch auf sich warten lassen und finanziell würde sie sich erst nach der nächsten Budgetrunde auszahlen. Aber er hatte trotzdem jetzt schon dreimal so viel Arbeit, keinen Nachfolger in der bisherigen Position und zwei seiner Programmierer hatte er gerade an die Konkurrenz verloren, weil die einfach besser zahlten.

Emilie hatte sich das innere ihrer Lippe bereits blutig gekaut, so sehr vermied sie einen vorschnellen Kommentar. Sie überlegte, was sie ihm Gutes tun konnte, und fasste im ersten Moment einfach seine Hand fester.

Er blickte sie an und sie las in seinem Blick tatsächlich Dankbarkeit für ihre stumme Unterstützung. Mitleidig betrachtete sie sein immer noch extrem müdes Gesicht. Einem Impuls folgend blieb sie stehen und wandte sich ihm zu. Er sah zu ihr herunter und sie legte ihm die Hand an die Wange.

»So kann das einfach nicht weitergehen.« Das war jetzt nicht ganz die hilfreiche Frage gewesen, die sie hatte formulieren wollen, aber sie konnte auch nicht aus ihrer Haut. Kurz rang Daniel mit sich, doch dann wich auch das letzte Feuer aus seinem Blick und es blieb nur leblose Resignation.

»Ich weiß, aber was soll ich machen?« Wieder drängten aus allen Ecken ihres Kopfes alle möglichen Antworten auf ihre Zunge und Emilie würgte jede einzelne runter. Vergebung, hämmerte es durch ihren Kopf.

»Sie können es halt nicht besser. Die Frage ist, wie möchtest du damit umgehen, damit es für dich passt?«

Na, wenn das mal keine glatte Zehn in Sachen verständnisvoller Unterstützung war.

Ihr Mann blickte sie nur kraftlos an.

»Wenn ich das wüsste«, murmelte er und verfiel dann in grüblerisches Schweigen.

Nun konnte Emilie doch nicht mehr an sich halten.

»Vielleicht solltest du dich doch mal extern umsehen, ich meine, deine Kollegen machen das doch offensichtlich auch. Und vor allem solltest du hier bei uns sein. Schließlich brauchen wir dich auch …« Sie verstummte erschrocken und schlug sich innerlich vor die Stirn sowie äußerlich die Hand vor den Mund. Da war sie ja wieder hübsch über das Ziel hinausgeschossen.

Seine Stirn hatte sich dementsprechend zusammengezogen und er blickte sie verletzt an.

»Meinst du wirklich, das wüsste ich nicht? Aber das ist eben nicht so einfach.« Wieder schwieg er. Und dieses Mal hielt auch sie die Klappe. Jeder in seine Gedanken vertieft, machten sie wenig später kehrt und gingen an der Promenade entlang zurück.

Emilies Handy piepte und sie zog es aus der Tasche. Unwillkürlich hoffte sie, dass es endlich eine Nachricht von Marie wäre. Doch es war nur eine sinnlose Werbemail.

Daniel hatte sie beobachtet und runzelte die Stirn: »Schlechte Nachrichten?« Sie erwiderte seinen Blick und griff den Themenwechsel auf. Vielleicht war das hier doch noch nicht der richtige Zeitpunkt für das ganz große Klärungsgespräch.

»Nein, alles okay, ich dachte nur, es wäre eine Freundin, die ich hier kennengelernt habe und die sich seit ein paar Tagen nicht mehr meldet.«

»Ach so«, machte er und bemühte sich dann doch nochmal um eine Rückfrage. »Eine Mutter aus der Schule?«

»Tatsächlich nicht«, erklärte sie und endlich konnte sie ihm von Marie erzählen. Wie sie sich am Strand kennengelernt hatten, wie sie sie ermutigt und ihr mit den Kindern geholfen hatte bis hin zu ihrem seltsamen Verhältnis zu ihrer eigenen Familie.

»Das ist ja wirklich merkwürdig, dass sie keinen Kontakt zu ihrem Sohn und den Enkeln hat. Wie traurig.«

»Ja und dann erst ihre Reaktion letzte Woche«, fuhr sie fort und berichtete ihm von ihren Recherchen und den unbefriedigenden Ergebnissen, die sie erzielt hatte. Pascal erwähnte sie dabei so wenig wie möglich. Nicht, weil Daniel besonders eifersüchtig wäre, aber sie wollte den zerbrechlichen Frieden zwischen ihnen auf keinen Fall auch nur mit dem Hauch einer Andeutung von etwas Streitbarem belasten.

Am Ende ihres Berichtes war ihr ganz schön warm geworden, so sehr beschäftigte sie das Thema.

»Das nimmt dich ja ordentlich mit«, bemerkte ihr Mann.

»Ja, irgendwie wühlt mich das Thema total auf. Du weißt, wie viel es mir bedeuten würde, wenn ich etwas mehr herausfinden könnte. Ich habe mir davon wirklich versprochen, vielleicht etwas zur Ruhe zu kommen – so innerlich meine ich …« Sie verstummte. Plötzlich wurde ihr schmerzhaft bewusst, dass sie sich gerade sehr angreifbar machte. Doch Daniel reagierte genauso, wie er es früher immer getan hatte und wofür sie sich so in ihn verliebt hatte: Er hörte ihr zu, ließ sie sich alles von der Seele reden und stellte dann die wirklich wichtigen Fragen. Sie bewunderte ihn für diese Qualität und zum ersten Mal wurde ihr klar, dass er genau das auch von ihr brauchte. Die Erkenntnis traf sie so unvorbereitet, dass sie fast ins Straucheln geraten wäre. Wieder dachte sie an Marie und wie gern sie ihr von dieser Entwicklung erzählt hätte. Sie schüttelte den Kopf und sagte laut:

»Marie hat so viel in Bewegung gebracht mit ihrer Art, unseren Gesprächen … ich wünschte wirklich, du würdest sie kennenlernen. Hoffentlich bleibt sie nicht die ganze Woche verwunden.«

»Naja, ist ja eher unwahrscheinlich, dass sie wie deine Großtante einfach mir nichts dir nichts verschwindet.« Er zwinkerte ihr zu. Es sollte ein Scherz sein. Doch irgendwo verhakte sich der Gedanke in ihrem Hinterkopf. Es gelang ihr jedoch nicht, ihn ins Rampenlicht ihres Bewusstseins zu zerren. Als sie nach Hause kamen und ihr Mann sich wieder an seinen improvisierten Schreitisch setzte, vergaß sie das nagende Gefühl, dass ihr etwas Wichtiges entglitten war.

Sie verbrachten den Nachmittag zu dritt am Strand. Daniel musste arbeiten. Die Kinder waren zwar enttäuscht, ließen es sich jedoch nicht nehmen, mit ihrer Mutter ein neues Abenteuer anzugehen. Sie sammelten in der Bucht alle weißen Kalksteine, die sie finden konnten, und schleppten sie nach Hause. Dort malten sie sie mit allem an, was haften wollte, und drapierten sie vor der Tür auf der Terrasse. Emilie war stolz auf das künstlerische Talent und vor allem das Durchhaltevermögen der beiden. Das Ergebnis zierte eine ganze Länge der Terrasse.

Abends gab es bunte Teller und eine ausgiebige Kuschel- und Lesezeit. Zu viert machten sie es sich im Bett der Kinder gemütlich und Daniel las zum gefühlt einhundertsten Mal die Geschichte von den sieben Geißlein. Eigentlich war Paul viel zu alt dafür, doch er ließ es, ohne zu murren, geschehen und kuschelte sich zwischen seine Eltern. Elise, die sich auf dem Schoß ihrer Mutter eingerollt hatte, presste ihr Einhorn an sich und ließ sich die Locken kraulen. Es war friedvoll, ruhig und wirklich entspannt.

Gern hätte sie diesen Moment für immer festgehalten. Aber es wurde Zeit für die Kinder zu schlafen – und auf sie wartete die Fortsetzung eines wichtigen Gesprächs.

Ihr Mann kam wieder ins Wohnzimmer, nachdem beide Kinder eingeschlafen waren, und setzte sich zu ihr auf die tatsächlich nicht sehr gemütliche Couch.

Er nahm ihre rechte Hand in seine und spielte mit ihrem Ehering und dem kleinen Solitärring, mit dem er vor mittlerweile fast einem Jahrzehnt um ihre Hand angehalten hatte.

»Ich hab dich vermisst«, eröffnete er das Gespräch mit dem gleichen Geständnis wie am Mittag.

»Ich dich auch«, wiederholte auch sie ihr Bekenntnis. Er schwieg und spielte weiter mit ihren Ringen.

»Aber ich brauche jetzt wirklich dringend deine Unterstützung.«

»Okay«, antwortete Emilie gedehnt, denn sie wusste noch nicht genau, worauf er hinaus wollte. Er schluckte und fasste sich ein Herz.

»Ich muss mich noch eine Weile komplett auf die Firma konzentrieren … und das Pendeln kostet mich einfach viel zu viel Zeit und Kraft. Und mein Chef hat sich so in die Idee verrannt, dass wir alle wieder an den Standort zurückkehren, jetzt nach Corona, der lässt nicht mit sich reden von wegen Remote Arbeiten und so.« Seine Frau hörte ihm still zu und schob ihre Brille auf der Nase hoch. Noch immer war sie nicht sicher, wohin das hier führen sollte, doch in ihrem Bauch machte sich ein ungutes Gefühl breit.

»Komm wieder mit nach Hamburg.« Er sah sie nicht an. »Es war ein Versuch und es hat nicht gepasst. Es wäre besser für uns alle, und du sagst doch selbst, du kannst hier auch nichts weiter erreichen.«

Ungläubig war ihr der Mund aufgeklappt. Noch immer vermied er es sie anzusehen.

»Das wäre viel leichter und entspannter für die Kinder – und wir wären alle zusammen.« Sie starrte ihn an. Unfähig ihre Gedanken oder Worte zu sortieren.

»Was?«, entrang sich ihr. Jetzt hob er das erste Mal den Blick.

»Wir haben doch immer gesagt, wenn es nicht geht, können wir es auch jederzeit abbrechen.« Sie entzog ihm mit Schwung ihre Hand.

»Ja, aber es geht doch ganz wunderbar … nur du machst nicht mit.« Ein verletzter Ausdruck trat in seine Augen.

»Aber ich mache das doch alles für euch.«

»Nein.« Emilie schüttelte heftig mit dem Kopf. »Nein, das tust du nicht für uns. Keiner von uns hat dich darum gebeten, dich von diesem Laden vorführen und ausnutzen zu lassen.« Ihre Antwort war viel heftiger ausgefallen als gewollt – und auch nicht in wertschätzende Fragen gekleidet, aber das hier lief ja auch völlig in die falsche Richtung.

Er war von ihr abgerückt, um sich ihr zuwenden und sie intensiv fixieren zu können.

»Das ist einfach nicht fair von dir. Wir haben das hier ganz prima hinbekommen. Die Kinder kommen jeden Tag besser klar, bei mir geht es mit dem Job bergauf und wir haben Marie kennengelernt … nein, das ist gemein, uns das jetzt wieder wegnehmen zu wollen. Nur weil du plötzlich nicht mehr willst.« Wenn sie nicht gesessen hätte, hätte sie vielleicht mit dem Fuß aufgestampft.

»Versteh doch bitte, ich habe mir das wirklich auch gewünscht, aber der Zeitpunkt … und der ganze Rahmen hat sich einfach geändert …«

»Nein«, wiederholte sie und holte tief Luft, »nein, das Einzige, was sich geändert hat, sind deine Prioritäten. Denn die Kinder und ich sind es nicht mehr … und ich frage mich, wie lange eigentlich schon nicht mehr.« Diese Erkenntnis ernüchterte sie. Es war eindeutig nicht die Idee nach Frankreich zu gehen gewesen, die die eigentliche Wurzel für ihre Differenzen darstellte. Es war seine veränderte Einstellung zu seinem Job – und das alles, wegen dieser Beförderung.

»Irgendwie verstehe ich ja, dass dein Herz an dieser Beförderung hängt. Sicher, so ein Direktortitel wäre toll.

Aber ganz ehrlich, so wie du dich im Moment verhältst, frage ich mich langsam, ob es das eigentlich wert ist.« Sie seufzte, plötzlich von einer bleiernen Erschöpfung überfallen.

»Und weißt du, ich habe auch nicht mehr die Kraft, das wettzumachen, was deine Firma dir gegenüber an Wertschätzung fehlen lässt«, traut sie sich ihm endlich offen zu sagen.

Daniel saß nur da und blickte sie an. Sie hätte jetzt einen explosiven Ausbruch erwartet, wie er ihn zuletzt öfter gehabt hatte, doch selbst der blieb aus. Stattdessen sackten seine Schultern nach vorn und er starrte nur stumm ins Leere. Das war für sie überraschenderweise noch schwerer zu ertragen, als wenn sie wieder in eine lautstarke Auseinandersetzung geraten wären. Sie sprang auf und ging an ihm vorbei Richtung Schlafzimmer. Im Durchgang zur Küche blieb sie stehen, wandte sich noch einmal um und sagte. »Daniel, ich liebe dich, aber du musst dir wirklich mal klar werden, was du willst und was gut für dich ist.«

Emilie lag in dieser Nacht noch lange wach und auch ihr Mann wälzte sich unruhig und schlaflos hin und her. Das war so gar nicht gelaufen wie geplant. Tränen formten sich in der Dunkelheit und drückten unter ihren geschlossenen Lidern. Sie wagte nicht, sich vorzustellen, wie es weiter gehen sollte. Sie schniefte betrübt. Und doch war da diese Nähe gewesen. Sie hatte sich doch nicht getäuscht. Er liebte sie doch auch noch. Warum nur liefen ihre Gespräche so unbefriedigend?

GEKOMMEN, UM ZU BLEIBEN?

Wider Erwarten war Daniel am nächsten Morgen gar nicht nachtragend. Im Gegenteil, er versuchte sich so schnell wie möglich in die Routine der drei einzufügen, ohne alles durcheinander zu bringen. Emilie war ihm dankbar für seine Rücksicht. Auch mit ihr ging er um, als trüge er Samthandschuhe. Er vermied jede Kontroverse und ließ das Thema Arbeit so weit wie möglich außen vor. Es waren ja ohnehin nur noch zwei Tage bis zu den Ferien.

Sie selbst hatte die Auseinandersetzung vom Vorabend noch nicht ganz verdaut. Sie klammerte sich aber hartnäckig an die Hoffnung, dass wenn er sich jetzt so bemühte, ihm wohl doch noch etwas an ihr lag – also würde sie nicht aufgeben. Auch wenn sie für den Augenblick am Ende ihres Lateins war. Mittags ging sie allein am Strand entlang spazieren, um den Kopf freizubekommen. Sie dachte an Marie und daran, wie wohltuend ihre Einschätzung für die Lösung der Situation wäre. Einem Impuls folgend, zog sie ihr Smartphone heraus, doch der Anruf verhallte unbeantwortet im Äther und eine Mailbox hatte ihre Freundin offenbar auch nicht. Das Band teilte ihr irgendwann mit, dass ihr Anruf nicht beantwortet wurde. Sie schnaubte verächtlich und steckte das Telefon wieder ein. Dann würde sie das allein hinkriegen müssen. Energischen Schrittes, kehrte sie nach Hause zurück.

Die ganze Ferienwoche über, gingen die beiden Erwachsenen ausnehmend höflich miteinander um. Sie vermieden tunlichst Gespräche über die Arbeit oder die

Zukunft ihres Frankreichabenteuers. Ansonsten hätte man meinen können, es wäre alles wie immer. Sie scherzten und lachten mit den Kindern, machten Ausflüge in den Aquapark und den Zoo de La Palmyre.

Die Kinder belegten sie derart mit Beschlag, dass sie nicht groß dazu kamen, über irgendetwas anderes nachzudenken und das tat gut. Es war schön, ihren Mann mit den Kindern zu sehen. Herzerwärmend, die drei zusammen Quatsch machen zu hören, wenn sie glaubten, Emilie würde es nicht mitbekommen und es war so wundervoll, wieder eine Familie zu viert zu sein.

Bewusst schob sie jeden Gedanken an die Zeit nach den Ferien weit von sich. Es war erst Februar. Wenn er wirklich wieder gehen würde … dann wären die nächsten Ferien erst im April und danach erst wieder im Sommer. Nein, sie verbot sich den Blick in diese düstere Zukunft. Sie würden das hinbekommen … müssen. Denn sie wollte nicht weg.

Mit jedem Ausflug, den sie machten, mit jedem kleinen Abenteuer und jedem Grad, das das Wetter noch wärmer und schöner wurde, verlor sie ihr Herz mehr an diesen Ort mit seiner Küste. Manchmal fragte sie sich bang, ob sie überhaupt je wieder ohne diese Nähe zum Meer würde leben können. Aber auch dieser Gedanke war müßig, denn so wie ihr Business im Moment lief, konnte sie nicht einmal das Essen für den Monat, geschweige denn die Miete bezahlen. Auch dieses Thema schob sie mit Absicht in die hinterste Abstellkammer ihres Kopfes.

Sie konzentrierte sich ganz bewusst nur darauf, den Moment zu genießen. und ja, für den Augenblick war alles wieder gut – nur immer hübsch den Fokus halten.

Und dann waren die Ferien plötzlich zu Ende, ohne, dass sich der richtige Zeitpunkt für die Fortführung ihres Gespräches ergeben hätte. Auch ihre Freundin hatte sich die zwei Wochen über nicht gemeldet und Emilie war auf ganzer Linie verwirrt. Einerseits hatten sie eine großartige Zeit mit ihrem Mann gehabt. Er war lustig gewesen, aufmerksam, hatte ihr so viel abgenommen, wie er nur konnte. Bei zwei Gelegenheiten hatte er sie alle zum Essen eingeladen, damit sie nicht kochen musste und er hatte ihr einige Nachmittage zum Lesen oder Spazierengehen überlassen und sich allein um die Kinder gekümmert. Er war so lieb zu ihr, dass ihr Bauch tatsächlich wieder einen Schmetterlingseinzug meldete. Es fühlte sich an, als ob er es wirklich wieder gut machen wollte – nur dass er dabei eben immer noch diesen bizarren Veitstanz um den rosa Elefanten mitten im Raum aufführte.

Fast hatte sie Mitleid mit ihm. Ganz offensichtlich wollte er sie nicht verlieren. Das traf sich gut, denn sie wollte das schließlich auch nicht. Aber solange sie das eigentliche Problem weder ansprachen noch beseitigten, wie sollte das funktionieren? Ein Schauer lief ihr über den Rücken. Oder spielte er hier etwa absichtlich auf Zeit und hoffte, dass sie irgendwann klein bei- und ihren Traum aufgeben würde? Der Gedanke ging ihr gewaltig gegen den Strich, doch auch darüber sprachen sie nicht.

Als er am Samstag gleich nach dem Wocheneinkauf seine Tasche zu packen begann, hielt Emilie es nicht mehr aus.

»Wie soll es denn nun weitergehen?«, brach es aus ihr heraus.

Langsam wickelte er sein Laptopkabel auf und verstaute es betont sorgfältig in seiner Umhängetasche. Dann schloss er den Überschlag und ließ seine Hände darauf ruhen. Wenn die Kinder im Nebenzimmer nicht so getobt hätten, hätte man sicher die besagte Nadel fallen hören können. Doch er seufzte nur. Gerade wollte sie ungeduldig nachhaken, als er antwortete:

»Ich weiß es doch auch nicht.« Sie sah ihn an – und seufzte ebenfalls. Es lag keine Wut in der Luft und auch kein Streit. Kraftlos ließ er die Hände sinken und auch sie wirkte ratlos. Wieviel lieber hätten sie sich in den Armen gehalten, doch zu diesem Schritt fehlte beiden gleichermaßen der Mut. Emilie konnte sehen, dass Daniel ebenso mit sich haderte, wie sie. Er war der Macher, der Löser von Problemen – nicht der Verursacher. Er konnte einfach nicht über seinen Schatten springen. Und sie wollte es dieses Mal auch nicht. Es reichte schon, wenn sie ihr eigenes Leben und das der Kinder regeln musste. Zumindest wollte sie sich das einreden.

Schließlich ergriff ihr Mann seine Tasche, warf sie sich über die Schulter und kam zu ihr herüber. Er zog sie wortlos an sich und legte sein Kinn auf ihren Kopf. Sie schmiegte sich an seine Brust und kämpfte mit den Tränen. Doch sie war wild entschlossen, dieses Mal keine Schwäche zu zeigen. Er brauchte nichts mehr für sie zu richten – den Vorwurf hatte er ihr zum ersten und letzten Mal gemacht. Das Teufelchen in ihr frohlockte bei diesen unversöhnlichen Gedanken. Sie löste sich von ihm und trat einen Schritt zurück, damit er zu den Kindern gehen und sich verabschieden konnte.

Als er zurückkam, hatte sie sich gesammelt und sich schnell die Augen trockengewischt.

Mit vorgerecktem Kinn sah sie ihn fest an. Ein verletzter Ausdruck trat in sein Gesicht und er sagte nur noch leise im Vorbeigehen: »Mach's gut, Em, passt auf euch auf.«

Sie schluckte hart und musste sich abwenden.

»Du auch«, flüsterte sie als sich die Tür hinter ihm schloss.

Emilie allein zu Haus

In den ersten Tagen fühlte sie sich schlimmer als nach seiner ersten Abreise. Die Kinder verarbeiteten die erneute Trennung auf ihre eigene Art und waren unerträglich. Nichts war richtig, sie stritten permanent, verbreiteten Chaos und heulten abwechselnd, weil immer einer dem anderen weh tat. Emilies Nerven lagen blank. Ausgerechnet in dieser Woche absolvierte sie das erste Webinar für BetterHealth@Work und entgegen ihrem schlechten Gefühl, war das Feedback überaus positiv und ermutigend.

»Inspirierend und mit tollen Beispielen aus der Praxis«, hatte ein Teilnehmer in den Feedbackbogen geschrieben. Emilie schnaubte. Nur freuen konnte sie sich nicht darüber – denn diese eine Stunde Vortrag war auch das Einzige, was sie in dieser Woche zustande gebracht hatte. Die restliche Zeit bemitleidete sie sich selbst, aß Kekse und Eiscreme während sie eine Serie nach der anderen im Fernsehen schaute. Wenn sie nicht zweimal am Tag raus gemusst hätte, um die Kinder zur Schule zu bringen und sie abzuholen, hätte sie wohl selbst auf das Waschen und Anziehen verzichtet.

Abends, wenn Daniel mit den Kindern videotelefonierte, zog sie sich regelmäßig raus. Nicht, weil sie ihm eines auswischen wollte oder nicht gern mit ihm gesprochen hätte, sondern eher, weil sie sich schämte und nicht wollte, dass er sah, wie sie sich gehen ließ.

Am Freitag, ihr graute bereits vor dem Wochenende, klingelte überraschend ihr Telefon. Sie warf einen gelangweilten Blick auf das Display und erkannte zu ihrer größten Überraschung, dass es Marie war, die sie über den Messenger anrief.

»Marie«, rief sie überschwänglich, »wo hast du denn bloß gesteckt?«

Die lachte am anderen Ende der Leitung.

»Ach, ich war nur ein paar Tage unterwegs und dann hatte ich mir irgendwas eingefangen und hab einige Zeit im Bett gelegen, aber jetzt ist alles wieder gut. Wie geht es euch? Hatten die Kinder nicht Ferien? Wie sind sie gelaufen?«

Emilie hatte mit gespitzten Ohren jedes Wort verfolgt und glaubte ihrer Freundin kein Wort. Sie klang so fröhlich wie immer, wenn nicht sogar noch eine Spur mehr. Sie machte ihr ganz eindeutig etwas vor. Entsprechend reserviert fiel ihre Antwort aus.

»Daniel ist gekommen und wir haben viele Ausflüge gemacht.«

Marie musste ihre Zurückhaltung gespürt haben. In einem normaleren Tonfall fragte sie:

»Ist er denn noch da? Ich würde ihn gern kennenlernen.« Jetzt ließ sie seufzend die Maske fallen – sie war noch nie gut in sowas gewesen.

»Nein, er ist leider schon wieder weg … und ich habe keine Ahnung, wann und ob er überhaupt wiederkommt.«

Nach kurzem Schweigen antwortete die andere:

»Tut mir ehrlich leid, dass ich ihn verpasst habe. Wie geht es dir jetzt damit? Konntet ihr miteinander sprechen?«

»Ja und nein. Es war total schön und dann auch wieder sehr skurril.« Emilie schob sich eine Locke hinter das Ohr und nahm die Brille ab, um sich mit dem Handrücken über die Augen reiben zu können. »Einerseits haben wir uns wirklich gut verstanden, er war so aufmerksam und lieb, als würde er mir nochmal den Hof machen, weißt du? Aber andererseits sind die beiden Male, wo wir versucht haben, miteinander zu reden, irgendwie in die Hose gegangen. Er spricht immer nur von seiner Arbeit, seiner Verantwortung und weiß ich nicht was … klar, er vermisst uns … aber anscheinend nicht genug, um sich vollkommen für uns zu entscheiden.«

»Und wie fühlst du dich?«, hakte Marie nach und legte damit bewusst oder unbewusst den Finger genau in die Wunde. Emilie sah sich im unaufgeräumten Wohnzimmer um, wo sie auf der Couch lümmelte, eine offene Kekspackung auf dem Tisch und die Reste vom Frühstück noch nicht aufgeräumt. Sie kaute an ihrer Unterlippe.

»Ganz ehrlich? Hundsmiserabel.«

»Was kann ich tun, um dich zu unterstützen?«, fragte ihre Freundin geradeheraus. In ihrer Stimme schwang resolute Tatkraft mit. Emilie vergaß, dass sie eigentlich auch auf sie sauer war, weil sie einfach so von der Bildfläche verschwunden war und ihr noch nicht einmal ehrlich sagte wieso. Matt erwiderte sie:

»Kommst du am Wochenende mit uns an den Strand? Irgendwie komme ich im Moment mit mir selbst schon nicht klar und die Kinder spüren das und lassen ihren ganzen Frust wegen der Abreise ihres Vaters an mir aus. Ich kann gerade echt nicht mehr.«

»Klar«, entgegnete die Französin ohne Umschweife. »Ich bin um 16 Uhr da, und vielleicht fahren wir zur Abwechslung auf den großen Spielplatz. Ein Tapetenwechsel ist sicher gut für alle und du kannst dort im Park spazieren gehen, während ich mit den Kindern spiele.«

»Danke«, sagte Emilie erleichtert und sah zum ersten Mal wieder einen Lichtstreif am Horizont.

Es wurde ein schöner Nachmittag. Die Kinder waren so entspannt wie seit den Ferien nicht mehr und freuten sich sowohl auf den Spielplatz als auch über Marie, die mit einem Freudentanz begrüßt wurde. Gerührt schloss sie die beiden in die Arme und drückte ihnen schmatzende Küsse auf die Wangen. Emilie beobachtete schmunzelnd, wie die drei sich über das Wiedersehen freuten.

Sie verzichtete auf einen Spaziergang und teilte lieber zwei entspannte Stunden mit ihrer Freundin und den Kindern. Ohne große Gespräche spielten sie im Sand, schaukelten bis in die Wolken und erklommen die höchsten Spitzen des schwindelerregend hohen Klettergerüsts.

Als es spät wurde, lud sie die ältere spontan zum Essen ein. Die zögerte kurz, willigte dann aber doch ein.

Während Emilie zu Hause eine Gemüsepfanne mit Pasta zubereitete, spielte Marie geduldig mit den Kindern Mensch ärgere dich nicht. Immer wieder lauschte sie mit großer Ernsthaftigkeit Pauls Erklärungen warum seine Spielfigur gerade wieder nicht rausgeworfen werden konnte oder wieso seine Schwester unbedingt eine andere Figur als erstes rücken musste. Emilie beobachtete die Szene und plötzlich fühlte sie sich, als habe sie ein Déjà-vu. Ihre Nackenhaare stellten sich auf und ihre Haut kribbelte.

Sie sah noch einmal in die Spielecke und war sich diesmal sicher, dass die Szene ihr bekannt vorkam, aber sie hätte beim besten Willen nicht sagen können, wann oder wo sie das schon einmal erlebt haben wollte. Ihr Blick fiel auf Marie … da war etwas in ihrem Gesicht … ein ganz bestimmter Ausdruck … er wirkte so vertraut …

»Mamaaaaan«, unterbrach Elise ihre Grübeleien, und zwar so laut, dass sie unmöglich einen weiteren klaren Gedanken fassen konnte.

»Was denn, Sternchen?«, fragte sie und versuchte nicht zu genervt zu klingen, denn eigentlich war es ja schön, dass ihre Kleine eine französische Vokabel benutzte. Ihrer Maman war automatisch ganz warm ums Herz geworden.

»Es brennt.«

»Wie bitte?«, fragte sie entgeistert zurück.

Elise stellte sich auf ihren Stuhl und zeigte in die Küche hinter ihre Mutter.

»Guck doch.« Emilie fuhr erschrocken herum. Doch tatsächlich dampfte ihre Gemüsepfanne nur sehr stark unter dem Deckel hervor. Sie eilte zum Herd und hob ihn ab. Prompt verbrannte sie sich die Finger und fluchte hörbar.

»Maman!« Dieses Mal hatte sich Paul angeschlossen. Seine kleine Schwester hob den Finger an die Lippen, um ihr Mitgefühl zu signalisieren. Marie eilte Emilie zu Hilfe und rührte die Pfanne um.

Mit einem Lächeln rief sie über die Schulter:

»C'est prêt, ihr könnt den Tisch decken, es gibt essen.« Jubelnd stürzten die Kinder in die Küche, lautstark streitend, wer was tragen durfte.

Emilies Gedanken verflogen zusammen mit dem Wasserdampf.

Später am Abend, nachdem die Kinder mit ihrem Vater gesprochen hatten, bat er sie, ihn doch zurückzurufen, wenn die beiden schliefen. Ihr Herz klopfte bis zum Hals. Sie nickte nur und machte sich rasch etwas frisch, ehe sie sich mit dem Laptop bewaffnet im Wohnzimmer an den Tisch setzte.

Ihre Hände zitterten, als sie auf das Symbol mit dem grünen Hörer drückte.

Er nahm sofort ab.

»Da bist du ja!«

Sie konnte sich nicht über seine offensichtliche Begeisterung, mit ihr zu sprechen, freuen. Die Nervosität wollte einfach noch nicht weichen.

»Ja, sorry, hat etwas gedauert.«

»Kein Problem«, antwortet er freundlich, »wie geht es dir?«

»Ganz gut«, log sie, »und dir?«

»Ja, ganz okay«, er lachte freudlos, »ist halt immer noch zu viel … tztr.«

Das Bild war eingefroren und die letzten Worte nur noch ein verzerrtes Kratzen. Sie runzelte die Stirn.

»Daniel, bist du noch da?« Es dauerte einen Moment, dann hörte sie erst wieder seine Stimme und dann bewegte sich das Bild auch wieder für einen Moment.

»Kannst du mich hören?«

»Jetzt gerade ja …«

»Emilie …«

»Hallo?«

Es hatte keinen Zweck. Sie legte auf und wählte gleich nochmal. Es klingelte und klingelte bis irgendwann dieser beleidigte Ton kam, um zu signalisieren, dass ihr Anruf nicht angenommen worden war.

Im gleichen Moment klingelte ihr Telefon. Daniel.

Sie klappte den Laptop zu und griff nach dem Handy. Suchend blickte sie sich nach ihren Kopfhörern um, fand sie aber nicht auf Anhieb. »Hallo?«

»Hey, dann vielleicht besser so.«

Seltsamerweise störte es sie nicht im Mindesten, dass sie ihn jetzt nicht mehr sehen konnte. Dieses kleine bisschen Distanz gab ihr auch ihre Sicherheit zurück. Sie lehnte sich auf dem Stuhl zurück und zog einen Fuß auf die Sitzfläche.

»Was wolltest du eben sagen, ich hatte schon gleich deinen ersten Satz nicht verstanden.«

Daniel lachte nochmal dieses freudlose Lachen.

»Ach, im Grunde genommen, kann ich es selbst schon nicht mehr hören, wenn ich sage, es ist alles okay, nur halt zu viel zu tun.«

»Oh«, machte sie überrascht und weil ihr auf dieses Zugeständnis nicht sofort etwas einfallen wollte.

»Und bei dir?«, fragte er. Sie atmete hörbar aus und nahm ihre Brille ab.

»Ich komme gerade etwas schlecht wieder in unseren Rhythmus«, räumte sie schließlich ein.

»Kann ich irgendwas tun?« Ihre Nackenhaare sträubten sich und ihre Stirn zog sich kraus.

»Nein.« Das war vielleicht einen Hauch heftiger als angebracht, aber es fehlte ihr gerade noch, dass er sich jetzt wieder verantwortlich fühlte. »Und dann wirfst du mir am Ende wieder vor, dass du immer mein Drama richten musst, oder was?«, vollendete sie ihren Gedanken laut.

Eine Sekunde lang schwieg er am anderen Ende, dann sagte er leise: »So war das nicht gemeint.«

»Aber genau das hast du gesagt. Also nein danke, wir kommen klar.« Sie schob die Unterlippe vor. Doch wenn sie ehrlich war, war sie gar nicht wirklich sauer auf ihn, sondern viel mehr auf sich selbst, weil sie es war, die hier gerade Streit provozierte. Sie verstummte.

»Ich wollte auch eigentlich nur mal mit dir besprechen, wann ich wiederkomme. Wann wären bei euch die nächsten Ferien?« Nun wurde sie richtig sauer. Also hatte er tatsächlich vor, sich bis zu den Ferien nicht mehr blicken zu lassen.

»Die letzten zwei Aprilwochen«, knirschte sie durch zusammengebissene Zähne.

»Hm.« Gefühlt hatte das Teufelchen in ihr Feuer gelegt, denn Emilie hatte das sichere Gefühl, Rauch aus ihren Ohren steigen zu spüren. Sie schloss kurz die Augen und versuchte vergeblich, sich zu beherrschen.

»Ich versteh dich einfach nicht«, platzte es aus ihr heraus. »Willst du uns wirklich so überhaupt nicht mehr um dich haben?«

Verletzt entgegnete er: »Wieso? Das habe ich doch gar nicht gesagt?«

»Naja, vielleicht ist genau das das Problem«, fauchte sie, »vielleicht sagst du einfach mal, wie du dir das vorstellst und was du eigentlich willst, anstatt immer nur mir die Schuld dafür zu geben, dass es nicht so läuft, wie du möchtest! Ich sitze nämlich nicht in deinem Kopf.« Nun war es an ihm, ebenfalls laut zu werden.

»Nun mach aber mal einen Punkt! Ich wollte gerade sagten, dass die Ferien zu lange hin sind und ich gern vorher nochmal vorbeikommen will. Aber ich muss halt erst sehen, wie die Projekte laufen und dann kann ich …«

»Überraschung«, höhnte sie, »natürlich geht die Firma vor.«

»Natürlich geht die Firma vor, schließlich ist sie es immer noch, die für dein Abenteuer …«

»Mein Abenteuer? Das war unser Abenteuer!«

Vor Zorn waren Emilie Tränen in die Augen geschossen und ihre Stimme versagte … vielleicht war das auch besser so, denn was ihr jetzt auf der Zunge lag, hätte sicher mehr nach einer Kriegserklärung, denn einem Friedensangebot geklungen.

»Ja«, räumte er zögerlich ein, »unser Abenteuer …« Auch ihm schien nichts mehr einzufallen. Beide schwiegen einen Augenblick, ehe er sich räusperte.

»Okay, dann mache ich mir mal Gedanken und melde mich dann wieder.«

»Ist gut …«

»Dann schlaf gut, und pass gut auf die Zwerge auf.« Emilie war in sich zusammengesunken. Der Ärger war auf ein kleines Grummeln geschrumpft und die Enttäuschung über die vertane Chance auf ein Gespräch machte sich breit. Wieder schloss sie die Augen. Hinter ihren Lidern drückten Tränen.

»Em?«

»Ja?«

»Ich liebe dich.«

Sie riss die Augen auf, nahm das Handy vom Ohr und starrte es an. Hatte er das jetzt wirklich gesagt? Da sie nichts erwiderte, fügte er nach kurzem Zögern hinzu:

»Ich melde mich dann wieder. Gute Nacht.«

»Tschüss«, sagte sie mechanisch und legte auf. Männer. Was ging bloß manchmal in ihren Köpfen vor?

100% Verantwortung

Bei nächster Gelegenheit erzählte sie Marie von dem Gespräch und machte ihrer Empörung darüber Luft, dass ihr Mann sich immer noch nicht bei seiner Firma dafür einsetzte, mehr Zeit mit ihnen verbringen zu können und ihr stattdessen mit einem ich liebe dich kam.

Die ältere wirkte komplett unbeeindruckt. Sie lächelte und zuckte mit den Achseln.

»Ich bin mir sicher, er macht das so gut wie er kann.«

Emilie verschränkte die Arme vor der Brust.

»Na, da sollte er aber schnell mal ein paar Fortschritte machen, denn das reicht hinten und vorn nicht.«

Die andere sah sie schmunzelnd an.

»Und was ist dein Beitrag?« Emilie sah sie fassungslos an. Gab sie ihr jetzt etwa auch noch die Schuld? »Ich meine doch bloß, dass es immer leicht ist zu sagen, dass eine glückliche Beziehung eine 50:50-Sache ist zwischen den Partnern. Aber wenn man es mal genau betrachtet, ist es nur die einfachste Ausrede dafür, dass wenn etwas nicht läuft, es seine Schuld ist, seine 50% Verantwortung eben.« Emilie kaute auf ihrer Unterlippe und ertappte sich dabei, dass sie Marie Recht gab. Auch sie hätte behauptet, dass es zwei brauchte für eine Beziehung und jeder die Hälfte der Verantwortung trug, damit es funktionierte. Aufmerksam lauschte sie, als ihre Freundin fortfuhr: »Wenn allerdings jeder der Partner 100% Verantwortung für die Beziehung übernimmt, sodass wann immer etwas nicht so gut läuft, ich als erstes mich selbst frage: Was habe ich getan? Was kann ich besser machen? Dann und nur dann wird ein Schuh daraus.« Emilie zog eine Schnute. Trotzdem musste auch sie zugeben, dass das logisch klang. Natürlich wieder nicht schmeichelhaft für sie, denn sofort kam ihr ihr aggressives Verhalten von gestern Abend am Telefon in den Sinn. Sie schwiegen und starrten beide aufs Meer. Ohne nachzudenken, seufzte Emilie:

»Wenn man dir so zuhört, klingt das immer so leicht. Dein Mann muss der glücklichste Mensch auf der Welt sein. Ihr führt doch bestimmt eine perfekte Ehe, oder?«

Erst als die ältere nicht antwortete, ging ihr auf, dass ihr loses Mundwerk vielleicht gerade wieder mit ihr durchgegangen war. Vorsichtig wandte Emilie ihr den Kopf zu und kniff ein Auge zu. Sie musste zusätzlich die Hand neben ihr Gesicht halten, weil sie gegen die niedrigstehende Sonne sonst nichts erkannt hätte.

Maries Blick verlor sich irgendwo im Atlantik und Emilie runzelte die Stirn. Ein ungutes Gefühl machte sich in ihr breit.

»Oder nicht?«, fragte sie leiser nach.

Ihre Freundin erschauerte und wandte sich zu ihr.

»Für die kurze Zeit, die wir hatten, waren wir sehr glücklich, ja«, bestätigte sie und darin lag eine so tiefe Traurigkeit, die sich sofort auch Emilies bemächtigte.

»Entschuldige, ich wusste nicht, dass er … also, dass du allein … Das war taktlos von mir.« Sie hüstelte. »Was ist passiert?«

Wieder dauerte es einige Sekunden, ehe die andere antwortete. Dann sagte sie in einem völlig neutralen Ton: »Er hat sich das Leben genommen. Er litt unter schweren Depressionen.«

»Was?«, entfuhr es Emilie und sofort schlug sie sich die Hand vor den Mund. »Oh Gott, das tut mir so leid … ich wollte nicht … entschuldige.« Marie lächelte sie beruhigend an und tätschelte ihre Hand.

»Schon gut, Liebes, das war vor sehr langer Zeit.« Versonnen ließ sie ihren Blick über die wie immer völlig in ihre Strandbauten vertieften Kinder, den Sand und das Meer gleiten. »So ist das Leben … Glück ist zerbrechlich, genieße es, solange es währt.«

Emilie schluckte hart und kam sich wie eine Idiotin vor. Sie jammerte hier über diese kleinen Missverständnisse mit Daniel und dabei trug sie doch mindestens genauso viel Schuld an der ganzen Situation wie er. Und was wäre denn, wenn er nun gar nicht mehr wäre … ihr Hals war wie zugeschnürt, und sie starrte, ohne zu blinzeln, ins Leere.

»Das muss so furchtbar gewesen sein, auch für deinen Sohn …«

Jetzt huschte eine ganze Reihe neuer Ausdrücke über das Gesicht der anderen: eine Mischung aus Trauer, Schmerz und Scham … aber wie schon zuvor, verflog der Moment im Bruchteil einer Sekunde. Ruhig entgegnete sie: »Er hat es nicht mitbekommen.« Sie erhob sich, ehe Emilie diese Information verarbeiten und hinterfragen konnte. Stattdessen griff Marie den anderen Strang des Gespräches wieder auf:

»Manchmal hilft es, wenn man nicht spricht, sondern schreibt. Briefe sind leider so aus der Mode gekommen, dabei sind Liebesbriefe etwas so Wundervolles in Zeiten von Instant-Messages und Sprachnachrichten …« Schon hatte sich ein versonnenes Lächeln auf Maries Gesicht zurückgestohlen, und sie setzte sich in Bewegung, um zu den Kindern zu gehen.

Emilie bewunderte die ältere Französin aus tiefstem Herzen. Zen. Ein anderer Ausdruck kam dafür nicht infrage. Wie konnte man bloß so gelassen sein – und doch war da etwas, was keinen Sinn ergab. Doch im Moment war ihr Kopf einfach zu voll, um diese Frage weiter zu ergründen.

Die Kinder kamen in Begleitung ihrer Freundin zurück zu ihrer Mutter.

»Haben wir noch Kekse?«, fragte Elise und wischte sich eine ihrer wilden Locken aus dem Gesicht. Paul ließ sich neben seiner Mutter auf die Decke fallen. »Und was zu trinken?«, fügte er hinzu und schnaufte.

Sie beeilte sich, beiden Kindern Saftpacks zu reichen und jedem noch einen Keks in die Hand zu drücken.

Sie sah den Schatten nur aus dem Augenwinkel und viel zu spät. Ein schwarzer Labrador stand plötzlich mitten auf der Picknickdecke halb über Paul. Der heulte laut auf und Emilie, die im Sitzen die denkbar schwächste Position gegen den stämmigen Hund hatte, riss hilflos an seinem Halsband, damit er nicht noch über ihren Sohn hinweg in den Picknickkorb sprang.

»Verschwinde«, schimpfte sie laut. Endlich gab das Vieh auf und trollte sich Richtung Wasserkante, wo ein älteres Ehepaar den schwanzwedelnden Halunken in Empfang nahm.

Emilie untersuchte Pauls Hand, konnte aber außer einem Haufen Hundesabber keine Verletzung erkennen.

»Liebling, hat er dich gebissen?« Paul schüttelte schniefend den Kopf, dann fügte er empört hinzu: »Er hat einfach meinen Keks gefressen.« Schlagartig legte sich der Schock und sie lachte vor Erleichterung. Sie zog ihren Großen an sich und wischte seine Hand sauber. Dann gab sie ihm einen neuen Keks und sah sich nach dem Übeltäter um. Das Ehepaar hatte den Hund angeleint und stand mit den Händen in den Taschen da, während eine sichtlich echauffierte Marie sich vor ihnen aufgebaut hatte und ihnen mit in die Hüften gestemmten Händen die Leviten las. Beide waren jünger und größer als die Französin und trotzdem sahen sie sehr klein mit Hut aus.

Kurz darauf kamen sie den Strand hoch – getrieben von Marie, die hinter ihnen her ging.

»Ist alles in Ordnung? Ähm … wir wollten uns nur entschuldigen, Oscar ist manchmal etwas wild.« Emilie war zwar empört, aber auf die beiden Zweibeiner, die mit betroffenen Mienen vor ihr standen, konnte sie nicht lange böse sein. Mit einem Blick auf Paul in ihrem Schoß, erwiderte sie also gnädig:

»Schon okay, war nur der Schreck, aber es wäre schön, wenn sie den Hund an der Leine behielten.«

»Ja, natürlich.« Und mit einem Seitenblick auf Marie, die sie immer noch so grimmig ansah, wie Emilie es noch nie gesehen hatte, schlichen die drei davon.

»Idioten«, schimpfte die Französin, »was für ein rücksichtsloses Pack.«

»Aber der Hund war süß, den hätte ich gern gestreichelt«, bemerkte Elise, »und meinen Keks hat er auch nicht gefressen.« Die Frauen sahen erst zu der Kleinen, die über und über voller Schokokekskrümel war und dann sich an – und brachen in schallendes Gelächter aus.

Zurück zu Hause und mit den Kindern schlafend im Nebenzimmer, kam Emilie endlich dazu, über die Geschehnisse am Strand nochmal nachzudenken. Auch wenn der Vorfall mit dem Hund so glimpflich abgegangen war, war er doch ein passender Hinweis des Universums auf das, was ihre Freundin ihr zuvor hatte sagen wollen: Glück war zerbrechlich.

Sie setzte sich an den Tisch und klappte ihren Laptop auf. Vielleicht hatte Marie ja recht und sie sollte Daniel mal schreiben, anstatt von einem doofen Gespräch in das nächste zu stolpern. Irgendwie mussten sie doch die Kurve kriegen und wieder ordentlich miteinander sprechen. Eines ihrer Lieblingszitate von Albert Einstein fiel ihr ein: Die Definition von Wahnsinn ist, immer wieder das Gleiche zu tun und andere Ergebnisse zu erwarten. Sie schmunzelte.

»Okay«, sagte sie laut zu sich selbst, »wenn ich also zu 100% verantwortlich für unsere Beziehung bin, was kann ich anders machen?« Sie starrte auf den leeren Computerbildschirm, auf dessen Hintergrund ein Bild der Familie aus ihrem letzten Urlaub zu sehen war. Liebevoll strich sie über die Gesichter der Kinder und das von Daniel. Dann klappte sie den Laptop zu und machte sich auf die Suche nach einem Blatt Papier.

Am Ende des Abends lagen um ihren Stuhl herum lauter zerknüllte, halb beschriebene Blätter. Zufrieden hielt sie die finale Fassung in der Hand, um sie ein letztes Mal zu lesen.

Lieber Daniel,

meine Freundin Marie brachte mich heute darauf, dass Glück zerbrechlich ist, und dass auch ich – wie jeder Partner – zu 100% verantwortlich bin für unsere Beziehung.

Also schreibe ich dir diesen Brief, denn neben vielen anderen Dingen möchte ich dir vor allem zwei Sachen sagen:

1) Ich liebe dich.

Bitte entschuldige, dass ich neulich am Telefon nicht in der Lage war, dir das zu sagen. Aber es ist wahr. Ich liebe dich, und ich wünsche mir so sehr, dass wir wieder so miteinander sprechen können wie früher. Du bist mein bester Freund, mein Vertrauter und mein Geliebter, und ich vermisse dich.

2) Es tut mir leid.

Es tut mir leid, dass ich vor lauter Vorfreude und Fixierung auf unser Auslandsprojekt nicht mitbekommen habe, dass du meine Unterstützung an anderer Stelle gebraucht hättest – und noch immer brauchst.

Du warst einfach immer für mich da, und ich habe nie in Frage gestellt oder mir auch nur Gedanken darüber gemacht, dass das für dich eine zusätzliche Belastung sein könnte. Irgendwie habe ich immer gedacht, du wüsstest schon, wieviel gut für dich ist. Es tut mir ehrlich leid, dass ich nicht mehr für dich da war. Aber ich möchte das gern ändern – und ich glaube, ich bin bereits auf einem guten Weg. Denn mein Geschäft fängt an zu laufen und auch mit den Kindern komme ich hier ganz gut klar. Nur du fehlst uns.

Ich will dich weder drängen noch irgendetwas von dir verlangen.

Ich möchte nur, dass du weißt, dass du uns hier jeden Tag fehlst und wir uns wünschen würden, dich öfter zu sehen.

Und obwohl es mir das Herz brechen würde, wenn es wirklich nicht anders geht, lass uns darüber sprechen, ob wir vorzeitig nach Hause kommen sollen.

In Liebe Emilie

Beim Lesen musste sie schlucken. Speziell die letzten Zeilen waren ihr wirklich schwergefallen. Denn es war wahr, Daniel fehlte ihnen an allen Ecken und Enden, aber sie hatte sich auch an das Leben hier gewöhnt. Sie bekam es hin, es war schön und sie fing an, ihre Selbstständigkeit auf allen Ebenen zu genießen. Eigentlich wollte sie das nicht aufgeben. Allerdings musste sie sich auch fragen, ob es das wert war, dafür ihre Ehe aufs Spiel zu setzen.

Energisch faltete sie das Blatt und steckte es in den dafür bereitliegenden Umschlag. Sie schrieb ihre Adresse in Hamburg auf die Vorderseite und frankierte ihn. Zuletzt hauchte sie einen Kuss darauf.

Sie seufzte und stellte ihn auf das Sideboard neben der Tür, um ihn am nächsten Tag mit zur Post zu nehmen. Hoffentlich würde er ein kleines Wunder bewirken.

Daniels Brief

Sobald sie den Brief abgeschickt hatte, ging sie jeden Tag vor dem Abholen der Kinder bei der Post vorbei. Mittlerweile kamen hier die Briefe von der Nachmittagsbetreuung der Schule an, mehr Post war bisher aber nicht für sie gekommen. Vielleicht war es albern, denn es war ja keinesfalls sicher, dass Daniel ihr auf diesem Weg zurückschreiben würde, trotzdem hoffte sie es irgendwie.

Eines Nachmittags kam Paul ihr freudestrahlend über den Hof entgegen und hielt triumphierend zwei Karten in die Luft.

»Guck mal!«

Emilie hob die Augenbrauen.

»Was hast du denn da schönes, Tigerchen?«

»Pokémon Karten.«

»Wow«, kommentierte sie und legte genügend Bewunderung in die eine Silbe, dass er sie noch breiter angrinste. Erst jetzt fiel ihr die Zahnlücke auf, die in seinem Oberkiefer prangte.

»Paul, was ist mit deinem Zahn passiert?« Der lachte und schob seine Zunge durch die Lücke, dann zuckte er lässig mit den Schultern.

»Rausgefallen.«

»Wie rausgefallen, der hat doch noch gar nicht so doll gewackelt.«

Wieder lachte er sie mit seinem unvollständigen Gebiss an.

»Ach, Agnès hat mich geschubst und dann bin ich gegen Zoe gefallen und Alexis hat sie zurückgeschubst und dann bin ich irgendwie gefallen und dann war er draußen. Aber ich hab ihn in meinem Rucksack«, schloss er und Emilie hörte den Stolz in seiner Stimme. »Und es hat nur ein ganz kleines bisschen geblutet.«

»Aha«, machte seine Mutter sprachlos, dann deutete sie auf die Karten in seiner Hand, »und woher sind die?«

»Die hat mir Alexis geschenkt.«

»Ist das auch ein Mädchen?«

Paul warf ihr einen Blick zu, auf den sie gut und gern noch für die nächsten acht bis neun Jahre hätte verzichten können.

»Maman, Alexis ist mein Kumpel.«

Mit diesen Worten machte er auf dem Absatz kehrt und lief los Richtung Kindergarten. »Ich zeig sie mal Elise.«

Emilie war noch dabei eine mentale Notiz zu machen, dass es spätestens ab heute wohl offiziell mit der Eingewöhnung bergauf ging. Dann ging sie kopfschüttelnd ihrem Großen hinterher.

Zu Hause fand sie tatsächlich den Zahn im Rucksack und Paul präsentierte ihn abends im Videocall stolz seinem Vater.

»Und, was soll die Zahnfee dir bringen, Großer?«

»Och, was von Lego wäre cool.« Emilie, die den Kindern über die Schulter sah, bemerkte, dass Daniels Blick auf ihr ruhte. Sie nickte kaum merklich. Natürlich hatte sie beim ersten Anzeichen eines Wackelzahns für ein kleines Präsent gesorgt, das sie im Schlafzimmer in ihrem Kleiderschrank versteckte. Die Eltern tauschten ein verschwörerisches Lächeln.

Als der Anruf sich dem Ende zuneigte, rollten sich die Kinder in ihren Betten zusammen, um sich von Papa noch eine Gute Nacht Geschichte erzählen zu lassen. Ihre Mutter deckte sie zu und küsste sie beide. Dann verabschiedete sie sich schon mal von Daniel. Er lächelte sie an.

»Ich hab deinen Brief bekommen.«

»Oh«, erwiderte sie.

»Danke.«

Emilie errötete.

»Gern.«

»Ich schreib dir auch, okay?«

Sie nickte.

»Kann in der Geschichte ein Einhorn vorkommen? So ein gaaanz flauschiges?«, quietschte Elise und ihre Mutter zog sich mit einem entschuldigenden Blick an ihren Mann zurück.

»Natürlich, Sternchen …« Leise schloss sie die Tür hinter sich.

Es dauerte noch zwei weitere Tage, bis die Postbotin tatsächlich seinen Brief aus der Schublade zauberte.

Emilie nahm ihn mit vor Aufregung zitternden Fingern entgegen und beeilte sich dann auf die andere Straßenseite zu kommen, wo vor dem Rathaus, auf einer winzigen Grünfläche, eine Bank stand. Sie setzte sich und riss den Umschlag auf. Eine einzelne Seite flatterte ihr entgegen mit Daniels eindeutig arzttauglicher Handschrift beschrieben. Sie lächelte unwillkürlich und vertiefte sich in die Lektüre – also sie versuchte zu entziffern, was er ihr geschrieben haben mochte.

Liebe Em,

ich habe mich sehr über deinen Brief gefreut, und ich danke dir von Herzen, dass du auf diesem Weg unseren Dialog wieder anstößt. Du hast völlig recht, auch ich möchte zu 100% Verantwortung übernehmen – und schieße dabei wohl hin und wieder über das Ziel hinaus. Das ist unfair von mir und es tut mir ebenfalls leid.

Ja, wir haben Frankreich zusammen geplant und dann hat sich alles verändert, ohne dass ich dich dabei mitgenommen habe. Aber irgendwie war es auf einmal alles so viel und ich hatte solche Mühe, alle Bälle in der Luft zu halten, dass ich gar nicht gemerkt habe, dass mir das Wichtigste hintenübergefallen ist: Wir.

Ich habe heute nochmal ein sehr ernüchterndes Gespräch mit meinem Chef geführt. Er würde mir wohl »entgegenkommen«, und mich im März ein langes Wochenende nach Frankreich fahren lassen. Ich müsste nur den Freitag frei nehmen, Montag und Dienstag remote arbeiten und könnte dafür eine ganze Woche von Mittwoch bis Mittwoch bei euch sein. Sprich, ich werde nicht drum herumkommen, einen Teil meiner Zeit bei euch zu arbeiten. Sorry, das war noch kein tolles Zugeständnis und irgendwie hat er mir auch nicht richtig zugehört. Na ja, das erzähle ich dir dann in Ruhe, wenn ich da bin. So langsam nervt es mich auch, dass der Stress hier kein Ende nimmt.

Aber ich wollte hier nicht schon wieder von der Arbeit schreiben.

Ich finde es fantastisch, wie toll die Kinder sich entwickeln, und ich glaube, du hattest völlig recht damit, dass es eine super Erfahrung für die beiden ist. Ich bin sehr stolz auf euch. Und vor allem auf dich, mein Schatz.

Habe ich dir das eigentlich schon mal gesagt? Ich bin stolz auf dich und ich liebe dich. Ich freue mich, euch ganz bald alle wieder in den Armen zu halten. Küss die Kinder von mir.

Dein Daniel

Emilie seufzte und drückte den Brief an ihre Brust. Sie fühlte sich so leicht, als hätte sie nicht nur Schmetterlinge im Bauch, sondern auch an der Kapuze und die zögen sie vom Boden weg. Sie grinste vor sich hin und las den Brief nochmal. Meine Güte, so offen und ehrlich hatten sie ewig nicht miteinander kommuniziert. Was es ausmachte, einen Brief zu schreiben. Sie lachte vor sich hin und hüpfte dann beschwingt von der Bank, um die Kinder einzusammeln. Vielleicht sollten sie heute zur Feier des Tages mal ein Eis essen gehen.

Noch am selben Abend, schrieb sie ihm eine Reihe kurzer Nachrichten über ihren Messenger zurück, wie sehr sie sich auf ihn freute, und dass sie ihm ganz viel Kraft wünschte, für das nächste Gespräch mit seinem Chef.

»Ich glaube an dich und stehe hinter dir. Du wirst ihn schon überzeugen«, schrieb sie. Irgendwie war ihr Groll einem Gefühl tiefer Zuneigung gewichen und in diesem Zustand wollte sie nur, dass es ihm gut ging.

Natürlich war es noch nicht der große Wurf, aber sie konzentrierte sich darauf, dass es ein Schritt in die richtige Richtung war, dass er die lange Abwesenheit nochmal durchbrochen bekam. Und bis dahin war es ja auch nur noch eine Woche.

Als am nächsten Tag das Wetter so gar nicht mitspielen wollte, hatte sie sich spontan mit Marie auf einen Kaffee bei sich zu Hause verabredet. Als sie ihr nun von ihrem Erfolg berichtete, freute sich ihre Freundin ehrlich mit ihr.

»Siehst du, das Wichtigste ist einfach immer, dass man ehrlich bleibt. Nicht im Vorwurf, sondern nur ehrlich mit den eigenen Gefühlen und diese auch artikuliert.« Emilie nickte zustimmend.

»Ja, es fühlt sich viel besser an, wieder füreinander da zu sein, statt gegeneinander zu arbeiten.« Sie strahlte Marie an. »Du hast mir wirklich sehr geholfen.«

»Ach, Blödsinn, das ist doch dein Verdienst, das habt ihr ganz allein hinbekommen.«

Emilie sah kurz zu den Kindern hinüber, die ausnahmsweise unter der Woche einen Film gucken durften und sehr friedlich mit einer großen Portion Popcorn auf dem Schoß auf der Couch saßen.

»Und deshalb würde ich auch gern was für dich tun.« Marie hob die Augenbrauen.

»Und was schwebt dir da vor?«

»Ich würde dir gern helfen, Kontakt zu deinen Enkeln aufzunehmen.« Sie hielt den Atem an. Die ältere blickte sie an. In ihrem Gesicht rangen, wie immer, wenn das Gespräch auf ihre Familie kam, diverse Emotionen miteinander: Scham, Furcht, Trauer … am Ende schüttelte sie den Kopf und senkte den Blick.

»Ich glaube nicht, dass das etwas bringt.«

»Hast du es denn jemals versucht?«

Marie sah sie von unten an und nun war es an ihr, verlegen mit ihren Fingern zu spielen.

»Nein, nicht wirklich.«

»Dann solltest du es versuchen.«

»Aber mein Sohn …«

»Deine Enkel sind erwachsene Menschen, die für sich selbst entscheiden können.«

»Das ist nicht so einfach, das mit meinem Sohn … ich … das kann ich nicht wieder richtigstellen.« Matt sank sie in sich zusammen. Plötzlich wirkte sie, als sei sie um zehn Jahre gealtert.

Emilie trat zu ihr und legte ihr die Hand an die Schulter. Einerseits hätte sie gern gewusst, was da so schiefgelaufen war, aber andererseits war es nicht von Belang und vielleicht wäre es unter diesen Umständen sogar leichter, sich zunächst den Enkeln vorzustellen.

»Das heißt aber doch nicht, dass Zoe und Manuel kein Recht darauf haben zu erfahren, wer ihre Großmutter ist.«

Die ältere blickte zu ihr hoch und neben einem Hauch von Tränen lag da noch etwas anderes in ihrem Blick: Hoffnung.

Energisch griff Emilie nach ihrem Laptop und stellte ihn auf den Esstisch. Dann setzte sie sich zu ihrer Freundin und sagte:

»Dann wollen wir mal als erstes aus deinem eher anonymen Account einen lebendigen machen.«

Sie verbrachten eine lustige Stunde damit, Fotos von Marie zu machen und jene auszusuchen, mit denen sie ihren Feed bestückten. Ihre Freundin gab ihren Klarnamen Marie Gérard als neuen Profilnahmen und ihr wahres Geburtsdatum ein. Emilie hatte wieder kurz ein Déjà-vu, aber da ihr niemand einfiel, mit dem sie den Geburtstag teilte, konzentrierte sie sich lieber auf den aufgefrischten Account. Sie luden für die allgemeine Stimmung noch ein paar Bilder vom Strand und Maries Blumengarten hoch. Als Emilie endlich zufrieden war, öffnete sie als erstes ein Chatfenster für Zoe. Sie lehnte sich zurück und sah erwartungsvoll zu ihrer Freundin hinüber.

»Na komm schon, was soll ich schreiben?«

Die zuckte die Achseln und lehnte sich ebenfalls zurück.

»Ich weiß doch gar nicht, was ich sagen soll.«

Emilie fühlte mit ihr. Sie legte eine Hand auf die kleine faltige der anderen und sagte leise zu ihr:

»Das Leben ist zu kurz, um eine Chance nicht zu ergreifen. Komm schon, gib dir einen Ruck.« Sie schwieg und blickte dabei auf ihre beiden Hände. »Weißt du, was würde ich nicht darum geben, nochmal mit meiner Mutter oder meiner Großmutter sprechen zu können, aber ich habe die Chance vertan. Im schlimmsten Fall wollen deine Enkel nicht mit dir sprechen. Dann hast du doch nichts verloren.« Sie schluckte noch einmal, ehe sie fortfuhr: »Aber stell dir vor, es läuft gut und du bekommst deine Familie zurück?«

Beide Frauen saßen einen Moment lang ganz still und nur das Dudeln einer Disney Melodie untermalte den dramatischen Moment. Da Emilie nicht aufblickte, entging ihr Maries intensiver Blick, ehe sie ihre Hand drückte.

»Okay, tun wir's.«

Sie formulierten einen kurzen Text, in dem sich Marie als Großmutter aus Frankreich vorstellte, und um eine Antwort bat – wenn Zoe oder Manuel es denn wollten. Emilie nahm die Finger von der Tastatur.

»Wenn du so weit bist, dann einfach Enter drücken.« Die ältere zögerte nun nicht mehr und drückte auf die Taste. Sie lächelte schüchtern.

»Und jetzt an Manuel?«

Emilie nickte, kopierte den Text in ein Chatfenster mit Manuel und überließ es wiederum Marie, die Nachricht abzuschicken.

Danach lehnten sich beide Frauen mit einem Seufzer zurück.

»Fertig! Bleibst du zum Essen?« Marie blickte auf ihre zitternden Hände und nickte dankbar.

»Ja, ich glaub, ich brauch noch einen Moment.«

Emilie drückte ihr im Vorbeigehen die Schulter und ging hinüber in die Küche.

Der Abspann lief gerade und ihre Meute würde gleich hungrig über sie herfallen.

Sie freute sich bereits, dass sie Daniel heute Abend wieder etwas positives würde berichten können. Seit sie sich die Briefe geschrieben hatten, warfen sie sich im Videocall hinter dem Rücken der Kinder wieder Kusshände und ähnliches zu. Wenn die beiden sie erwischten, lachten sie sie jedes Mal aus und neckten sie, aber im Grunde machte es allen vieren Spaß. Und Emilie dachte mit einem kleinen Sehnen daran, dass es nun nicht mehr lange dauerte, bis ihr Mann endlich wieder bei ihnen wäre. Nur für kurz. Aber immerhin. Wieder ein Schritt.

Maries Geheimnis

Am Abend vor Daniels Anreise, sprachen sie noch einmal per Videochat miteinander und ausnahmsweise muckte die Leitung nicht.

»Was gibts Neues von den Kindern?«, fragte er begierig und Emilie berichtete von Pauls Pokémon Freund und einem Mädchen, dass an Elise offensichtlich einen Narren gefressen hatte und ihr immer ihr Einhorn hinterhertrug. Daniel lachte.

»Und was macht die berühmte Marie?«

»Stell dir vor, wir haben ihren Enkeln geschrieben.«

»Wow, das ist ja aufregend! Und hat schon jemand geantwortet?«

»Weiß ich ehrlich gesagt nicht. Ich hoffe, wir sehen sie morgen am Strand, vielleicht hat sie dann schon Neuigkeiten. Ich glaub, ich bin fast aufgeregter als sie.»

»Du bist so süß«, neckte er sie zärtlich, »aber das sieht dir ähnlich. Außerdem muss es doch klappen, jetzt, wo du so im Familienzusammenführungsmodus bist. Du musst nur noch deine Großtante finden. – Wie komisch wäre es, wenn du ihr in vielleicht sogar schon irgendwo begegnet bist? Es könnte die Bäckerin sein, oder jemand, den du am Strand siehst … oh oder stell dir vor, es wäre Marie, dann hättest du nicht nur eine Tante, sondern gleich einen ganzen Stall voll Verwandten gewonnen. Oder vielleicht ist es Madame Brevot?«

»Haha, sehr witzig.« Daniel schwieg einen Moment, ehe er das Thema wechselte: »Ich freu mich so auf euch, das kannst du dir gar nicht vorstellen«, sagte er und strahlte sie an.

»Und ich hab auch schon wieder so viele Geschenke gekauft, ich weiß gar nicht, wie ich die alle ins Handgepäck bekommen soll.« Er lachte. Emilie lächelte ihn zärtlich an. Er sah immer noch so unglaublich müde aus und wenn das überhaupt möglich war, waren die Ringe unter seinen Augen noch ein bisschen tiefer geworden. Aber er lächelte und das erwärmte ihr Herz.

»Und wir uns auf dich, komm einfach heil her, Data.« Er fuhr sich mit einer Hand über die Augen.

»Ja, vielleicht sollte ich heute mal etwas früher ins Bett gehen, das Taxi holt mich morgen um 4.30 Uhr ab.«

Sie nickte.

»Du bist so tapfer.«

»Mit ein bisschen Glück schaffe ich es schon um 17 Uhr da zu sein. Ich muss nur den TGV 35 Minuten nach der Landung bekommen und dann die Verbindung in Angoulême erwischen.« Er grinste sie schief an. Der Plan klang wohl auch in seinen Ohren nach einer ziemlich ambitionierten Aktion. Doch Emilie ließ sich ihre gute Laune dadurch nicht verderben.

»Super! Die Kids werden dir sicher dankbar sein, wenn wir zur Feier des Tages Pizza essen.»

Er lachte.

»Abgemacht.« Zärtlich sah er sie an und sie wünschte sich, sie könne sich jetzt einfach vorbeugen und ihn küssen. Stattdessen hörte sie wie er leise sagte: »Ich liebe dich.«

»Ich liebe dich auch.« Er winkte zum Abschied und dann legte er auf.

Auch sie klappte den Computer zu. Etwas wehmütig dachte sie an den Kommentar zu Marie. Ja, vielleicht waren sie einen entscheidenden Schritt weitergekommen, um sie mit ihrer Familie zu versöhnen. Aber ihre eigene Recherche steckte in einer Sackgasse. Die Mail an das Département, die sie mehr oder weniger halbherzig verfasst hatte, war bislang unbeantwortet geblieben. Und obwohl sie hier vor Ort so gute Erfahrungen mit dem Rathaus und seinem Archivar gemacht hatte, hatte sie relativ wenig Hoffnung, dass sie in der Frage einer möglichen Adoption in den frühen Sechzigern etwas herausfinden würde.

Sie seufzte, schaltete die Lichter im Wohnzimmer aus und ging ebenfalls ins Bett.

Wie immer am Mittwoch, holte sie die Kinder bereits um 14 Uhr aus der Betreuung und die drei trafen sich im Café des Bains am Zentralen Strand von Saint Georges mit Marie zu Kaffee und Eis.

Maries Wangen leuchteten. Sie wirkte, als hätte sie gute Nachrichten.

Emilie hielt ihre Neugier an der kurzen Leine, bis sie drinnen saßen und die Kinder jeweils ihr Eis ausgesucht hatten.

»Und was gibt es Neues?«, platzte sie heraus. Die ältere strahlte sie an und ihre Augen wurden feucht.

»Zoe hat geantwortet.«

»Und?« Emilie war so aufgeregt, dass sie ihre Finger im Schoß knetete.

»Sie hat sich gefreut. Also sie war auch total überrascht, weil ihr Vater wohl nur … also nicht viel über mich erzählt hat. Aber sie hatte einige Fragen und ich habe versucht ein wenig zu erklären … aber ich weiß natürlich nicht, ob sie dann noch von mir hören will …« Sie senkte den Blick. Der Glanz war aus ihren Augen gewichen, als habe jemand den Stecker der Weihnachtsbeleuchtung gezogen.

»Ach, Quatsch, wenn man dir so zuhört, könnte man meinen, du hättest einen umgebracht …« die andere sah auf. »Hast du doch nicht, oder?«, fragte sie eine Nuance zurückhaltender. Marie lachte freudlos auf und schüttelte dann den Kopf.

»Nein, das wohl nicht, aber ich glaube, es ist fast genauso schlimm …«, gestand sie leise. Ehe Emilie nachhaken konnte – und dieses Mal hätte sie es getan, denn sie hatte die Nase voll von der Geheimniskrämerei – kam der Kellner.

»Voilà, une glace à la fraise.«

»Pour moi!!! Erdbeere ist für mich«, quietschte Elise fröhlich und rutschte aufgeregt auf ihrem Stuhl hin und her.

»Et le chocolat pour Monsieur alors?«

»Exactement«, bestätigte Paul lässig, »das Schokoladeneis ist für mich.«

Emilie betrachtete die beiden voller Stolz und wartete ungeduldig, dass der Kellner auch die beiden Cafés au lait abstellte und endlich ging. Sie wandte sich gerade wieder an Marie, als ihre Tochter ihren langstieligen Eislöffel über den Tisch streckte und ihn der älteren hinhielt: »Willst du mal probieren, Oma?«

Plötzlich schien die Zeit stillzustehen. Der Moment zog sich wie Sirup. Emilies Blick folgte dem Löffel und dann weiter auf der unsichtbaren Achse bis zu Maries Augen. Ihre Blicke trafen sich und plötzlich traf sie die Erkenntnis wie ein Blitz.

Ihr Herz setzte einen Schlag aus. Die Art wie sich die Fältchen um ihre Augen kräuselten, wenn sie lachte. Diese eigentümliche, ganz leicht schiefe Haltung, die sie hatte, wenn sie ging und den linken Arm mehr schlenkerte als den rechten … Sie blickte in das Gesicht ihrer Großmutter und alle Farbe wich aus ihrem eigenen. Nein, es war das Gesicht der jüngeren Schwester ihrer Großmutter.

Maries sechster Sinn hatte Emilies Reaktion richtig gelesen und so saß sie nur still da und sah dabei zu, wie die Palette der Emotionen über ihre Züge jagte. Das Geburtsdatum – endlich war der Groschen gefallen.

»Rosemarie Fournier«, formten Emilies Lippen stimmlos, denn ihr Hals war so trocken, dass sie beim besten Willen keinen Ton herausbekommen hätte.

Kaum merklich nickte Marie und ihre Augen füllten sich mit Tränen. Sie biss sich auf die Lippe und wrang ihre Hände im Schoß.

Elise, die von einer zur anderen blickte, fragte: »Magst du kein Erdbeereis?« Vom Löffel tropfte ein dicker Klecks auf den Tisch.

Ihre Mutter war immer noch außerstande sich zu bewegen. Sie starrte nur mit offenem Mund ihre Freundin an, während die ihren Blick löste, Elise anlächelte, das Eis kostete und bestätigte, dass sie Erdbeere auch sehr gern mochte.

Wie war das nur möglich? In Emilies Kopf wirbelte ein Tornado aus Fragen und Gedanken und dann ging ihr ein Licht nach dem anderen auf: Deshalb war Marie damals so lange verschwunden, als sie anfing mit ihren Recherchen voranzukommen. Und die nächste Erkenntnis traf sie mit noch größerer Wucht: Deshalb hatte sie keinen Kontakt zu ihrem Sohn und ihren Enkeln. Er war es, den sie damals weggegeben hatte …

»Wie …?«, brachte sie ihre unzusammenhängenden Fragen in einem einzigen ebenso wenig aussagekräftigen Wort zum Ausdruck.

Die andere nahm ihre Brille ab und tupfte sich unauffällig die feuchten Augen ab. Dann hob sie die Schultern und ließ sie in einer hilflosen Geste wieder fallen.

»Ich weiß es nicht.«

»Wusstest du …«, krächzte Emilie noch immer weder Herrin ihrer Stimmbänder noch Gedankenketten.

Ein Ausdruck tiefer Zärtlichkeit trat in Maries Gesicht. Sie nickte.

»Ja, du siehst aus wie Joci. Es war so ein Schock, dich das erste Mal am Strand zu treffen – und als du mich dann auch noch direkt nach ihr gefragt hast … ja, ich wusste es sofort … aber ich hatte solche Angst.«

Jetzt kamen auch Emilie die Tränen und sie wusste nicht ob es die Wut war, dass die ältere sie so lange im Unklaren gelassen hatte oder die Rührung oder die Freude oder egal, die Tränen liefen ihr jedenfalls über die Wangen.

»Aber warum …?« Das mit den unvollendeten Fragen musste aufhören, aber ihre Stimme brach, kaum dass sie sie wiedergefunden hatte.

Wieder zuckte Marie mit den Achseln und sah betreten in ihren Schoß.

»Ich habe so viel falsch gemacht in meinem Leben … und ich wusste nicht, was Jocelin oder Catherine dir erzählt hatten …«

»Du kanntest meine Mutter?« Hemmungslos flossen jetzt die Tränen über ihre Wangen.

Wieder nickte die andere.

»Nicht gut, aber wir hatten etwas Kontakt nach dem Tod meiner Schwester … und dann kam plötzlich keine Antwort mehr auf meine Briefe … jetzt weiß ich, dass sie damals gestorben ist … es tut mir so leid.«

Auch Maries Stimme brach und sie hob ihr tränenfeuchtes Gesicht.

»Ich wollte dir nicht wehtun. Und ich wollte dir auch nichts vorenthalten. Ich habe es so genossen, dich und die Kinder besser kennenzulernen …« Sie verstummte und warf ihr einen flehentlichen Blick zu.

Emilie war so vollkommen von ihren Emotionen überrannt, dass sie nicht gewusst hätte, was sie sagen sollte. Aber irgendwo in ihrem Inneren entschied ein Engelchen, dass Wut heute keinen Ausgang bekäme. Also spülte sich die Freude an die Oberfläche. Mit weichen Knien erhob sie sich und taumelte einen Schritt auf Marie zu. Die stand ebenfalls auf, unsicher, was jetzt geschehen würde. Emilie wusste es selbst nicht, bis sie der anderen um den Hals gefallen war und die kleine Französin schluchzend an ihre Brust drückte.

»Ich habe dich gefunden«, flüsterte sie.

»Mama, warum weinst du denn?«, fragte ein sichtlich irritierter Paul.

»Oh gar nichts, Tigerchen.« Sie versuchte sich zusammenzureißen, gleichzeitig auf ihren wackeligen Beinen das Gleichgewicht zu halten und sich unter der Brille die Tränen abzuwischen. »Ich freu mich bloß so.«

»Worüber?«, fragte ihr Sohn misstrauisch. Sie blickte auf ihre Verwandte, die sie immer noch in einem Arm hatte und ebenfalls lachend mit den Tränen kämpfte.

»Ich habe meine Tante wiedergefunden.«

»Du hattest deine Tante verloren?«, fragte Elise und legte ihren Lockenkopf schief.

»Das ist eine lange Geschichte, die erzähle ich euch mal in Ruhe, wenn ihr ein bisschen größer seid.« Ihre Tochter zuckte die Schultern und schlürfte weiter geschmolzenes Eis von Ihrem langen Löffel.

Paul gab sich wie immer nicht so leicht zufrieden.

»Und wo ist deine Tante?«

»Na hier.« sagte sie und lächelte ihren Großen an.

»Aber das ist doch Marie.«

Die Frauen tauschten einen innigen Blick.

»Genau, das ist meine Großtante Rosemarie.«

Paul sah nochmal zwischen den beiden hin und her, dann schenkte er ihnen ein schiefes Lächeln, das durch seine Zahnlücke nur um so verwegener aussah, und zuckte lässig die Achseln. »Cool. Kann ich dann jetzt Tante Marie sagen?«

»Natürlich«, bestätigte die, »musst du aber nicht.« Den Nachsatz wedelte er einfach weg.

»Passt schon.« Emilie verkniff sich das Lachen und strubbelte ihm durch die kurzen blonden Haare.

»Danke, mein Großer.« Daumen hoch und Löffel voller Schokoeis in die Schnute und die Sache war geritzt.

Die Frauen ließen sich wieder auf ihre Stühle fallen.

Immer noch fassungslos starrte Emilie Marie an.

»Jetzt versteh ich auch, warum du solche Angst davor hattest, den Kontakt zu deinen Enkeln aufzunehmen … tut mir leid, dass ich dich so gedrängt habe.« Ihre Verwandte wischte sich noch einmal über die Augen. Dann setzte sie ihre Brille wieder auf und sah sie an.

»Nein, Liebes, deine Hartnäckigkeit war das Beste, was mir passieren konnte. Sonst hätte ich mich vielleicht nie getraut – und sie hat geantwortet. Ich habe doch schon alles gewonnen.« Sie schenkte ihr ein warmes Lächeln und legte ihre Hand auf die ihrer Großnichte. »Und jetzt habe ich auch noch euch, das ist doch das schönste Geschenk aller Zeiten.« Emilie erwiderte ihren Händedruck.

»Aber was ist denn damals bloß passiert?«

Doch ehe die andere antworten konnte, übernahm das Leben oder genauer gesagt die Schwerkraft und der langstielige Eisbecher von Elise, der zum Glück schon fast leer gewesen war, kippte in ihren Schoß und verteilte seine flüssigen rosa Reste auf ihrem Kleid. Empört quiekte das kleine Mädchen los. Ihre Mutter sprang auf und versuchte dem Chaos so schnell wie möglich mit den Papierservietten Herr zu werden, die Marie ihr anreichte – der guten Stimmung am Tisch tat das Ganze jedoch keinen Abbruch, auch wenn die Fortsetzung des Gespräches warten musste. Alle lachten, bis ihnen die Tränen kamen über die rosa Kleckerei und all den anderen Stress, der nach und nach von ihnen abfiel.

Gibt es fünfblättrige Kleeblätter?

Der Tag wurde immer besser. Daniel hatte den Wettlauf gegen sämtliche öffentliche Verkehrsmittel tatsächlich gewonnen und trat um kurz nach fünf durch die Haustür. Da Emilie es nicht gewagt hatte, den Kindern etwas von seiner möglicherweise früheren Ankunft zu sagen, war ihr Freudengeschrei nun umso größer als sie plötzlich ihren Vater erblickten.

»Papaaaaa!« Beide Kinder schnellten gleichzeitig vom Boden hoch, wo sie gespielt hatten, und rannten ihn im wahrsten Sinne des Wortes um. Daniel taumelte mit einem Kind in jedem Arm rückwärts gegen die Haustür und lachte kehlig. Emilie legte ihr Buch beiseite und konnte dem Impuls, ihm ebenfalls an den Hals zu springen gerade noch widerstehen. Nachdem er sich seiner süßen Last entledigt hatte, schloss er sie zärtlich in die Arme, hob sie ein Stück hoch und küsste sie lange und sehnsüchtig auf die Lippen. Sofort begann ihr ganzer Körper zu kribbeln.

Sie lehnte sich ein Stück zurück und fuhr mit beiden Händen über seinen verwucherten Backenbart. Kichernd legte sie ihre Stirn an seine.

»Ich glaube, Herr Saager, Sie brauchen mal einen Haarschnitt und eine Rasur.«

Er ließ sie auf den Boden gleiten und fuhr sich mit einer Hand über das aus der Form geratene Haar am Hinterkopf.

»Da haben Sie wohl recht, Frau Saager.«

»Hast du uns was mitgebracht?«, meldete sich Paul wieder. Die Eltern tauschten einen liebevollen Blick und

Daniel ließ mit einem übertriebenen Stöhnen die schwere Tasche auf einen Sessel fallen.

»Na, dann wollen wir doch mal sehen.«

Sie hatten einen extrem lustigen Abend mit viel zu viel Pizza – denn dieses Mal hatten sie tatsächlich einen offenen Lieferdienst gefunden und das Essen war fantastisch. Nach noch mehr Eiscreme und vielen, vielen Geschichten, waren die Kinder endlich eingeschlafen. Daniel trat, sich müde die Augen reibend, wieder ins Wohnzimmer und sie sprang rasch von der Couch auf, um ihm entgegenzukommen.

»Du Armer, kann ich dir irgendwas Gutes tun?« Ein anderer Ausdruck trat in ihre Augen und er griff die Einladung auf und zog sie an sich.

»Mir würde da direkt was einfallen.« Sein Kuss war zärtlich und fordernd zugleich. Emilie genoss den Schauer, der über ihren ganzen Körper lief und dirigierte ihn Richtung Schlafzimmer.

Natürlich konnten sie am nächsten Morgen nicht ausschlafen, denn schließlich war es ein normaler Wochentag und trotzdem waren alle ausnehmend guter Laune.

Die Kinder ließen sich widerstandslos zur Schule bringen und der Papa musste auch nur drei Mal den kleinen Fingerschwur wiederholen und versprechen, dass er sie auf jeden Fall persönlich abholen würde. Als er eine Viertelstunde später zurückkam, hatte Emilie schon Kaffee für sie beide gekocht. Er lächelte ihr zu und zog sie zu einem innigen Kuss in seine Arme.

»Hmmm, du riechst gut.« Sie lachte und lehnte sich zurück.

»Und du siehst immer noch aus wie ein Räuber.«

»Was denn, ich denke, du stehst auf meinen Used-Look?« Sie legte den Kopf in den Nacken und warf ihm einen schiefen Blick zu.

»Also, ich glaube, so langsam ist das mehr Marke streunender Hund, oder?«

»Hey«, machte er empört und kitzelte sie kurz, ehe sie ihm entwischte.

»Geh duschen«, rief sie ihm aus der sicheren Distanz hinter dem Küchentresen zu.

Er trollte sich an ihr vorbei ins Bad. Sie sah ihm hinterher und erfreute sich an dem Gedanken, wie sehr sie es genoss, dass er wieder da war. Dass noch nicht alles geklärt war, verdrängte sie für den Moment. Es lief gerade so gut.

»Sag mal, wie wäre es, wenn ich meine Großtante heute Abend zum Essen einlade? Ich möchte so gern, dass du sie kennenlernst.«

Dass Marie ein Teil der Familie war, hatte sie ihm gestern Abend schon erzählt, sodass er jetzt ganz selbstverständlich aus dem Bad zustimmte. »Klar, das würde mich echt freuen. Spricht sie eigentlich Deutsch?« Emilie lachte.

»Ne, nur einzelne Brocken, aber ihr werdet euch schon verstehen.«

Er warf den Langhaarrasierer an und sie schrieb rasch eine Nachricht an ihre Tante. Die Antwort kam prompt.

»Was kann ich mitbringen?«

»Gar nichts, komm einfach gegen 18 Uhr, wir essen ja immer früh, wegen der Kinder.«

»Ich komme gern.«

Zufrieden legte sie das Handy beiseite und setzte sich mit ihrem Laptop an den Tisch. Erfreut stellte sie fest, dass sie eine weitere Anfrage von BetterHealth@Work hatte – nein, korrigierte sie sich erstaunt: es waren gleich mehrere Anfragen. Einerseits planten sie eine ganze Anti-Stress-Woche, in der sie um Vorschläge für verschiedene Vorträge gebeten wurde und für einen Kunden fragten sie außerdem ein Seminar an – allerdings in Präsenz. Beruhigt stellte sie fest, dass die Terminvorschläge alle erst für das zweite Halbjahr waren. Sie grinste. Wenn es erstmal lief.

Ihr Mann kam aus dem Badezimmer und fuhr sich mit einem Handtuch über den frisch geschorenen Kopf. Mit noch feuchtem, nackten Oberkörper stand er da und Emilie schenkte ihm einen lüsternen Blick. Er grinste sie an und verschwand dann doch wieder ins Bad.

Sie waren beide fleißig gewesen und hatten sich in der Mittagspause trotzdem einen längeren Spaziergang am Meer gegönnt. Pünktlich zum Läuten standen sie händchenhaltend vor dem Tor der Schule.

Paul kam ihnen als erster entgegen, schon von weitem mit einer Handvoll neuer Pokémon Karten wedelnd.

»Was ist das?«, raunte Daniel Emilie zu.

»Das sind die Karten, von denen er dir neulich erzählt hat«, erklärte sie, »er tauscht sie in der Schule … und irgendwie kommt der kleine Gauner jeden Tag mit ein paar neuen nach Hause. Ich kann nur hoffen, dass er sie wirklich geschenkt bekommt, so wie er sagt.«

Er drückte ihre Hand und zwinkerte ihr zu.

»Solange wir keine Klagen hören.« Sie erwiderte den Druck. Sie fingen Paul auf dem Hof ab und gingen direkt hinüber zum Kindergarten.

»Marie kommt heute Abend zum Essen«, bereitete sie ihre Kinder auf das Event vor.

»Tante Marie«, korrigierte Elise sie und schenkte ihr einen strengen Blick.

»Tante Marie«, bestätigte ihre Mutter lächelnd. Die kleine steckte erst in einem Ärmel ihrer Jacke, als ihrem kleinen Krauskopf eine neue Idee kam.

»Mama, gibt es fünfblättrige Kleeblätter?«

»Ich weiß nicht, Sternchen, warum?«.

»Vierblättrige Kleeblätter bringen doch Glück, oder?«

»Ja, das tun sie.«

»Und fünfblättrige?«

»Mäuschen, ich bin nicht sicher … ich habe noch nie eins gesehen.«

Entrüstung, ob dieser unzureichenden Aussage, stand in dem kleinen Gesicht.

»Aber wir sind doch jetzt ein fünfblättriges Kleeblatt mit Tante Marie.«

»Stimmt …«, gab sie zu.

Daniel sprang ihr zur Seite.

»Die fünfblättrigen sind magisch … wie Einhörner.« Er zwinkerte seiner Frau zu und beide sahen auf ihr kleines Krausköpfchen hinunter. Die kleine wiegte ihre Lockenpracht kurz hin und her und dann explodierte ein fantastisches Lächeln auf ihrem Gesicht.

»Ja, genau, ist doch magisch, dass wir einfach so eine Tante geschenkt bekommen haben. Wie Weihnachten nur mit Menschen als Geschenke.« Sie plapperte vergnügt vor sich hin und ihre Eltern grinsten sich an.

Pünktlich um 18 Uhr klingelte es und Elise stürzte als erste zur Tür.

»Ich mach auf.«

»Okay, Sternchen, das ist Marie«, rief ihre Mutter aus der Küche.

»Tante Marie«, rief die Kleine lachend über ihre Schulter, während sie zur Tür hüpfte.

Wenig später zerrte sie die Angekündigte an der Hand hinter sich her in die Küche. Dann baute sie sich vor ihrem Vater auf und setzte ihren altklügsten Gesichtsausdruck auf.

»Das ist unsere neue Tante. Mama hatte sie verloren, aber nun hat sie sie wiedergefunden.« Marie lächelte und reichte Daniel die Hand. Er schüttelte sie und bot ihr direkt in seinem besten Schulfranzösisch an, ihr die Jacke abzunehmen. Sie dankte ihm – sogar auf Deutsch – und schälte sich aus ihrer dicken Hülle. Die Kinder sprangen schon wieder fröhlich um sie herum.

Emilie beeilte sich, ihren Auflauf auf den Tisch zu bekommen, während Daniel eine Flasche Wein öffnete. Das Essen wurde ausgesprochen lustig und die Kinder zeigten sich von ihrer besten Seite. Das Tischgespräch war ein wilder Mix aus Französisch und Deutsch, bei dem selbst den Eltern immer wieder vor Erstaunen die Münder darüber offenstanden, wie viele Vokabeln und Ausdrücke die Kinder bereits beherrschten. Sie hatten jedenfalls gar kein Problem, eine rege und lustige Konversation in Gang zu halten. Als Elise fast am Tisch einschlief und auch Paul kaum noch ein Gähnen unterdrücken konnte, schnappte Daniel sich die beiden und brachte sie ins Bett.

Emilie erhob ihr Glas und prostete ihrer Großtante zu.

»Auf die Familie.«

Die erwiderte die Geste und die Gläser klirrten zart. Beide nippten an ihrem Wein. Ein Lächeln umspielte Maries Lippen, als sie sich zufrieden seufzend zurücklehnte.

»Daniel ist wirklich ein toller Mann.« Emilie spielte, in Gedanken versunken, mit dem Stiehl ihres Weinglases.

»Ja, das ist er.«

»Ich bin froh zu sehen, dass ihr eure Differenzen klären konntet.«

»Na ja«, räumte sie ein und setzte sich aufrechter hin, »so richtig geklärt haben wir noch nichts … aber wir lieben uns, wir kriegen das hin.« Sie klang überzeugter als sie wirklich war. Und das Thema war es auch nicht, welches ihr unter den Nägeln brannte. Sie lehnte sich vor und mit den Ellbogen auf den Tisch.

»Entschuldige, wenn ich frage und wenn du nicht erzählen magst, dann lass einfach, aber was ist damals passiert? Warum hast du deinen Sohn zur Adoption freigeben und warum konnte ich dich nicht mehr in der Registratur von Saint Georges finden?«, platzte das neugierige Teufelchen in ihr mit einer Salve an Fragen hervor und spuckte sie ungebremst über den Tisch.

Emilie schlug die Hand vor den Mund.

Vielleicht war das jetzt doch etwas zu viel auf einmal gewesen. Bestürzt sah sie zu ihrer Tante, die eher belustigt wirkte. Dann winkte sie mit der Hand ab.

»Schon gut, das ist nichts, worauf ich stolz bin, und deshalb spreche ich auch so gut wie nie darüber. Genau genommen habe ich nur mit Xavier, meinem Mann, darüber gesprochen, er kannte alle Geheimnisse meiner Vergangenheit.« Sie zwinkerte ihrer Nichte zu, ehe sie melancholisch seufzte. »Der einzige gute Mann in meinem Leben und wir hatten nur fünf Jahre miteinander …« Einen Moment hing Marie einer offensichtlich schmerzhaften Erinnerung nach und Emilie hielt ihre Neugier im Zaum.

Dann begann sie langsam zu erzählen.

»Karim kam in der 9. Klasse an unsere Schule und war ein Charmeur vor dem Herrn. Ich war ein dummes Gänschen vom Dorf, knapp 15 Jahre alt und hatte von Liebe oder ähnlichem keine Ahnung. Sein Vater war Wanderarbeiter und nach diesem Schuljahr habe ich ihn nie mehr wiedergesehen … aber sein Andenken blieb.« Sie hielt inne, setzte die Brille ab und rieb sich über die Augen, als wäre sie müde. »Oh Gott, wie mein Vater getobt hat, als wir feststellten, dass ich schwanger war. Erst wollte er, dass ich es wegmachen lasse, aber dafür war es zu dem Zeitpunkt schon viel zu spät und außerdem wäre es dann öffentlich geworden und das wäre ihm noch peinlicher gewesen. Also hat er mich ein halbes Jahr lang quasi auf dem Hof versteckt, bis ich meinen Sohn bekam. Meinen wunderschönen kleinen Ludovic.« Wieder verging ein Moment, ehe sie weitersprechen konnte.

»Hätte ich ihn nicht mitten in der Nacht allein im Badezimmer geboren, ich schwöre, mein Vater hätte ihn mich nicht eine Sekunde lang halten lassen. So hatte ich diese wenigen, kostbaren Stunden mit meinem Kind. Doch bei Sonnenaufgang war alles vorbei. Er nahm mir das Baby weg und ich sah ihn nie wieder. Er zwang mich, die Papiere zu unterschreiben und am gleichen Tag schickte er mich in die Lehre bei einem befreundeten Bauern in das Pariser Umland … Getreidebauern … oh Gott haben wir dort hart geschuftet.« Sie setzte die Brille wieder auf.

»Kaum war ich 18, habe ich mich abgesetzt. Ich bin einfach weggelaufen … nach Paris gegangen und habe dort erst als Putzfrau und später als Kindermädchen gearbeitet. Irgendwann hatte ich Glück und es wurden Leute in der Schulbehörde gesucht. Mein damaliger Arbeitgeber, der dort im gehobenen Dienst war, hielt mich für klug genug und empfahl mich, obwohl ich keine Ausbildung hatte. Dank ihm konnte ich mein Brevet d'Etudes Professionnelles erlangen … das ist euren Fachausbildungen in Deutschland ähnlich … ohne diesen Abschluss hätte ich später nie in der Administration gearbeitet.» Sie nahm einen Schluck Wein und hing ihren Gedanken nach. Doch der Fokus kehrte rasch zurück.

»In meinen jüngeren Jahren bin ich viel gereist. So viel wie möglich, ehrlich gesagt, auch wenn die Möglichkeiten für junge, alleinstehende Frauen damals noch nicht die gleichen waren wie heute. Dabei habe ich auch meinen Mann in Marseille kennengelernt. Xavier war ein wirklich besonderer Mensch.« Ein Schatten huschte über ihr Gesicht. »Mit ganz besonderen Dämonen. Obwohl ich schon über 40 war, als wir heirateten, habe ich nicht direkt durchschaut, wie krank er wirklich war. Er hat mich ermutigt, nach Ludovic zu suchen. Und das habe ich auch, zunächst vergeblich, aber am Ende hat es sich ausgezahlt, hartnäckig zu bleiben. Ich habe erfahren, dass mein Sohn nur wenige Kilometer von meinem früheren Wohnort in Cognac aufgewachsen ist, und mit dem richtigen Namen konnte ich ihn dann über Instagram finden … naja, und den Rest kennst du.« Sie starrte in ihr halbvolles Weinglas, wie in eine Kristallkugel. »Er hat auf meine Kontaktversuche nur ablehnend reagiert. Und ich kann ihm nicht einmal böse sein. Für ihn habe ich ihn einfach weggegeben … mit so jemandem würde ich auch nichts zu tun haben wollen.«

»Aber jetzt hast du doch Kontakt zu Zoe, richtig?« Ein schüchternes Lächeln erschien auf Maries Gesicht.

»Richtig, stell dir vor, sie will sich mit mir treffen.«

»Wow, das sind ja richtig tolle Neuigkeiten.« Emilie war ganz aus dem Häuschen. Das eben gehörte berührte sie zutiefst und sie konnte nur ahnen, wieviel die andere in ihrem Leben durchlitten hatte, um die starke Frau zu werden, die heute vor ihr saß.

Marie seufzte und nahm einen Schluck Wein.

Daniel kam zurück ins Wohnzimmer und gesellte sich zu den beiden Frauen.

»Was habe ich verpasst?«

Emilie lächelte ihn an und streckte die Hand nach ihm aus.

»Gar nichts. Maries Enkelin will sich mit ihr treffen.«

»Das ist doch super, oder?« Die beiden Frauen tauschten einen intensiven Blick.

»Ja, das ist es«, bestätigte Emilie. Sie wandte sich wieder ihrem Mann zu, der mit der einen Hand ihre Finger streichelte und mit der anderen einen Schluck aus seinem Glas nahm.

»Möchte jemand noch was Süßes zum Abschluss?«, fragte er und war schon wieder aufgestanden. Emilie und Marie schüttelten lächelnd die Köpfe.

Sie sahen ihm nach, wie er in die Küche verschwand. Er bemühte sich wirklich, aber seiner Frau war nicht entgangen, wie unruhig er schlief und wie angespannt er immer noch war. Wie sehr wünschte sie sich, sie wäre bereits so weise wie ihre Tante und wüsste einfach, wie sie diese Situation für alle Beteiligten lösen konnte.

Sie würden um ein weiteres Gespräch nicht drum herum kommen …

Daniel war wieder an den Tisch getreten und hob sein Glas:

»Auf unser magisches 5-blättriges Kleeblatt – denn das sind wir doch jetzt. Und danke an meine wundervolle Frau, die uns dieses Abenteuer beschert hat.«

Marie sah aufmerksam von einem zum anderen und Emilie versuchte ihr rasch die Sache mit dem Kleeblatt zu übersetzen. Ihre Tante lachte und prostete ihr fröhlich zu. Auch Emilie erhob ihr Glas – doch ihre Gedanken waren noch bei dem, was ihr bevorstand und so fiel ihr Toast weit weniger euphorisch aus.

»Ja, in der Tat, auch das gehört zu meinem Aufgabenbereich. Wobei der Punkt, den Sie da angesprochen haben, bei uns im Hause noch etwas anders gelebt wird …«

Emilie warf einen Blick über den Rand ihres Bildschirmes hinüber zu ihrem Mann, der sich mit seinen Schallschutzkopfhörern in einem Videocall befand.

Sie hatte keine Ahnung, mit wem er sprach, aber es musste wohl ein Externer sein. Sie spitzte die Ohren als er begann über sein Jobprofil zu sprechen und das, was er seit neuestem machte. Wenn sie es nicht besser gewusst hätte, hätte sie behauptet, dass er mitten in einem Bewerbungsgespräch steckte … aber das konnte ja nicht sein. Sie wischte den Gedanken weg, erhob sich und machte Cappuccino für zwei.

Als er endlich auflegte, schaute sie ihn neugierig an.

»Was denn?«, fragte er, dem ihr Blick nicht entgangen war.

»Mit wem hast du denn gesprochen?«

»Ach das, das war nur ein Headhunter …«

»Echt?«, fragte sie verblüfft.

»Ja, die waren vor einer Weile schon mal auf mich zugekommen und hatten mich irgendwie noch in der Kartei und jetzt hat sich da was Konkretes ergeben …«

Sie hörte aufmerksam zu und versuchte nicht frühzeitig dazwischenzufragen. Doch ohne seine Ausführungen zu präzisieren, verstummte er und war schon wieder in etwas auf dem Bildschirm vertieft. Schließlich hielt es ihr Teufelchen nicht mehr aus und schwang die Peitsche:

»Und?«

»Und was?« Irritiert blickte er auf. Kaum, dass er einen halben Tag gearbeitet hatte, wirkte er schon wieder komplett gehetzt und vergaß alles, was sie an Kommunikation gerade erst mühevoll in Schwung gebracht hatten. Sie sah ihn an und hob die Hände mit den Handflächen zur Decke.

»Und, was ist das für ein Angebot? Und, worüber habt ihr gesprochen? Und, seit wann denkst du über einen Jobwechsel nach?«

Seine Irritation wuchs und er runzelte die Stirn.

»Ich suche gar keinen neuen Job, aber die sind mit einem Angebot gekommen und da wollte ich nicht unhöflich sein …«

Emilie schüttelte ungläubig mit offenem Mund den Kopf.

»Du bist echt unglaublich.«

»Wieso?«, Sein Ton hatte an Schärfe gewonnen.

»Du machst es schon wieder.«

»Und was genau mache ich schon wieder?«, presste er hervor.

»Du machst schon wieder irgendwelche Pläne und schiebst irgendwas an, ohne vorher mit mir zu sprechen.« Sie ließ die Arme kraftlos an ihren Seiten baumeln.

»Ich mache doch gar nichts. Die sind auf mich zugekommen. Als ob ich Zeit hätte, jetzt loszulaufen und mir noch was Neues anzulachen, wo meine Tage schon zu kurz sind für das, was ich auf dem Tisch habe …«

Sie sah ihn enttäuscht an. Er verstand offenbar nicht, worum es ihr ging. Resigniert nahm sie die Brille ab und putzte sie.

»Du machst deine Gläser kaputt«, sagte er, ohne hinzusehen.

»Und du machst unsere Ehe kaputt.«

Daniel sah von seinem Laptop auf. Schock stand auf seinen Zügen. »Was ist denn in dich gefahren?«

»In mich? Gar nichts! Ich versuche hier mit aller Kraft, dass wir zu einem normalen Umgang zurückfinden, zu einer offenen Kommunikation, so wie wir sie mal hatten … und das Nächste, was ich höre, ist, dass sich da eine so wichtige Chance aufgetan hat, dass du die ernst genug nimmst, um dir heute Zeit für ein Gespräch zu nehmen. Ich hätte mir einfach gewünscht, dass du mit mir darüber sprichst!« Verletzt sah sie ihn an. Da ihm aber in diesem Augenblick gar keine Erwiderung einfiel, sprang sie auf und floh ins Schlafzimmer. Der kleine Raum taugte als Fluchtweg ebenso wenig wie als Zufluchtsort, also zog sie rasch ihre Sportsachen an und stürzte an ihm vorbei aus der Tür, um Laufen zu gehen. Der Frust brauchte ein Ventil und heulen war keine Lösung.

Emilie schniefte und schnaufte.

Idiot, dachte sie und noch einmal, was für ein Idiot. Ihre Schritte beschleunigten sich.

Als sie zurückkam war Daniel in ein Excelsheet vertieft und hob kaum den Kopf, um sie zu begrüßen. Grummelnd ging sie unter die Dusche. Erwartete er jetzt etwa, dass sie seine blöde Aktion einfach vergessen hatte? Sie schob den Gedanken beiseite und atmete tief durch.

Es half nichts. Er hatte sich nicht über Nacht geändert … schön. Sie vermutlich auch nicht. Sie grinste, während sie energisch ihre Haare einseifte. Es würde eben noch eine Weile dauern, bis das mit der alten Komplizenschaft wieder blind hinhaute.

Es war Freitag und sie holten die Kinder gemeinsam von der Schule ab. Daniel hatte das Thema nicht nochmal angesprochen und so wie er aussah, hatte er wahrscheinlich eine Million anderer Dinge im Kopf. Also ließ Emilie es fürs erste auch dabei bewenden. Aufgeschoben ist nicht aufgehoben, dachte sie sich.

Schon von weitem konnten sie erkennen, dass der Paul, der ihnen entgegenkam, alles andere als glücklich wirkte. Er hatte die Unterlippe vorgeschoben und hielt den Kopf gesenkt, mit verschränkten Armen stapfte er auf sie zu. Da Madame Malavalle nicht nach ihnen winkte, nahm sie ihren Sohn in Empfang und beugte sich zu ihm herunter.

»Hey, Tigerchen, was ist denn los?«

»Nichts«, lautete die einsilbige Antwort. Danach schwieg er hartnäckig. Erst als sie vor Elises Tür darauf warteten, dass auch die Kindergartenkinder an ihre Eltern übergeben wurden, platzte es aus ihm heraus.

»Alexis ist nicht mehr mein Kumpel. Heute hat er einfach beim Tauschen geschummelt und mir zwei Karten weggenommen und ich war nicht einverstanden, aber ich konnte es ihm nicht erklären.« Seine Augen füllten sich bei der Erinnerung an die Ungerechtigkeit mit Tränen.

»Oh, mein Großer«, sagte Emilie sanft und ging in die Hocke, um ihn in den Arm zu nehmen, doch er schüttelte sie ab.

»Hier ist alles doof.« Er ging ein paar Schritte von ihr weg und wischte sich zornig über die Augen. In dem Moment wurde die Tür aufgerissen und die jüngeren Kinder kamen hübsch geordnet eines nach dem anderen heraus. Auch Elise hatte heute offensichtlich keinen guten Tag gehabt. Als sie ihre Eltern erblickte, rannte sie los und stürzte sich weinend in die Arme ihres Vaters.

»Sternchen und was war denn bei dir los?«

»Monsieur Flaveau hat mit mir geschimpft …«, schluchzte sie, »und dabei wollte ich doch nur Sarah trösten.« Sie zog hörbar die Nase hoch. »Aber Sarah ist grün und ich hab doch einen blauen Rahmen und dann durfte ich nicht zu ihr hin …« Sie vergrub ihren Lockenkopf am Hals ihres Vaters. Emilie strich ihr über das Haar und schluckte.

Dass es innerhalb der Gruppe diese Unterteilung nach Farben gab, hatte sie ja schon am Anfang wahrgenommen. Das allerdings derartig streng auf ihre Trennung geachtet wurde, hatte sie natürlich nicht geahnt. Sie sah Daniel an, der ebenfalls nur hilflos mit den Schultern zuckte und mit einer hochgezogenen Augenbraue Unverständnis signalisierte. Sie winkte ab und wandte sich an Paul.

»Kommt ihr zwei, ich glaub, es ist Zeit für eine große Portion Pfannkuchen.« Das machte natürlich nicht alles gut, aber die beiden ließen sich doch dazu bewegen, wenigstens den Heimweg anzutreten.

Am späten Nachmittag, nach Pfannkuchen und einem ausgiebigen Ausflug mit den Fahrrädern auf der Strandpromenade, saßen sie abends am Tisch und genossen einen Nudeleintopf, den auch die Kinder ausnahmsweise ohne Gemecker gegessen hatten.

»Es kann sein, dass ich kommende Woche doch nochmal früher zurückmuss«, entschlüpfte es Daniel plötzlich und Emilie fiel vor Schreck die Gabel aus der Hand.

»Wie bitte?«

»Es geht um ein wichtiges Meeting. Einer von den obersten aus dem Valley kommt extra rüber … da muss ich persönlich anwesend sein …« Sie schlug mit der Faust auf den Tisch. Das Geschirr klirrte, die Kinder zuckten zusammen und sahen verschreckt von einem zum anderen.

»Das ist nicht dein Ernst.« Wütend starrte sie ihn an.

»Meinst du vielleicht, mir macht das Spaß? Aber ich kann es doch nicht ändern, die Firma …« Emilie war aufgesprungen.

»Die Firma, die Firma, Daniel, verdammt, ich dachte wirklich, wir wären einen Schritt weiter und du hättest verstanden, dass wir dich brauchen …« Energisch piekte sie mit dem Zeigefinger auf ihre Brust. Sie war viel zu aufgebracht und wusste es, aber sie hatte schon so viel entschuldigt und bei der erstbesten Gelegenheit war wieder alles für die Katz.

Eine Frustträne löste sich aus ihrem Augenwinkel.

»Das kann doch nicht wahr sein, dass du uns jetzt schon wieder hängen lässt!« Auch er war aufgesprungen.

»Emilie, ich tue doch alles Menschenmögliche …«

»Hört auf!« Dieses Mal war es an den Erwachsenen, die Kinder mit offenem Mund anzustarren.

Elise saß stumm da. Dicke Kullertränen liefen ihr über beide Wangen. Paul hingegen hielt seine Gabel umklammert und hatte mit beiden Fäusten gleichzeitig so auf seinen Teller geschlagen, dass der zunächst hochgehüpft und dann klirrend am Boden zerbrochen war.

»Scheiße, Paul«, fluchte sein Vater, während Emilie in die Küche eilte, um einen Lappen zu holen. Ihr Sohn war aufgesprungen und Richtung Wohnzimmer gerannt. Daniel begann die Scherben aufzusammeln und Emilie reichte ihm den Lappen. Dann nahm sie Elise auf den Arm und drückte sie an sich.

»Sternchen, es ist alles okay, es tut mir leid. Mami und Papi wollten dich nicht erschrecken.«

»Eini«, jammerte sie und meinte damit ihr Einhorn. Emilie lief mit der Kleinen auf dem Arm hinüber ins Kinderschlafzimmer, wo das Plüschtier schon darauf wartete, dass die Kinder ins Bett kamen. Sie setzte sich mit ihrer Maus und wiegte sie in ihren Armen, bis sie sich beruhigt hatte.

Als sie wieder ins Esszimmer kamen, hatte ihr Mann die Scherben in den Müll gebracht und wusch den Lappen in der Spüle aus. Sie ließ den Blick durch den Raum und hinüber ins Wohnzimmer schweifen.

»Wo ist Paul?«, frage sie dann und runzelte die Stirn. Daniel blickte auf und zuckte mit den Achseln.

»Keine Ahnung, ich dachte er wäre bei dir.« Sie schüttelte den Kopf und setzte Elise ab. Sie fand Paul weder im Schlaf- noch im Badezimmer und auch auf der Toilette war er nicht. Unruhe erfasste sie. Sie eilte zurück in den Essbereich und ins Wohnzimmer. Die Tür zur Terrasse klapperte angelehnt mit jedem Luftzug. Ihr Herz machte vor Schreck einen Satz. Sie rannte zur Tür und rief laut Pauls Namen, erhielt jedoch keine Antwort.

Daniel kam mit einem alarmierten Gesichtsausdruck um die Ecke, Elise auf dem Arm. Emilie warf ihm einen verzweifelten Blick zu und er verstand sofort. Auch er begann zu rufen und durchkämmte die Wohnung ein zweites Mal. Emilie ihrerseits rannte auf Socken über die

Terrasse und durch den feuchten Rindenmulch im Vorgarten zur Straße.

Die Gartenpforte stand sperrangelweit offen. Ohne nachzudenken, rannte sie mitten auf die nächtliche Straße, sah sich hektisch in beide Richtungen um und schrie Pauls Namen in die Dunkelheit – ohne Erfolg.

Panik erfasste sie. Mit dem nächsten Schritt wurde ihr schmerzhaft bewusst, dass sie keine Schuhe trug.

Sie schaute noch einmal die menschenleere Straße hinauf und hinunter und rannte dann wieder hinein, um sich Schuhe und Jacke überzuwerfen.

Daniel stand bereits an der Tür, jetzt mit seiner Tochter im Arm und einem ebenfalls besorgten Gesichtsausdruck.

»Wo kann er nur hin sein?« Emilie zuckte mit den Achseln, während sie bereits in die Schuhe schlüpfte und ihre Jacke vom Haken zerrte.

»Keine Ahnung. Aber weit kann er nicht gekommen sein … auf Socken und bei der Kälte … und er kennt hier in der Gegend nicht viel …« Sie sprach mehr mit sich selbst als mit ihrem Mann, der hilflos danebenstand.

»Wo soll ich suchen?«, fragte er bemüht, sich einzubringen. Eine Sekunde überkam sie der Zorn, dass er so sehr den Anschluss an sie und die Kinder verloren hatte, dass er nicht einmal das wusste, Mister Ich-muss-es-immer-alles-richten, doch dann wich das Gefühl der wachsenden Sorge um ihren Sohn. Sie schnappte sich Autoschlüssel und Handy und rief im Laufen über die Schulter:

»Bleib du hier und sag Bescheid, wenn er zurückkommt. Ich fahr zum Strand und zur Schule … viel mehr kennt er hier ja nicht wirklich.«

Sie fuhr erst konzentrisch das Viertel ab, um Paul abzupassen, falls er im Dunkeln irgendwo abgebogen war und jetzt eventuell durch die Straßen irrte. Weil der Strand örtlich näher war, fuhr sie zunächst dort hin, ließ das Auto achtlos offen am Straßenrand stehen und rannte in die Finsternis. Selbst mit ihrer Taschenlampenfunktion am Smartphone musste sie extrem aufpassen, wo sie hintrat.

Immer wieder rief sie laut nach ihrem Sohn, erhielt jedoch keine Antwort. Es war richtig kalt geworden und der Wind frischte ebenfalls auf. Ihre Sorge wuchs, dass Paul womöglich gestürzt sein und nicht antworten konnte, aber als sie ihn rund um ihren üblichen Strandzugang nicht fand, gab sie auf und fuhr weiter zur Schule.

Die Straße war zwar nachts beleuchtet, aber ebenfalls verwaist. Keine Menschenseele in Sicht, geschweige denn ihr kleiner Junge. Sie hielt am Tor auf der Auffahrt und sprang wieder aus dem offenen Wagen. Das Tor war verschlossen und die Mauer zu hoch, als dass ein Sechsjähriger sie hätte erklimmen können.

Ihr war warm vom vielen Schreien und Rennen, doch die Angst, wie kalt Paul sein musste, ließ auch sie erzittern. Wieder blieben ihre Rufe unbeantwortet. Verzweifelt blickte sie sich um. Was kannte er noch, wo könnte er sein? Sie sprang zurück in den Wagen und während sie rechts Richtung Zentrum abbog, wo am Ende der Straße die Eisdiele lag, klingelte ihr Telefon.

Vor Schreck tippte sie reflexartig auf das Display ohne zu sehen, wer anrief. »Daniel?«, fragte sie atemlos.

»Nein Liebes, ich bin es, Marie. Was ist denn los?« Ihre Tante hatte sofort erkannt, dass etwas nicht stimmte.

»Paul ist weggelaufen«, rief sie und die Verzweiflung schnürte ihr die Kehle zu.

»Wann?«, fragte Marie pragmatisch, »von wo und wo bist du?«

Emilie bewunderte ihre Ruhe und versuchte ebenso sachlich zu antworten. »Vor etwa einer halben Stunde. Er ist von zu Hause aus einfach weg … und er hat nur Socken an.« Nun fing sie doch an zu schluchzen, die andere blieb jedoch völlig ruhig und wiederholte den letzten Teil ihrer Frage.

»Wo bist du jetzt?«

»Ich war am Strand und in der Schule und an der Eisdiele ist er auch nicht … «

»Was ist mit dem Spielplatz?«

Richtig, fiel es ihr wie Schuppen von den Augen. Da war der kleine Spielplatz bei dem sie schon ein paar Mal gewesen waren … aber das war schrecklich weit … egal.

»Ich fahre direkt hin«, sagte sie und gab Gas.

»Ist gut, ich setze mich ins Auto und bin in 15 min bei euch zu Hause.« Emilie schniefte ein »Danke«.

Binnen fünf Minuten war sie am Spielplatz angekommen. Mit einem unguten Gefühl rannte sie durch das Drehkreuz zu der nachts verschlossen Pforte. Sie rief wieder laut nach ihrem Sohn, doch außer ein paar Vögeln, die empört aufflatterten, traf sie niemanden. Der Park war nach allen Seiten von Straßen mit Laternen begrenzt und damit gut einzusehen, aber weit und breit war nichts zu erkennen, was nach einer menschlichen Präsenz aussah.

Da! Ein Spaziergänger mit einem Hund bog um die Ecke und sie stürzte auf ihn zu.

»Entschuldigen Sie, kommen Sie aus dieser Richtung? Haben Sie vielleicht einen kleinen Jungen gesehen? Ungefähr so groß und blond?«

Der Mann, der zunächst einen Schritt zurückgewichen war, als sie auf ihn zugeschossen war, trat nun näher und schüttelte mit einem entschuldigenden Blick den Kopf.

»Nein, Madame, es tut mir leid, aber ich habe niemanden gesehen und ja, wir kommen aus der Richtung.« Das war zwar grob die Straße, die zurück zum Haus führte, aber offensichtlich war Paul nicht auf diesem Weg unterwegs gewesen.

Emilie bedankte sich trotzdem und rannte zurück zu ihrem Wagen. Mit quietschenden Reifen raste sie wieder los, besann sich jedoch nach wenigen Metern und kroch dann auf dem Weg nach Hause von Seitenstraße zu Seitenstraße, um jeweils in beide Richtungen hineinsehen zu können. Keine Spur von ihrem Kind.

Wieder klingelte ihr Smartphone und sie tippte rasch auf Annehmen.

»Ja hallo?«

»Hast du ihn gefunden?«

Ihr Herz sank.

»Nein«, erwiderte sie, »und das heißt wohl, dass er auch nicht nach Hause gekommen ist.«

»Nein«, knirschte Daniel. »Soll ich dir nicht doch suchen helfen?«

Sie schüttelte matt den Kopf und sagte dann laut:

»Nein, lass, du kennst dich hier in der Gegend ja noch weniger aus. Marie kommt gleich. Vielleicht hat sie noch eine Idee.«

»Ich glaube, sie hält gerade hier, ich sehe Scheinwerfer … ja, sie ist es. Wo bist du?«

Emilie setzte geistesabwesend den Blinker.

»Biege gerade in unsere Straße ein.« Ohne ein weiteres Wort legten sie auf.

Sie machte sich nicht die Mühe ordentlich zu parken oder den Motor abzuschalten. Sie sprang nur aus dem Wagen, stieg mit dem Fuß in den Türrahmen und stemmte sich über die Fahrertür.

»Auf dem Spielplatz ist er nicht«, rief sie ihrer Tante zu, die ihr schon entgegeneilte.

»Am Strand«, rief die außer Atem, als sie die Beifahrerseite erreichte.

»Aber da war ich schon«, protestierte Emilie.

»Bei den Höhlen?«, hakte Marie nach und stieg einfach ein.

Sie schlug sich innerlich vor die Stirn, sprang zurück hinter das Steuer und wendete den Wagen so schnell sie konnte. Binnen Minuten waren sie am Strand und rannten Seite an Seite in Richtung der Felsen. Emilie hatte dieses Mal dichter am Ende der Bucht geparkt und beide beleuchteten den Weg vor ihren Füßen mit den Handylampen.

Emilie schrie und schrie, bis sie fast keine Stimme mehr hatte. In der ersten Bucht hatten sie keinen Erfolg. Bei dem aktuellen Wasserstand kamen sie nicht umhin, sich nasse Füße zu holen, doch Emilie merkte es nicht einmal. Sie rannte blindlings weiter, auch wenn das Wasser um sie herum nur so spritze. Sie konnte immer nur daran denken, dass ihr Junge jetzt schon über eine Stunde in dieser Kälte draußen war. Immer wieder versuchte sie sich daran zu erinnern, welchen Pullover er angehabt hatte … und dann sah sie an einem Felsen eine orange Reflexion. Den orangen mit dem Dinosaurier, schoss es ihr durch den Kopf.

»Da!« Ohne langsamer zu werden, änderte sie die Richtung und stürzte auf den Felsvorsprung zu. Er lag zwar etwas über dem Wasser, doch wenn sie sich nicht täuschte, war die Höhle auch nicht besonders tief und bot so höchstens einen minimalen Schutz vor dem Wind, der hier viel kräftiger wehte.

»Paul«, brüllte sie über eine Böe und das Meeresrauschen hinweg und der orange Haufen regte sich. Ein blondes Haarbüschel kam im Lichtschein ihres Handys zum Vorschein und fast wäre es ihr aus der Hand gefallen. Seine Lippe war blutig und außerdem blau. Die Augen in seinem blassen Gesicht blinzelten gegen das Licht und sofort senkte sie das Telefon.

»Paul«, wiederholte sie leiser und war bereits dabei, am Reißverschluss ihrer Jacke zu zerren. Mit einem letzten Schritt war sie bei ihrem Sohn, der matt und zitternd auf einem Stein hockte. Seine Hose war bis über die Knie dunkel vor Nässe und als sie ihn an ihre Brust zog, spürte sie, wie die Feuchtigkeit seiner Kleider auch sie erschauern ließ. Aus hohlen Augen blickte er sie an und wirkte, als habe sie ihn geweckt.

»Mir ist so kalt«, wimmerte er, »und das Wasser kommt immer höher.« Erst jetzt bemerkte sie die Wellen, die auch in ihre Stiefel schwappten. Sie streifte ihre Jacke ab und legte sie Paul um die Schultern. Er schob extrem langsam die Hände in die viel zu langen Ärmel.

»Komm auf meinen Rücken, Tigerchen, ich trag dich.« Er nickte kaum wahrnehmbar und rutschte an sie heran. Eine Hand stützte ihn, damit er nicht abrutschte, als sie sich umdrehte. Marie stand neben ihr im Wasser und half dem Jungen dabei, vom Stein auf den Rücken seiner Mutter zu gleiten, ohne sie beide aus dem Gleichgewicht zu bringen.

Emilie spürte weder die Kälte noch ihre nassen Füße, auch Pauls Gewicht registrierte sie nicht. Sie hatte eine Mission, und zwar ihren Sohn so schnell wie möglich ins Warme zu bringen. Sie stapfte los, strauchelte, stapfte weiter und lief so rasch sie ihre Beine in der Dunkelheit über den unebenen Strand trugen zurück zum Auto. Ihre Tante hielt sich wacker, stumm an ihrer Seite. Gemeinsam verfrachteten sie den erschöpften Jungen ins Auto und rasten zurück zur Wohnung.

Daniel empfing sie bereits an der Haustür und als er sah, dass Emilie die Tür hinter der Fahrerseite aufriss, sprintete er sofort los, um zu sehen, was zu tun war. Er hob seinen Sohn aus dem Wagen und trug ihn ins Haus. Die Frauen warfen die Wagentüren zu und folgten ihm so rasch wie möglich.

Ohne die Schuhe abzustreifen, rannte Emilie durch, denn ihr Mann hatte den Jungen direkt ins Bad getragen und war bereits dabei, ihn auszuziehen. Seine Schwester stand mit großen Augen in der Tür und versperrte so den Weg.

»Lass mich durch, Elise.« Erschrocken wich die Kleine zurück und tapste rückwärts gegen Marie. Die schenkte ihr ein warmes Lächeln und nahm sie auf den Arm.

»Komm, Herzchen, deine Eltern kümmern sich schon um deinen Bruder. Wollen wir mal schauen, ob wir für alle heiße Schokolade machen können?« Emilie lächelte sie kurz dankbar an und half dann Daniel, Paul unter die Dusche zu verfrachten. Eine halbe Stunde später saß er, in mehrere Lagen dick eingemummelt, samt Wärmflasche auf der Couch und nippte an seinem Kakao.

Marie trug eine Trainingshose von Emilie und die kehrte gerade mit Pyjamahose und dickem Pulli bekleidet aus dem Schlafzimmer zurück. Elise war vor lauter Aufregung auf Daniels Brust eingeschlafen und ihr Vater saß zurückgelehnt in einem Sessel, kraulte gedankenverloren ihr Haar, ohne seinen Sohn auch nur eine Sekunde aus den Augen zu lassen.

»Ist dir wieder warm?«, fragte Emilie und trat zu Paul, um ihn auf die Stirn zu küssen. Er lächelte sie schüchtern an und zerrte die Wärmflasche aus seinem Deckenumhang.

»Ja, die brauch ich nicht mehr.« Emilie nahm sie ihm ab, ließ sich hinter ihm auf die Couch fallen und zog ihn in ihren Arm.

»Du hast uns so einen Schreck eingejagt, Tigerchen, mach das ja nie wieder.« Er kuschelte sich an sie und nickte dort heftig.

»Aber ihr dürft auch nicht mehr so streiten.«

Emilie und Daniel sahen sich erst an und senkten dann beide beschämt die Blicke.

»Bon.« Marie stellte ihre Tasse ab und erhob sich. »Dann lasse ich euch wohl jetzt am besten mal allein. Ich bin auch ganz müde, nach der Aufregung heute Abend.« Sie zwinkerte Paul zu und lächelte dann nacheinander Emilie und Daniel an. Als er Anstalten machte, sich zu erheben, winkte sie nur ab.

»Bleib du bei deiner Familie, ich finde schon raus.«

Er ließ sich zurückfallen und wirkte sehr nachdenklich. Emilie winkte ihr von der Couch aus zu.

»Sehen wir uns vielleicht am Wochenende? Wenn der kleine Mann uns nicht krank wird, nach seinem Abenteuer?«

Marie nickte und schlich auf Zehenspitzen aus dem Zimmer.

Emilie und Daniel saßen noch eine Weile still da, ehe sie die Kinder ins Bett brachten.

Lange stand er noch im Türrahmen des Kinderzimmers und beobachtete die beiden schlafenden Gestalten unter der bunten Bettdecke. Sie war längst fertig und konnte die Augen kaum noch offenhalten, als er endlich ins Bett kam.

Sie rutschte ihm zur Mitte hin entgegen und er schmiegte sich an sie.

Mit erstickter Stimme flüsterte er: »Es tut mir leid.«

Sie drückte seine Hand und wob ihre Finger in seine.

»Mir auch.« Sie konnte seine Unruhe spüren und öffnete im Dunkeln die Augen. Ihre Blicke trafen sich. Eine Träne rann über seinen Nasenrücken.

»Liebling, was ist denn?«, fragte sie besorgt und ergriff seine Hand etwas fester.

»Nichts.« Er schniefte, fuhr sich, ohne ihre Finger loszulassen mit dem Handrücken über die Augen.

»Es fühlt sich nur irgendwie so an, als hätte ich völlig die Kontrolle verloren … über alles. In der Firma ist das nur ein einziger Spießrutenlauf, hier kenne ich mich nicht einmal genug aus, um zu helfen, meinen Sohn zu suchen und wir … wir … «

Seine Stimme brach.

Sie rückte noch näher an ihren Mann heran und umschlang ihn mit ihrem Arm. Auch ihr waren spontan die Tränen in die Augen geschossen. Noch nie hatte sie Daniel weinen sehen, na ja außer bei der Geburt seiner Kinder. Er kuschelte sich an sie und vergrub sein Gesicht an ihrem Hals.

Eine Weile lagen sie nur da und atmeten einander ein. Dann schob er sie sanft ein wenig von sich weg und strich ihr zärtlich einige Strähnen aus dem Gesicht.

»Ich hab einfach so eine Scheißangst, dass ich euch verlieren könnte … dass ich dich verlieren könnte.«

Sie legte ihre Hände um sein Gesicht und ihre Stirn an seine.

»Wir verlieren uns nicht.«

Er sah sie nur an. In seinen Augen lag ein Flehen, das ihr das Herz zu zerreißen drohte.

»Wir verlieren uns nicht«, wiederholte sie mit Nachdruck. Er schluckte hart und nickte.

»Ich liebe dich.«

»Ich dich auch.«

Und so, eng ineinander verschlungen, schliefen sie ein.

Das Wochenende wurde ruhig und harmonisch. Die Eltern bemühten sich um die Kinder und die dankten es ihnen mit ausnehmend fröhlichem Wesen und bestem Benehmen. Entgegen aller Wahrscheinlichkeit hatte Paul sich bei seinem nächtlichen Ausflug keine Lungenentzündung geholt und bekam nicht einmal eine Laufnase.

Seine Mutter hatte weniger Glück und begann bereits am Sonntag mit Niesen und Dauerfrösteln. Daniel war lieb und aufmerksam und ging nachmittags bei Sonnenschein und fast 15 Grad mit den Kindern auf den Spielplatz und ließ sie etwas schlafen. Das tat gut und rettete sie wohl davor, wirklich krank zu werden.

Emilie war ihm dankbar und entsprechend auch gar nicht böse, als er, der das ganze Wochenende extrem ruhig und in sich gekehrt gewesen war, am Montag darum bat, eine Stunde allein spazieren gehen zu dürfen.

Als er wiederkam, hatte sich etwas in seinem Ausdruck verändert. Emilie sah ihn fragend an.

»Alles okay bei dir?« Er erwiderte ihren Blick und lächelte zum ersten Mal seit Tagen. Dann setzte er sich zu ihr auf die Couch und strich ihr durchs Haar. Unvermittelt beugte er sich vor und küsste sie zärtlich. Überrascht ließ sie es geschehen. Er löste sich und sah sie an:

»Ja«, antwortete er, »ich habe mich entschieden. Ich möchte auf das Angebot des Headhunters eingehen.«

»Aha«, machte sie und sah ihn weiter gespannt an »Ich will mehr Zeit mit und bei euch … ich will, dass wir gemeinsam noch etwas von unserem Abenteuer haben … und nach dem Wochenende …« Er schwieg kurz und lächelte dann. Ganz ohne bohrende Nachfrage ihrerseits, fuhr er bereitwillig fort, dass es um einen Teamleiterjob bei einem Mitbewerber ging.

»Das ist unterm Strich nicht viel mehr Geld, aber der Vorteil wäre, dass es ein Familienunternehmen und kein Konzern ist. Die Strukturen sind dort ganz anders und außerdem wäre mein Arbeitsweg auch kürzer, wenn wir dann alle wieder in Hamburg sind.« Er sah sie erwartungsvoll an. Sie hob überrascht die Augenbrauen.

»Fragst du mich jetzt nach meiner Meinung?« Er warf ihr einen schiefen Blick zu, sagte aber freundlich: »Genau das, denn schließlich entscheiden wir sowas doch zusammen, oder? Das betrifft uns doch als Familie, wenn ich jetzt nach 15 Jahren die Firma wechsle … Ich mein, das birgt ja auch ein gewisses Risiko …« Mit einem Freudenschrei warf Emilie ihm die Arme um den Hals. Er fing sie auf und starrte sie überrascht an.

»Heißt das, du würdest das gut finden?«

»Alles ist besser als der Saftladen ohne jedes Bewusstsein für seine Mitarbeiter in dem du jetzt bist!«, entfuhr es ihr und er lachte auf.

»Ja, ich weiß, du hast ja recht. Und deshalb hab ich meinen Chef auch angerufen und ihm gesagt, dass ich erst Morgen nach Hause fliege. Er war nicht begeistert, aber das ist mir egal. Ihr seid das Wichtigste in meinem Leben.« Sie lächelten sich an und küssten sich lange und ausgiebig.

Madame Brevots Sonnenseite

Als sie am Wochenende vom Einkaufen kamen, war Madame Brevot in ihrem Teil des Vorgartens damit beschäftigt, die Blumenbeete für das Frühjahr herzurichten.

Paul war mit Daniel zusammen mit einem »Bonjour« an ihr vorbeigeeilt und Elise hüpfte fröhlich hinterher. Sie blieb an der weißen Gartenpforte hängen und sah der Nachbarin neugierig zu. Emilie hatte sich einen Korb mit Obst geschnappt und wollte ihre Tochter mit der freien Hand vom Zaun wegziehen. Wer weiß, was der Vermieterin sonst gleich wieder einfallen würde …

»Guck mal, wie schön, die Blumen aussehen.« Sie widerstand dem Ziehen ihrer Mutter und so musste diese schließlich nachgeben und ebenfalls schauen.

»Wunderschön«, stimmte sie zu und als Madame Brevot aufblickte, wiederholte sie ihr Lob für die in der Tat strahlenden Beete auf Französisch. Ihre Vermieterin verzog kurz das Gesicht – und dann erstrahlte plötzlich ein Lächeln auf dem kleinen Gesicht der älteren Frau. Sie richtete sich auf und begann, mit sichtbarem Stolz, auf verschiedene Blumen zu zeigen und die Namen aufzuzählen.

Mit entzücktem Gesichtsausdruck folgte ihre Tochter der behandschuhten Hand und stand auf den Zehenspitzen, um ja nichts zu verpassen.

»Maman«, fragte sie dann – und wie immer verfehlte ihre zauberhafte französische Aussprache nicht ihre Wirkung, »darf ich bitte helfen?« Und an Madame gewandt wiederholte sie in perfektem Französisch:

»Est-ce que je peux vous aider?«

Emilie wollte sie gerade vertrösten, als Madame Brevot unvermittelt lobte: »Oh sie macht ja ganz tolle Fortschritte, Ihre Kleine.« Sie freute sich über das Lob und lächelte ebenfalls etwas gelöster.

»Ja, die Kinder kommen gut mit in der Schule und lernen sehr gern.«

»Darf ich?«, bettelte Elise noch einmal.

»Ich weiß nicht ...« Madame Brevot sah sie immer noch freundlich, wenn auch etwas verwundert an.

»Was möchte sie denn noch? Eine Blume?«

»Nein, nein ... ähm ... sie möchte Ihnen helfen.«

»Oh«, sagte diese sichtlich überrascht. Dann sah sie sich um, fand eine kleine Harke und hielt sie hoch.

»Wenn sie möchte?«

»Ouiiii«, quietschte Elise, die das Gespräch der Erwachsenen verfolgte und sich bereits von der Hand ihrer Mutter losgerissen hatte, um sich durch das Gartentor zu schlängeln.

Emilie folgte ihrem wippenden Lockenwust mit einem lächelnden Blick.

»D'accord, mais venez prendre le café chez nous ensuite.« Ihr war die Einladung zum Kaffee ganz leicht und ohne Zögern über die Lippen gekommen und vermutlich war sie darüber genauso überrascht wie ihr Gegenüber. Doch nach einem kurzen Moment des Zögerns nickte Madame Brevot tatsächlich.

»Merci.«

Während Elise schon die schwere Gießkanne durch die Gegend schleppte, trug ihre Mutter die Einkäufe ins Haus.

Sie musste aussehen, als habe sie einen Geist gesehen, denn Daniel fragte sie mit gerunzelter Stirn: »Alles okay?«

»Ja, ich habe offenbar gerade Madame Brevot zum Kaffee eingeladen.«

»Oh.«

»Ist mir rausgerutscht.«

Erst jetzt bemerkte er, dass seine Tochter nicht durch den Raum sprang.n»Wo ist Elise?« Ein Anflug von Panik lag in seiner Stimme, doch seine Frau beruhigte ihn.

»Sie werkelt mit Madame Brevot im Garten …«

»Oh.« Nun sahen sie sich beide verblüfft an und fingen dann an zu lachen.

Schließlich meinte Daniel: »Dann sollten wir vielleicht schnell ein bisschen Ordnung machen, nicht, dass wir hier gleich wieder Stunk im Paradies haben.«

Emilie zwinkerte ihm zu und machte sich zusammen mit ihm daran, in groben Zügen das schlimmste Chaos zu beseitigen.

Als Elise eine Weile später Madame Brevot hinter sich herziehend ins Haus stürmte, sah zumindest das Wohnzimmer vorzeigbar aus.

Die Vermieterin bemühte sich sichtlich, sich nicht allzu offensichtlich umzusehen und stand etwas unentschlossen im Türrahmen. Daniel, der nun schon Übung im Auspacken französischer Vokabeln hatte, bat sie höflich herein und sie dankte ihm sichtlich erfreut. Im Gegensatz zu den anderen Begegnungen wirkte sie heute fast unsicher.

Emilie brachte ihr Kaffee und frisch gebackene Madeleines. Elise wich nicht von ihrer Seite, reichte ihr Löffel und Serviette an und strahlte in einer Tour. Ihre Mutter verstand zwar nicht genau, was da zwischen den beiden vor sich ging, beobachtete aber mit wachsender Verwunderung, wie Madame der Kleinen schüchtern den Kopf tätschelte. Nun lächelte auch Emilie.

Sie begann das Gespräch mit einem weiteren unverfänglichen Kompliment für den Garten und sprach dann über ihren neuen Alltag hier. Madame Brevot war zurückhaltend höflich und gab ihr noch ein paar Tipps für Ausflugsziele in der Umgebung. Beide Seiten bemühten sich, sich von ihrer besten Seite zu zeigen. Es wurde noch kein exzessiv freundschaftlicher Nachmittag, jedoch war es die erste Begegnung, bei der alle einander am Ende zuwinkten, als Madame Brevot wieder durch ihre Gartenpforte verschwand.

»J'espère que vous vous plaisez bien ici.« Emilie und Daniel lächelten sich an.

»Ja, es gefällt uns wirklich gut, danke.« Sie winkte, zwinkerte Elise zu und verschwand.

»Wow, das war jetzt ja schon fast skurril.«

Emilie sah zu ihm hoch.

»Ja, da ist irgendwas zwischen deiner Tochter und unserer Vermieterin … die haben sich verbündet.«

Er grinste.

»Na, wenn sie dadurch ein bisschen umgänglicher wird, schadet uns das sicher nicht in den kommenden Wochen.« Da konnte sie ihm nur zustimmen.

Die Schulaufführung

Das Schuljahr war in vollem Gange als die erste Einladung zu einer Aufführung ins Haus flatterte.

»Was macht ihr denn?«, erkundigte sich Emilie, als Paul ihr den Flyer in die Hand gedrückt hatte. Ihr Sohn biss in seinen Apfel und zuckte mit den Schultern.

»Irgend so ein Theaterstück.«

»Aha, und spielst du auch mit?«

Ihr Großer warf seinen Kopf zurück und damit seinen zu langen Pony aus dem Gesicht und grinste sie an.

»Klar.«

»So richtig mit Text?«

Er hob den Daumen und nahm einen weiteren großen Bissen von seinem Apfel. Bevor seine Mutter weiterfragen konnte, öffnete sich die Tür zur Maternelle und ausnahmsweise war Elise die erste, die herausgehopst kam. Ihre Locken flogen in alle Richtungen und in ihrem Arm hielt sie einen überdimensionalen blauen Hasen.

»Regarde maman!«

»Ja, was ist das denn Hübsches, meine Prinzessin und wo ist dein Eini?«

»Hab ich Christine geliehen.« Emilie starte ihre Tochter mit offenem Mund an. Noch nie hatte sie sich freiwillig von ihrem flauschigen Einhorn getrennt – zumindest nie länger als es dauerte, ein Bad zu nehmen.

In diesem Moment hüpfte ein fröhliches Mädchen mit einem runden Gesicht und einer mindestens ebenso ausufernden Lockenpracht wie der von Elise aus der Tür – im Arm Eini. Die Mädchen quietschten vor Vergnügen und hüpften aufeinander zu, ließen die Stofftiere sich ausgiebig beknuddeln und kicherten. Eine kleine Frau mit einem sorgfältig geflochtenem, langen Zopf trat lächelnd auf sie zu und stellte sich als Emmanuelle vor, die Mutter von Christine.

»Christine würde gern mal mit Elise spielen.« Emilie lächelte und beobachtete die beiden Mädchen.

»Klar, sehr gern, jederzeit, wir wohnen auch nicht weit von hier.«

»Ich weiß«, erwiderte die andere Mutter, »wir haben euch schon am Strand gesehen. Wir wohnen auch ganz in der Nähe. Wenn ihr grad nichts anderes vorhabt, kommt doch einfach mit auf einen Kaffee.«

Emilie besprach sich kurz mit den Kids und als sich beide einverstanden erklärten, machten sie sich zu fünft auf den Weg. Es wurde ein bunter Nachmittag – und am Ende durfte Eini trotzdem wieder mit nach Hause.

»Eini und Lapin bleu haben jetzt geheiratet. Wir müssen jetzt jeden Tag bei ihm spielen und vielleicht muss ich auch mal dort übernachten«, erklärte Elise beim Zubettgehen ihrer Mutter altklug. Emilie presste die Lippen zusammen und nickte nur mit größtmöglichem Ernst.

Der Tag der Schulaufführung kam und da Daniel leider nicht dabei sein konnte, hatte Paul großzügig eingewilligt, dass Marie zuschauen durfte.

Die beiden Frauen saßen im Publikum und Emilie fokussierte den Zoom ihres Handys, damit ihr bloß nichts entging.

Das Theaterstück begann und mit Stolz stellte sie fest, dass Paul tatsächlich eine Sprechrolle hatte. Er spielte seinen Part wunderbar und vor Rührung bildeten sich Tränen in ihren Augenwinkeln, die sie nicht wegwischte, aus Angst, die Aufnahme zu verwackeln.

Als alle Kinder am Ende gesungen und getanzt hatten, war es ein kleines Mädchen mit schulterlangem, braunen Haar, das immer wieder Pauls Nähe suchte, seine Hand nahm und dafür sorgte, dass sie beim Verbeugen neben ihm stand.

Nach dem Applaus kam Paul zu ihnen und seine Mutter nahm ihn in den Arm.

»Ganz toll«, lobte auch Marie, »da hattest du ja eine richtig große Rolle.« Er schenkte ihr ein schiefes Lächeln mit der noch immer dominanten Zahnlücke.

»Und wer ist deine kleine Freundin?«

»Das ist Estelle. Die hab ich geküsst.«

»Ach.«

»Ja, aber Alexis hab ich auch geküsst und Isa und Celine.« Emilie biss sich auf die Zunge und verkniff sich das Lachen.

»Aha.« Ja, die Eingewöhnung in der Schule war nun wohl wirklich abgeschlossen und die Kinder endgültig angekommen. Sie atmete aus und machte eine mentale Notiz, sich alle Namen zu merken, um sie Daniel berichten zu können.

»Guck mal, das hab ich gemalt.« Paul zeigte ihr das Programmheft und sie blätterte es ehrfürchtig durch.

»Sehr schön.« Er deutete auf das Bild auf der letzten Seite, auf dem eine Erdkugel abgebildet war mit einer Kette von sich an den Händen haltenden Kindern drum herum.

»Guck mal, Maman, das bist du, du hast überall auf der Welt Freunde.« Emilie blickte Marie an und die Frauen lächelten sich an.

»Das stimmt.«

Er kaute an seiner Unterlippe und dann fing er wieder an zu grinsen.

»Na ja, und wir haben ja jetzt auch Freunde und Familie in Frankreich.«

Nun konnte Emilie die Freudentränen doch nicht mehr zurückhalten.

EPILOG – 3 MONATE SPÄTER

»Sind wir bald da?«

Daniel warf einen Blick in den Rückspiegel, während Emilie sich in ihrem Sitz umdrehte und die Sonnenbrille auf die Nasenspitze schob.

»Tigerchen, wir sind doch gerade erst losgefahren.«

»Ja, aber wann sind wir denn endlich da?«

Die Eltern tauschten einen liebevollen Blick und lächelten sich an.

»Bis zu Marie sind es nur 20 Minuten, das geht ganz schnell.«

»Vielleicht mag ihre Enkeltochter ja auch Einhörner. Dann darf sie auch mal mit Eini spielen«, beschied Elise ernsthaft.

Emilie biss sich auf die Zunge. Sie hatte nicht vermocht ihrer Tochter zu erklären, dass Maries Enkeltochter schon viel größer war als sie selbst, auch wenn sie »Oma« zu ihr sagten.

»Vielleicht hat sie auch solche Locken wie ich?«

»Ich weiß es nicht, Sternchen, ich kenne Zoe auch noch nicht, sie kommt ja heute zum ersten Mal zu Tante Marie.«

»Oma«, korrigierte ihre Tochter mit Nachdruck, denn nachdem ihre Kleine durchschaut hatte, dass Marie schon eine Oma war und ja schließlich auch zu ihrer Familie gehörte, war sie direkt dazu übergegangen, sie ebenfalls so zu nennen.

Wieder tauschten Emilie und Daniel einen Blick und ein Lächeln. Daniels Handy klingelte über die Freisprechanlage. Er runzelte die Stirn.

»Das ist mein neuer Chefchef«, erklärte er, sichtlich irritiert, dass dieser ihn an einem Sonntag anrief. »Dabei fange ich doch erst nächste Woche an …« Er blickte entschuldigend zu seiner Frau, doch die nickte ihm nur aufmunternd zu.

»Ja, hallo?«, meldete er sich laut und vernehmlich.

»Hallo Herr Saager? Anders hier, entschuldigen Sie bitte den Überfall.«

»Moin, Herr Anders, kein Problem«, erwiderte Daniel und Emilie sah, wie angespannt er das Lenkrad hielt. »Was kann ich für Sie tun?«

»Ich wollte Ihnen nur schnell mitteilen, dass wir das mit Ihrer Einarbeitung nochmal überdacht haben.«

Ihr Mann schluckte hart und Emilie hielt den Atem an.

»Sie sind doch jetzt noch mit Ihrer Familie in Frankreich, nicht wahr?«

»Ja«, erwiderte Daniel vorsichtig.

»Genau bis zum 15. Juli, wenn ich das richtig im Ohr habe, korrekt?«

»Ja, das ist korrekt«, betätigte er.

»Super, dann bleiben Sie auch dort: Wir machen den ersten Monat Einarbeitung einfach remote, da schauen Sie per Videocall mit in die Meetings rein und können vielleicht schon ein paar Einzelgespräche mit Ihrem Team führen und wenn Sie dann vor Ort sind, regeln wir den Rest.«

Daniel war sprachlos. Also fuhr Herr Anders einfach fort: »Ich weiß, Ihr Vorgesetzter Herr Thomas hatte etwas anderes mit Ihnen besprochen, aber uns ist einfach wichtig, dass Sie hier richtig gut starten – und da kommen wir Ihnen lieber ein Stück entgegen, als dass Sie gleich einen schlechten Eindruck von uns bekommen.« Er lachte ein sonores Lachen.

Ihr Mann sah immer noch nicht so aus, als wäre der Groschen gefallen, also stieß Emilie ihn leicht an. Er blinzelte und erwiderte rasch: »Ja, unglaublich … Danke … für Ihr Entgegenkommen. Ich weiß das sehr zu schätzen.«

»Na klar, die Familie ist doch das Wichtigste und diese Zeit vor der Schule … Sie machen das genau richtig. Meine Jungs sind ja schon längst fertig, aber ich wünschte wirklich, wir hätten damals die Möglichkeit gehabt. Genießen Sie die Zeit. Wir freuen uns auf Sie am 15. Juli. Und entschuldigen Sie nochmal die Störung am Sonntag, aber ich wollte Ihnen die guten Nachrichten direkt persönlich überbringen.«

»Danke, ich freu mich auch«, sagte er, immer noch völlig geplättet.

Die Leitung wurde gekappt und das Radio sprang wieder an.

Emilie legt ihre Hand auf sein Bein und drückte es sanft.

Er sah kurz zu ihr.

»Das hast du jetzt auch gerade gehört, oder?«

»Ja«, lachte sie. Dann fügte sie lauter an die Kinder gerichtet hinzu: »Papa bleibt jetzt die ganze Zeit bei uns in Frankreich!«

Seine Schwester jubelte schon los, aber als Paul nicht einstimmte, verstummte auch sie sofort und sah ihn aufmerksam an.

»Bis wir richtig nach Hause fahren?«, fragte ihr Bruder misstrauisch.

»Bis wir richtig nach Hause fahren.«

Und jetzt brach ungebremster Jubel auf der Sitzbank los.

»Oder können wir vielleicht doch am Meer wohnen bleiben?«

Die Eltern tauschten einen liebevollen Blick.

»Na, für ein paar Wochen sind wir ja noch hier.«

»Und dann?«, der kleine Mann gab einfach nicht auf.

Noch einmal sahen sich die Erwachsenen an und dieses Mal war es an Daniel, ihre Hand zu drücken.

»Na, danach kommen wir wieder und besuchen Tante Marie im Sommer.«

»Oma.«

»Oma.« Und nun lachten alle vier.

– La Fin – Das Ende –

Danke an alle, die dieses Buch zu etwas Besonderem machen:

Meiner zauberhaften Familie, die mich erträgt, auch wenn ich gerade mal wieder in meine Geschichten abtauche.

Amélie Bigot in Saint-Georges-de-Didonne für ihre Einblicke in die Archive des Rathauses vor Ort.

Sabine Albrecht von Benisa Werbung für das Cover, das Lust auf Mehr Meer macht.

Maike Mergler Lektorat für das geduldige Ausmerzen des Fehlerteufels.

Meinem wundervollen Blogger_innenteam, das mich auf Instagram und Facebook begleitet: Andrea, Kathi, Caroline, Claudia, Bettina, Ellie, Katrin, Leachim, Michael, Miriam, Nadine, Sarah, Irina und meinen drei Nicoles.

Meinen herzerfrischenden Testlesenden, die mit ihren starken Stimmen meine Geschichte see- und lesetauglich gemacht haben.

Und vor allem dir danke ich von Herzen, dass ich für dich schreiben darf. Ich hoffe, du hattest unterhaltsame Stunden, blättere einfach weiter und entdecke noch mehr Bücher!

Über die Autorin

Moin, mein Name ist Amélie und ich bin eine Hamburger Deern. Mein persönliches Motto lautet: my babies, my books, my business.

Sprich, ich bin Mama, Autorin und Speakerin – ich liebe Vereinbarkeit.

Seit 2013 schreibe ich als **Melanie Amélie Opalka** Frauenromane für mehr Selbstvertrauen und zum Wohlfühlen und seit 2023 als **Marley Alexis Owen** Thriller mit einer starken weiblichen Protagonistin.

Wenn du mehr über mich lesen und regelmäßig über Neuerscheinungen und Gewinnspiele informiert werden willst, dann abonniere meine mao-News unter:

www.melanieamelieopalka.de/mao-news

Und bitte vergiss nicht: Als Autorin lebe ich von Sternen und Rezensionen, also freue ich mich auch von dir über eine Bewertung. Ich danke dir sehr. Bis zum nächsten Buch!

Deine Amélie

Du willst mehr von mir lesen?

Mutausbruch – kein Plan, mein Leben & ich

Frisch getrennt und wohnungslos zieht Rechtsreferendarin Val mit 29 in ihr altes Kinderzimmer in Hamburg statt wie geplant nach Düsseldorf.
Hierher wollte sie nie zurück, doch nun sitzt sie ohne Job bei Mama und Oma fest. Um ihrem Mitleid und den fragenden Blicken am Tisch zu entgehen, beginnt sie zum ersten Mal in ihrem Leben zu fasten.
Diese Art der Trauerbewältigung motiviert sie unverhofft dazu, nicht nur ihre Vergangenheit zu hinterfragen, sondern auch mit neuerwachtem Selbstvertrauen eine ganz andere Perspektive für ihre Zukunft zu entwickeln.

Zeit für einen Mutausbruch - doch schafft Val das in nur 10 Tagen Heilfasten?

Überall als Taschenbuch und bald auch als Hörbuch erhältlich und als eBook bei Amazon

Herz in Acryl

Eigentlich will die 29-jährige Anne nur malen – doch nun muss sie unfreiwillig als Maltherapeutin für den 17-jährigen Leo herhalten.
Der will eigentlich nur Tennis spielen – und steckt Anne mit seiner jugendlichen Leidenschaft gnadenlos an.

Gefangen zwischen ihrer künstlerischen Blockade und der finanziellen Abhängigkeit von ihrem Mann muss Anne sich entscheiden, was sie von ihrem Leben wirklich will – trautes Familienleben oder künstlerische Freiheit.

Aber kann das gut gehen – und was macht sie mit Leos Herz aus Acryl?

Überall als Taschenbuch und als Hörbuch erhältlich und als eBook bei Amazon.

Die komplette Papa–Reihe über das Leben und Werden eines modernen Papas.

Mach mir'n Kind
Papa – 1. Lehrjahr
Papa 2.0 – Nestbau inklusive

Alle Bücher sind einzeln bei Amazon als eBooks und Taschenbücher und überall als Hörbücher erhältlich.

Das Komplettpaket ist ausschließlich als eBook zu kaufen.

Viel Spaß beim Lesen und Verschenken – und vergiss die Sterne nicht!